B E S T   T H R I L L E R

COME
UNA TEMPESTA

Romanzo di
JAMES PATTERSON
e HOWARD ROUGHAN

Traduzione di
ANNAMARIA RAFFO

LONGANESI

James Patterson

Come una tempesta

SUPERPOCKET

Titolo originale:
Sail
Traduzione di Annamaria Raffo

First published by Little, Brown and Company, New York, NY
Published by arrangement with Linda Michaels Limited,
International Literary Agents

Edizione su licenza di Longanesi & C.

ISBN 978-88-462-1159-0

www.superpocket.it

COME UNA TEMPESTA

A mia sorella Shari
H.R.

Alle mie sorelle Carole, Maryellen e Terry
J.P.

L'EQUIPAGGIO

KATHERINE DUNNE, quarantacinque anni, illustre cardiochirurgo, lavora al Lexington Hospital di Manhattan. Quattro anni fa ha perso il marito Stuart in un incidente subacqueo durante un'uscita sulla loro barca, la *Family Dunne.* In seguito si è scoperto che Stuart aveva una relazione, e che al momento dell'incidente si trovava con la sua amante. Da quel giorno i rapporti tra Katherine e i suoi tre figli non sono più stati quelli di prima. Le cose sono ulteriormente peggiorate quando lei si è risposata portando l'avvocato Peter Carlyle all'interno della famiglia. Ma Peter è brillante, divertente e affettuoso, e aveva conquistato il cuore di Katherine.

I ragazzi

CARRIE DUNNE, diciotto anni, frequenta il primo anno alla Yale. Questa è la buona notizia. Quella cattiva è che Carrie soffre di bulimia e di attacchi di depressione. Ha sempre accusato Katherine di dedicarsi più alla professione medica che ai figli. La miglior amica di Carrie, una ragazza di New York, ha recentemente rivelato a Katherine di temere che Carrie possa compiere gesti autodistruttivi.

MARK DUNNE, sedici anni, frequenta il secondo anno alla Deerfield Academy. Benvoluto da tutti, è costantemente fumato. Zero ambizione, zero entusiasmo. « Perché dovrei farmi il culo come papà quando in qualunque momento può arrivare la morte e portarmi via tutto? »

ERNIE DUNNE, dieci anni, per lo meno questo è ciò che dice il certificato di nascita. Ma in questa famiglia, dove vale il motto « ogni Dunne per sé », è cresciuto in fretta. Ed è disorientato. Non passa giorno che non chieda a Katherine: « Mamma, sei sicura che io non sia stato adottato? »

JAKE DUNNE, quarantaquattro anni, è l'ex cognato di Katherine. Un vero nomade dei mari, ha lasciato gli studi per girare il mondo in barca. Un percorso ben diverso da quello intrapreso dal fratello maggiore, Stuart, rimasto a terra per inseguire la fortuna a Wall Street. Ma, seppur così diversi, i fratelli Dunne avevano una cosa in comune: entrambi erano innamorati di Katherine.

PROLOGO

La famiglia Dunne è viva

1

Entrando con andatura rilassata nelle acque blu zaffiro del porticciolo, il capitano Jack Turner tirò una lunga boccata dalla sua Marlboro, lasciando che la brezza si portasse via la cenere. Poi, quasi stesse aspettando il momento più adatto, azionò la sirena del Bertram da quarantasei piedi per la pesca d'altura finché tutti, sul molo, si voltarono a guardare.

Avanti, gente, date un'occhiata a quel che ha tirato su il capitano Jack!

Erano le undici e un quarto del mattino. La sua barca, la *Bahama Mama*, non avrebbe dovuto rientrare prima delle due del pomeriggio, come sempre.

Ma quel giorno era diverso.

Eccome se era diverso, pensò il capitano Jack, pestando sulla sirena un'altra volta. Quando prendi il più grande tonno rosso mai visto alle Bahama, puoi anche smettere di pescare, per quel giorno. Che diamine, puoi smettere di pescare per tutto l'anno!

« Quanto può valere, secondo te? » chiese Dillon, il secondo della *Bahama Mama*. Lavorava su quella barca da undici anni. Mai un giorno di malattia. E quasi mai un sorriso. Fino a quella mattina, per lo meno.

« Non lo so » rispose il capitano Jack, aggiustandosi il vecchio berrettino dei Boston Patriots. « Di sicuro una barcata di soldi. »

Dillon continuò a sorridere sotto la malconcia visiera verde da cui non si separava mai. Sapeva che un tonno di quelle dimensioni poteva valere oltre ventimila dollari, in contanti, molti di più se fosse piaciuto a qualcuno all'asta del mercato del pesce di Tsukiji, a Tokio. E perché non avrebbe dovuto?

Qualunque fosse la cifra, a lui ne sarebbe toccata una bella fetta. Il capitano era una persona per bene, un vero galantuomo sotto tutti gli aspetti.

« Sei sicuro che quei gonzi abbiano firmato il contratto, Dill? » chiese il capitano Jack.

Dillon si voltò a guardare verso poppa, dove era riunita la

comitiva di sei uomini arrivati da Manhattan per un addio al celibato. Non avevano fatto che bere, fin dall'alba, quando era iniziata la battuta di pesca, e adesso erano così ubriachi da non riuscire neppure a darsi un cinque senza cadere fuoribordo.

« L'hanno firmato eccome » rispose Dillon annuendo lentamente. « Ma dubito che abbiano letto le clausole scritte in piccolo. »

Se avessero letto con attenzione il contratto, avrebbero saputo che nessun turista sbronzo e cotto dal sole si sarebbe mai intascato un centesimo dalla cattura di un tonno rosso gigante. Non c'era verso, per lo meno a bordo della *Bahama Mama*. Il cento per cento del ricavato andava direttamente al capitano e all'equipaggio. Punto. Fine della storia.

« Bene » fece il capitano Jack, spegnendo i due motori Caterpillar mentre si avvicinavano al molo. « Allora andiamo a fare un po' di scena. »

2

Persino nelle rilassatissime Bahama ci volle meno di un minuto perché attorno alla barca da pesca si radunasse una folla di curiosi. Il vocio continuò a crescere mentre un muletto portava l'enorme tonno verso la pesa « ufficiale » del porticciolo. Ma sarebbe stata abbastanza grande?

Il capitano Jack Turner, raggiante, diede una gran pacca sulla schiena al futuro sposo, dichiarando che non aveva mai incontrato pescatori più in gamba di loro in tutta la sua vita. « Siete i migliori » disse, « e oggi lo avete dimostrato. »

« Meglio essere bravi che fortunati! » urlò di rimando uno del gruppo.

Ovviamente, la verità sarebbe rimasta tra Jack e Dill. Quegli imbranati di città non avevano la minima idea di cosa volesse dire pescare. Non sarebbero riusciti a prendere neppure un raffreddore, figuriamoci un pesce.

Eppure continuavano a pavoneggiarsi davanti agli scatti incessanti delle macchine fotografiche... la folla, l'eccitazione, l'impazienza crescente per il momento della pesa.

« Legatelo bene! » si raccomandò il capitano Jack mentre la coda del tonno veniva avvolta con una corda a doppia treccia, la più forte che avessero a portata di mano.

Al tre il pesce venne issato in alto. Dalla folla si levarono acclamazioni entusiaste. Quello sì che era un bell'esemplare!

Trecento, trecentocinquanta, quattrocento chili!

La lancetta della pesa schizzò verso l'alto come un razzo. Quando finalmente si fermò a quattrocentodieci chili, polverizzando ogni record, dal molo si levò un tremendo boato, con i sei della comitiva che urlavano più di tutti.

Fu allora che accadde.

Plonk!

Dalla bocca del tonno scivolò giù un oggetto assai strano.

3

L'oggetto misterioso atterrò sul molo, rotolando sino a fermarsi davanti agli stivaloni di gomma nera del capitano Jack.

« Che roba è, quella? » chiese qualcuno dal fondo. « Fateci vedere! »

Quelli sul davanti, però, avevano visto benissimo di cosa si trattava. Una bottiglietta di Coca. Il tipo vecchio, di vetro.

« Hai usato proprio una strana esca, Jack » disse scherzando il capitano di un'altra barca.

La folla scoppiò in una gran risata mentre Jack si chinava a raccogliere la bottiglietta. La sollevò per guardarla alla luce del sole e immediatamente si grattò la testa coperta di riccioli biondi. C'era qualcosa, dentro. Cosa diavolo era?

Con gesti rapidi tolse il sigillo improvvisato, un sacchetto di plastica legato stretto con dei viticci. La faccenda diventava sempre più strana. Gli bastò scuotere due volte la bottiglia per arrivare a toccare l'angolo del biglietto con l'unghia del pollice.

Lo estrasse.

Il biglietto non era di carta... piuttosto di un materiale simile a tessuto. E c'era scritto qualcosa.

« Cosa dice? » chiese Dillon.

La folla sul molo osservava in silenzio mentre Jack Turner leggeva il messaggio. Le parole erano scritte in rosso scuro, sbavate, ma ancora leggibili. *Possibile che fosse sangue?* si chiese. *E di chi era?*

« Su, avanti, cosa dice? » insistette Dillon. « Ci stai facendo morire dalla curiosità. »

Il capitano Jack girò lentamente il biglietto in modo che le persone intorno a lui potessero vederlo. Immediatamente si levò un'esclamazione di sorpresa.

« Quella famiglia... sono vivi! » riuscì a dire, incredulo. « La famiglia Dunne! »

In un attimo, un reporter del *Washington Post* in vacanza afferrò il cellulare per chiamare la redazione. Era già tornato al lavoro.

Nel frattempo, il capitano Jack guardava la folla e sorrideva. Riusciva a pensare soltanto a come si concludeva il messaggio contenuto nella bottiglia, la parte relativa alla ricompensa.

Il simbolo del dollaro.

Il numero uno.

E tutti quei meravigliosi zeri che lo seguivano.

« Dill » disse piano, « credo che questo tonno valga molto più di quanto pensassimo. »

PARTE PRIMA

Una famiglia alla deriva

1

« Sono pazza, vero? Voglio dire, devo essere completamente, irrimediabilmente pazza per fare questa crociera! Questa follia di viaggio in barca a vela con la mia famiglia! E Jake! »

Lo penso da settimane, ma questa è la prima volta che lo dico ad alta voce. Anzi, lo urlo con quanta voce ho in corpo. Grazie al cielo, lo studio di Sarah nell'Upper West Side un tempo era una sala di registrazione. Le pareti sono insonorizzate, per lo meno questo è ciò che dice lei.

Da come mi sto comportando, non sarebbe male che fossero anche imbottite!

« No, non sei pazza » replica Sarah con la sua solita calma. « Forse stai solo facendo il passo più lungo della gamba. »

« Non sarebbe la prima volta. È una mia prerogativa. »

« Già » dice lei, « da quando ti conosco, per lo meno. No, non dire da quanto. »

Ventisette anni per l'esattezza, da quando Sarah e io ci incontrammo a un corso di orientamento per matricole, alla Yale, e scoprimmo di essere entrambe appassionate di *General Hospital* e di avere una cotta segreta per « Blackie », il personaggio interpretato da un giovanissimo – e bellissimo – John Stamos.

Oddio, mi sono tradita? Ho rivelato la mia età?

Comunque sia, da due mesi Sarah è qualcosa di più della mia migliore amica e della sorella che non ho mai avuto. È anche la dottoressa Sarah Burnett, la mia psichiatra.

Sì, lo so. In teoria, potrebbe non essere una buona idea. Ma chi vive di teoria?

Io no di certo.

Io tiro avanti a caffeina, adrenalina e massacranti turni di sedici ore al Lexington Hospital, dove lavoro come cardiochirurgo specializzato in malformazioni congenite. Non avevo né il tempo né la pazienza per la fase « facciamo conoscenza » della terapia. Inoltre non c'è persona al mondo di cui mi fidi più di Sarah. « Non è che io sia contraria a questa crociera, Katherine. Anzi, penso che sia un'idea fantastica » dice. « Sono solo preoccupata per le tue aspettative e per le pressioni cui stai sottoponendo te stessa e i ragazzi. E se non funzionasse? »

« Semplice » rispondo. « Prima ammazzo loro e poi me, ponendo fine a tanta infelicità collettiva. »

« Be' » ribatte lei, impassibile come sempre, « è bello sapere che hai un piano di riserva. »

Scoppiamo a ridere. Con quanti psichiatri potrei fare una cosa del genere?

Sarah, però, ha ragione. Ho riposto molte aspettative su questo viaggio, forse troppe.

Ma non posso farci nulla.

È quello che succede quando la tua famiglia si sta sfasciando davanti ai tuoi occhi e sei convinta che sia tutta colpa tua.

2

Per farla breve e non tediarvi con noiose vicende personali, i problemi sono iniziati quattro anni fa con la morte improvvisa di mio marito Stuart. Fu devastante. Nonostante Stuart mi avesse tradito, e più di una volta, io incolpavo il mio lavoro e i miei orari massacranti almeno quanto lui.

In ogni modo, la morte di Stuart fu un colpo ancora più duro per i nostri tre figli. Ma all'inizio non me ne resi conto. Forse ero troppo concentrata su me stessa.

Per qualche motivo ero convinta che la nostra famiglia si sarebbe ricompattata, e che ce la saremmo cavata restando uniti.

Mi illudevo.

Stuart era l'ancora della famiglia. Lui era sempre presente... mentre il più delle volte io ero all'ospedale o reperibile. Senza di lui i ragazzi diventarono piccole isole. Erano arrabbiati, confusi e, cosa peggiore, non volevano più avere a che fare con me. Non potevo certo biasimarli. In tutta sincerità, non ho mai corso il rischio di essere nominata Madre dell'anno. Io sono la prova vivente – come molte altre donne, suppongo – di quanto sia difficile avere successo sul lavoro e un ottimo rapporto con i figli. Non è impossibile, è solo molto difficile. Le cose, però, stanno per cambiare. Almeno, lo spero. Lo spero disperatamente.

A partire da venerdì prossimo mi prenderò due mesi di aspettativa dall'ospedale. La dottoressa Katherine Dunne sta ufficialmente per smontare.

Io e i ragazzi stiamo per trascorrere buona parte dell'estate a bordo della *Family Dunne*, la barca che ci ha sempre visti uniti quando Stuart era ancora qui. Era il suo orgoglio e la sua gioia, e forse è per questo che non sono mai riuscita a venderla. Non potevo fare una cosa del genere ai ragazzi.

Ovviamente Carrie, Mark ed Ernie osteggiano fortemente questa vacanza, ma non mi interessa. Saliranno su quella barca fossi costretta a trascinarceli con la forza!

«Ah, c'è una buona notizia» dico a Sarah quando la nostra

seduta si conclude. « Finalmente i ragazzi hanno smesso di parlare del viaggio come delle 'vacanze della famiglia disfunzionale'. »

« Questa sì che è una buona notizia » dice Sarah, con quella sua risata argentina che adoro.

« Già. Adesso lo chiamano 'il viaggio di espiazione dei sensi di colpa della mamma'. »

Sarah scoppia di nuovo a ridere, e questa volta mi unisco a lei. Non ho altra scelta. O rido, o piango, oppure mi butto dalla finestra del suo studio.

Dove mi sono cacciata? Come farà la nostra famiglia a cavarsela?

Due ottime domande alle quali per adesso non so rispondere.

3

Dopo una sottile ma fitta pioggia durata tutto il venerdì mattina, sul porticciolo di Goat Island, nell'esclusiva ed elegantissima Newport, Rhode Island, era calata la nebbia.

La nebbia.

Decisamente appropriato, rifletté Jake Dunne, stiracchiandosi in tutto il suo metro e ottantacinque di altezza, sul ponte di tek della barca appartenuta al defunto fratello. Forse era perché non aveva ancora maturato un'idea precisa in merito a quel viaggio... non sapeva cosa aspettarsi, come comportarsi. Si sarebbe pentito di aver accettato?

Sapeva solo che Katherine, la sua ex cognata, gli era parsa disperata quando lo aveva chiamato al telefono, qualche settimana prima. Da come gli aveva espresso la sua volontà – no, anzi, il suo bisogno – di fare quella crociera con i ragazzi, si sarebbe detto che fosse la sua ultima speranza.

Come poteva rifiutare, quando lei gli aveva chiesto se voleva essere il loro capitano?

Non poteva, ovvio. Lui non aveva mai saputo dire di no a Katherine.

Stava per riprendere l'ispezione della barca quando udì una voce familiare.

« Come va, J.D.? Che piacere vederti. » Jack si voltò e vide Darcy Hammerman, il capitano del porticciolo. Darcy era sul molo, proprio sotto di lui. Indossava la maglietta blu con il logo di Goat Island, la divisa ufficiale di tutti i membri dello staff. Solo che la sua era molto più sbiadita, dettaglio che sottolineava la sua anzianità. D'altro canto, lei e suo fratello Robert erano i padroni incontrastati di quel posto.

« Ehi, Darcy, cosa mi racconti? » disse Jake con il suo solito tono rilassato.

« C'è poco da dire » rispose Darcy Hammerman con un sorriso. Era prossima alla quarantina, magra, attraente e sempre molto abbronzata. « La solita vita. Non faccio altro che accompagnare ricconi su barche che costano più della mia casa.» Jake scoppiò a ridere mentre Darcy osservava la *Family Dunne*.

«Allora, cosa te ne pare?» chiese lei. «È pronta a prendere il mare?»

«È un po' invecchiata, ma decisamente ancora in forma» rispose Jake, che di barche se ne intendeva.

Cresciuto a Newport in una famiglia di appassionati velisti, per lui andar per mare era come respirare: gli veniva del tutto naturale. In effetti, di tutti i Dunne, Jake sarebbe diventato il velista più esperto. Per ben due volte aveva vinto la categoria Cruiser-Racer della prestigiosa e ardua regata Newport-Bermuda.

Darcy, però, non pareva del tutto convinta del disinvolto giudizio di Jake. Continuava a osservare la barca con aria dubbiosa.

«Cosa c'è?» chiese Jake. «Hai notato qualcosa che mi è sfuggito?»

«No, no. Niente.»

«Da quanto ci conosciamo? Dieci anni? È chiaro che c'è qualcosa. Dimmelo.»

Gli occhi di Darcy si strinsero fino a diventare due fessure. «No, è solo una stupida superstizione. Tutto qui.»

Jake annuì e non insistette. Non ce n'era bisogno. Sapeva esattamente a cosa si riferiva Darcy. Quella superstizione era ben nota tra i velisti di un certo livello. E per di più lui ci credeva. Abbastanza. Quel pensiero gravava da un po' anche sulla sua mente, come un'ancora da due tonnellate. Una barca che perde il capitano in mare è una barca maledetta per sempre.

Il fratello di Jake, Stuart, era morto durante un'immersione dopo essersi tuffato dalla *Family Dunne*. Era rimasto senz'aria per un'avaria alle bombole. Si era immerso e non era più risalito, fino a quando il suo corpo non era stato ripescato. Per questo, superstizione o no, per Jake la barca del fratello maggiore era un inquietante ricordo di una tragedia che avrebbe preferito dimenticare. Se solo avesse potuto. Fosse stato per lui l'avrebbe venduta prima ancora che la terra sulla tomba di Stuart si fosse assestata.

Ma Katherine aveva insistito per tenerla, presumibilmente per ragioni sentimentali. Cristo! Una fede nuziale, un orologio, magari... quelli sarebbero stati bei ricordi, non un Morris da sessantadue piedi!

E, quel che era peggio, la barca era rimasta ferma nella rimessa di un cantiere per quattro anni senza che Katherine e i ragazzi l'avessero usata una sola volta. Neppure degnata di uno sguardo.

Darcy fece una smorfia. « Scusami, Jake. Sono una stupida. Non era mia intenzione turbarti con queste sciocchezze. La prossima volta terrò chiusa questa boccaccia. Meglio tardi che mai. »

« Non ti preoccupare, Darcy. Andrà tutto bene. »

« Certo. Sarà una crociera bellissima » disse Darcy, sforzandosi di sorridere. « Hai bisogno di qualcosa prima di partire? »

« Sono a posto. Salutami tuo fratello » fece Jake, lanciando un'occhiata al Tag Heuer che portava al polso. I Dunne in arrivo da Manhattan erano in ritardo. Come al solito. « L'unica cosa che mi serve, al momento, è l'equipaggio. »

4

Finalmente, una quarantina di minuti dopo, arrivarono. I giovani, per lo meno. Con la nebbia che gravava ancora sul porticciolo, Jake sentì le loro voci prima ancora di vederli.

Tipico, rifletté. Quei ragazzi avevano delle linguacce orribili. Forse quel viaggio faceva al caso loro.

L'ultima volta che Jake aveva goduto della loro assordante compagnia era stato undici mesi prima, quando Katherine si era risposata, nel lussuoso Chatham Bars Inn di Cape Cod. Se non altro lei sembrava felice con Peter Carlyle, anzi raggiante, ma per tutto il week-end gli era parso che Carrie, Mark ed Ernie non riuscissero a fare altro che litigare.

Un momento.

Non gli era parso. *Era* così.

Sentendo avvicinarsi le loro voci petulanti, gli fu chiaro che i giovani Dunne non erano affatto cambiati. E sarebbero stati il suo equipaggio.

« Visto? Ve l'avevo detto che era da questa parte, idioti. Io ho *sempre* ragione. Vedo la barca. »

Jake annuì. Quello era Mark, lo scansafatiche per eccellenza. Il giovane Holden del ventunesimo secolo.

« A chi hai detto idiota, brutto scemo? Non sono io quello che il mese scorso si è fatto beccare a fumare erba nel dormitorio. Un vero colpo da maestro. »

Questa non può essere che Carrie, la nostra studentessa della Yale, inquieta studentessa, a quanto ho sentito.

« Ah, sì? » disse Mark. « L'unico motivo per cui *tu* hai smesso di farti le canne è perché le crisi di fame chimica ti facevano ingrassare! Ti striscia il culo per terra, sorellina. »

« Vai a farti fottere! »

« Dopo di te! »

In quel momento una terza voce si unì alle prime due, una voce molto più acuta, quasi tenera. « Scusate se interrompo questa stimolante conversazione tra i miei fratelli cronologicamente maggiori, ma mi stavo chiedendo una cosa. »

« Cosa c'è, stupido? » chiese Carrie.

« Come mai lo zio Jake non si è mai sposato? Non sarà per caso gay, vero? Non che sia poi questa gran cosa. »

Jake scoppiò a ridere. *Questo è Ernie!* Lui aveva sempre una domanda fuori luogo per ogni occasione.

Finalmente i tre ragazzi comparvero attraverso le folate di nebbia. Come lo videro, sorrisero immediatamente. Per quanto si detestassero l'un l'altro, adoravano lo zio Jake senza riserve. Era il parente « ganzo ». In realtà, era solo per lui che alla fine avevano accettato di fare quella crociera, anche se non lo avrebbero mai ammesso. Sarebbe stato troppo da sfigati.

« Come stai, Carrie? » chiese Jake, abbracciandola. Quella poverina sembrava ancora più magra. Troppo magra. Be', forse avrebbero trovato presto un rimedio anche a quello.

Carrie si posò una mano sull'anca ossuta. « Ho rinunciato a un'intera estate a Parigi per questo incubo familiare. Come pensi che stia? » rispose risentita. « Parigi o la famiglia Dunne? Tu cosa sceglieresti, zio? »

« Anch'io sono contento di vederti, tesoro » disse Jake, imperturbabile. « E ho già scelto: la famiglia Dunne. »

Poi si voltò a salutare Mark, picchiando la mano stretta a pugno contro quella del nipote. « E tu, socio? A cosa hai rinunciato per questo viaggio? »

« Valerie D'Alexander » rispose Mark, passandosi una mano tra i lunghi e ribelli capelli castani che non vedevano le forbici del barbiere e forse neppure un pettine da mesi.

« Vaaaaa-le-rieeee! » cantilenò Ernie con voce stridula. « È la sua fiamma su a Exeter. Fanno sesso prematrimoniale! »

« Scusa se te l'ho chiesto » disse Jake. « Anzi, fa' conto che non te l'abbia chiesto. »

Ernie si strinse nelle spalle grassottelle. La pinguedine infantile restava tenacemente attaccata al suo corpo. « A dire il vero, zio Jake, penso di essere l'unico Dunne contento di essere qui » disse. « Anzi lo so per certo. »

« Meglio uno che nessuno. »

« Già, ho letto in una delle riviste mediche della mamma che per i bambini cresciuti in un ambiente prevalentemente urbano un cambiamento è essenziale.»

Jake rise, incredulo. Dov'erano finiti i bambini che leggevano i fumetti? «Quanti anni hai, Ernie? Diciannove, giusto?»

«Dieci. Ma a Manhattan equivalgono a sedici. Inoltre ho un vocabolario da scuola superiore.»

«Ho capito. Dov'è tua mamma?»

«È rimasta indietro col principe del foro e i bagagli» rispose Carrie.

«Il principe del foro, eh? Sbaglio o mi sembra di cogliere una lieve ostilità nei confronti del vostro nuovo patrigno?» chiese Jake. «No, lasciamo perdere. E i bagagli? Non pensi che abbiano bisogno di una mano?»

«Cosa? Ma secondo te a che serve l'autista della limousine che abbiamo preso all'aeroporto?» disse Mark.

Jake sbatté le palpebre, incredulo. Possibile? Aveva sentito bene?

Sì, aveva sentito bene.

Mentre la nebbia cominciava a sollevarsi, ebbe una folgorazione. Non sapeva ancora come si sarebbe conclusa quell'avventura per mare, ma di una cosa era certo. Come faceva Katherine a non capire qual era il problema? Il vero problema? Quei mocciosi erano viziati. Schifosamente viziati. Erano amati, certo, ma nel modo sbagliato.

Ci avrebbe pensato lui ad aggiustare le cose, rifletté. Due mesi sulla *Family Dunne* sarebbero stati più che sufficienti. Armare la barca, alzare le vele, girare il verricello del fiocco. Lavare il ponte.

In un modo o nell'altro, avrebbe ricondotto quei ragazzi viziati a più miti consigli.

5

« Kat, sei sicura che non vuoi che venga anch'io? » chiese Peter. « Se vuoi, io vengo. »

« Dunque, vediamo... » fece Katherine, grattandosi il mento con aria divertita. « Hai un processo importante che sta per incominciare a Manhattan, l'aereo ti sta aspettando sulla pista con i motori accesi, e non hai neppure un cambio di vestiti con te. Ma certo, tesoro, sali a bordo con noi! »

I due rimasero nel parcheggio del porticciolo mentre l'autista della limousine, un italiano corpulento con braccia robuste e un accento ancora più forte, lottava con la montagna di bagagli. Non che a lui dispiacesse. Capiva subito se un cliente avrebbe lasciato una buona mancia e questo Peter Carlyle corrispondeva al tipo, a cominciare dal fatto che pilotava un Cessna di sua proprietà. Roba da ricchi! E poi il signor Carlyle era gentile, non come certi cafoni arroganti che si credono chissà chi. Un vero signore. Katherine prese la mano di Peter e si mise a giocherellare con la fede di platino ancora nuova e lucente. « Mi ha fatto molto piacere che tu ci abbia accompagnati quassù in aereo » gli disse. « Significa molto per me, per tutti noi, tesoro. »

« Era il minimo che potessi fare. Dio, quanto mi mancherai, Kat! Sento già la tua mancanza. »

Lei gli diede un bacio leggero sulle labbra, poi un secondo. « Ho un bel coraggio, vero? Siamo sposati da neppure un anno e già ti lascio da solo per due mesi. »

« Non c'è problema. Ti capisco, davvero. I ragazzi hanno subito un brutto colpo. E tu stai facendo una bella cosa. Una cosa fantastica. »

« È per questo che ti amo tanto. Tu mi capisci. Questo viaggio è molto importante per me, Peter. »

« E io sono orgoglioso che tu l'abbia organizzato. È per questo che ti amo. Sei una persona meravigliosa, Katherine Dunne. » Si sporse verso di lei per sussurrarle qualcosa all'orecchio.

« Senza contare che sei tremendamente sexy. Abbiamo tempo? » disse, facendole l'occhiolino. « Sulla limousine? »

Katherine arrossì appena, cosa che le capitava raramente, per non dire mai. Come ho fatto a essere così fortunata da incontrare lui? si chiese. Pensava che non sarebbe mai più stata capace di innamorarsi dopo la morte di Stuart, e invece, eccolo lì, Peter Carlyle, il famoso processualista di New York.

Quegli stupidi di giornalisti non avevano capito proprio niente di lui, come di molte altre cose, del resto. Lo avevano definito « il Gordon Gekko del diritto » nonché « il frutto d'amore di Gengis Khan e della Strega Cattiva ». Ma Katherine sapeva che era tutta una scena, una parte che lui recitava per difendere i suoi clienti.

Il Peter che lei aveva imparato a conoscere e ad amare – l'uomo fuori dall'aula di tribunale – era gentile e garbato, sempre attento ai suoi bisogni. Ovviamente, non guastava affatto che fosse anche bello e attraente!

La cosa più bella, però, era che Peter non voleva nulla da lei, tranne il suo amore. Qualunque stupido in grado di leggere le rubriche di gossip su quegli stessi giornali sapeva che lei aveva ereditato da Stuart una consistente fortuna – oltre cento milioni di dollari – eppure era stata di Peter l'idea di firmare un contratto prematrimoniale. « I soldi non mi mancano » le aveva detto. « Quello che mi manca è la felicità... per lo meno così era finché non ti ho incontrata, Kat. »

Kat e Peter si scambiarono un bacio appassionato in mezzo al parcheggio, come due adolescenti innamorati, indifferenti ai passanti e ai loro sguardi indignati, che per Katherine grondavano invidia. Chi non sarebbe stato invidioso di loro?

Improvvisamente lui fece un passo indietro, come se si fosse appena ricordato di qualcosa. « Dimmi una cosa, posso stare tranquillo, con Jake? »

« Sì, è un velista esperto » rispose Katherine. « Il migliore in tutti i sensi. Va in barca da quando era piccolo. »

« Non è esattamente quello che intendevo dire, Kat. »

Katherine sorrise, dandogli un leggero pugno allo stomaco.

« Lo so che non è quello che volevi dire, sciocco. E per rispondere alla tua domanda, tesoro, lui era mio *cognato.* »

« Ho visto come ti guardava, al nostro matrimonio » ribatté Peter, osservando Katherine come se fosse una teste reticente di uno dei suoi processi.

« Non cercare neppure di fingere di essere geloso di Jake o di qualcun altro. »

« Già, suppongo non sia il caso » disse Peter, stringendosi nelle spalle. « Però mi sentirei meglio se non avesse l'aria di uno appena uscito da un catalogo di abbigliamento sportivo. Non mi fido dei tipi perennemente abbronzati. »

« E tu, allora? » ribatté Katherine incrociando le braccia. « Tutto solo nella grande città per due mesi interi? »

« Solo? Dimentichi Angelica. »

« A prescindere dalla nostra governante guatemalteca sovrappeso e poco comunicativa, forse sono io quella che dovrebbe preoccuparsi. »

Peter la prese di nuovo fra le braccia, stringendola forte a sé. « Non penso, Kat. Ho aspettato tutta la vita di incontrarti. Credo di poter aspettare altri due mesi finché non ritorni. Specialmente dal momento che sarai là fuori impegnata in una nobile impresa. »

« Ottima risposta, avvocato. Con te non la si spunta proprio mai, eh? » disse Katherine, lanciando un'occhiata veloce all'orologio. « Su, andiamo. Ho una barca che mi aspetta. »

6

A una sessantina di metri dalla *Family Dunne*, un altro diportista di Newport, vestito con una polo blu pavone Brooks Brothers e pantaloncini beige Tommy Bahama, era occupato a lavare il ponte di un lucente CatalinaMorgan 440.

Solo che l'uomo non era di Newport.

E quella non era la sua barca.

Gérard Devoux l'aveva semplicemente «presa in prestito» per un po', in modo da confondersi con l'ambiente di Newport, per così dire. Chiunque avesse guardato nella sua direzione l'avrebbe preso per l'ennesimo miliardario che coccolava la sua creatura.

Nessuno, però, guardava nella sua direzione. Devoux era così bravo a non farsi notare che era come se non fosse neppure lì sul molo.

Un trucco della mente, lo sapeva.

Un'illusione. La sua specialità.

Non c'era da meravigliarsi che lo avessero soprannominato «l'Illusionista».

Da dietro le lenti scurissime degli occhiali Maui Jim – altro accessorio di scena acquistato per l'occasione – Devoux osservò l'equipaggio Dunne prepararsi alla partenza. Li spuntò mentalmente, uno dopo l'altro, facendo l'appello per assicurarsi che fossero tutti presenti. Era molto importante. Devoux controllava ogni aspetto del suo piano, tranne una cosa. La loro presenza.

Ma erano tutti lì, l'affascinante madre medico, i figli altrettanto belli e petulanti e lo zio ribelle che sembrava tanto George Clooney in Docksiders.

Ah, e non dimentichiamo il nuovo marito innamorato, il famoso avvocato di Manhattan.

Cosa c'è, Peter Carlyle? Non ti piace la barca a vela? Hai paura di scompigliarti i capelli?

Devoux sorrise tra sé. Di solito la sorveglianza era una parte del lavoro che non amava in modo particolare. Assolutamente necessaria, certo, ma noiosa. Uno spreco delle sue incredibili capacità.

Quel giorno, però, era diverso. In realtà Devoux si stava quasi divertendo, mentre assaporava quel momento e, soprattutto, pensava a quel che sarebbe accaduto. Lui sapeva perché.

Quella non era una faccenda come le altre: si trattava del lavoro più importante, impegnativo e stimolante che avesse mai intrapreso. Richiedeva l'impiego di tutte le sue incredibili capacità, e anche qualcosa di più. Per farla breve, poteva rivelarsi un capolavoro di pianificazione ed esecuzione.

Devoux abbassò lo sguardo per controllare l'ora sul Panerai di acciaio. Impermeabile fino a mille metri di profondità, si accordava alla perfezione con il resto del travestimento marinaro. Quello, però, era davvero suo.

Devoux aveva un debole per gli orologi. Ma soltanto per il meglio del meglio. Li comperava come Carrie Bradshaw fa con le scarpe in *Sex and the City*. Diecimila, ventimila, cinquantamila dollari... il prezzo era irrilevante.

L'unica cosa che contava era la precisione, il sincronismo perfetto di mille movimenti complessi che garantivano un'accuratezza assoluta. Non c'era niente di più bello al mondo. Almeno per quel che ne sapeva lui.

Le due e un minuto in punto, diceva il Panerai.

Presto Devoux se la sarebbe svignata, svanendo dal porticciolo come la nebbia a mezzogiorno.

Per il momento, però, sarebbe rimasto al suo posto, a vigilare, finché la *Family Dunne* non avesse preso il largo, puntando verso l'orizzonte.

Per non fare mai più ritorno.

Perché Gérard Devoux, alias « l'Illusionista », era specializzato in un trucco, uno solo.

Far scomparire le persone.

7

Me ne sto appoggiata al pulpito di prua come Kate in *Titanic* ma senza Leo, e inspiro a fondo, inalando tutta l'aria fresca che i miei polmoni riescono a incamerare. Poi, con le labbra sporte in avanti, la lascio uscire pian piano come se stessi spegnendo una candela al rallentatore.

Che piacere!

A dire il vero, fino a questo momento, il viaggio è stato davvero gradevole. Chi l'avrebbe mai detto? Forse, dopotutto non sono poi così pazza. O non sarà che sto respirando troppo ossigeno? Uno « sballo da oceano », come dice a volte chi va per mare.

Siamo fuori solo da un'ora ma, con la terra che si allontana sempre più alle nostre spalle, per la prima volta provo una strana sensazione in merito a questa crociera.

Credo si chiami speranza, ed è proprio una bella sensazione.

Jake, col suo senso dell'umorismo, ha rabbonito i ragazzi, be', per lo meno Mark ed Ernie. Carrie continua ad avere un'aria infelice e io sono preoccupata per lei.

Jake sa come prenderli. Perché io non ci riesco? Eppure li amo più di ogni altra cosa.

Tempo al tempo, Katherine. Un po' di pazienza.

Ho notato qualcosa di diverso in lui, però. In Jake, voglio dire. Solitamente è un tipo molto rilassato, non che adesso non lo sia più, ma c'è qualcos'altro che mi sfugge. Forse dipende dal fatto che questa è la barca di Stuart.

Qualunque sia la ragione, mi sembra più concentrato. No, non è la parola giusta. Responsabile, forse?

Ovvio, ha la responsabilità che gli viene dall'essere il nostro capitano, lo ha detto chiaramente nell'attimo in cui abbiamo lasciato il porto. Ha dato ai ragazzi un'ora di tempo per sistemarsi, mettere a posto le loro cose, ambientarsi sulla barca, e poi ha detto: « Adesso vediamo le regole ».

Regole?

Non pensavo che Jake Dunne conoscesse il significato di questa parola.

Lui che non seguiva altro che il vento. Non ha mai posseduto una macchina, o una casa, non ha mai votato in vita sua e, che io sappia, non ha mai pagato un solo centesimo di tasse. Possiede solo due cose: una sacca piena di vestiti e una Harley Davidson d'epoca, del 1968, acquistata il giorno che decise di non tornare a Dartmouth per il secondo anno di università; poi si trovò un lavoro sulla barca a vela di un miliardario.

« Un semestre di prolungamento didattico in mare », lo aveva definito.

Suo padre, invece, aveva usato un'espressione diversa. « Il più grosso errore della tua vita, Jake, parola mia. Per te questo sarà l'inizio della fine. »

A Jake, però, non importava. I suoi avevano già il loro Golden Boy: Stuart, il primogenito, quello che aveva scelto la retta via di Wharton. Jake, invece, in fatto di strade preferiva – per dirla con le parole di Robert Frost, un altro che si era ritirato da Dartmouth – « quella meno frequentata ».

Mi concedo un pensiero intimo e proibito: non c'è da meravigliarsi che io mi sia sempre sentita attratta da lui.

« Ehi, Katherine? » dice, proprio in quel momento.

Che sia telepatico? Non mi sorprenderebbe.

Torno verso Jake che è al timone, il posto più bello del mondo, per lui. Me lo ha detto una volta, solo una volta, perché lui non ama ripetersi.

« Potresti radunare i ragazzi? » mi chiede. « Voglio parlare con loro di regole. So che non vogliono sentirle, ma pazienza. »

« Certo. » E poi mormoro: « Regole, questo sì che mi piace ».

Mi infilo sottocoperta e immediatamente vedo Carrie ed Ernie in cambusa. Ernie sta mangiando degli Oreo con doppia farcitura – niente di sorprendente – e Carrie lo guarda come se fosse un maiale schifoso. Anche questa non è una sorpresa.

Carrie è ancora troppo magra, ma almeno non è in bagno a vomitare il pasto, a « liberarsi », come si dice in gergo. Ho notato che i suoi denti non sono più macchiati e i capelli stanno riacquistando la lucentezza, due buoni segni. Lo psicologo e la nutrizionista della Yale dicono che sta facendo progressi, e che non dovrei spingerla a mangiare.

Non lo farò.

Ma un po' di allegria non le farebbe male, no? Sveglia, ragazza! Sei bloccata su questa splendida barca con tutti noi, quindi tanto vale che ti ci abitui! E io sono qui per aiutarti, Carrie, davvero.

« Lo zio Jake vuole fare quella chiacchierata con voi, adesso » annuncio. « Dov'è Mark? »

Carrie ed Ernie indicano la zona notte. Avanzo in quella direzione mentre loro salgono in coperta con un'aria da patibolo.

« Mark? » chiamo a voce alta.

Visto che non risponde, come al solito, guardo in ogni cabina ma non lo trovo da nessuna parte.

« Mark? » chiamo di nuovo.

« Sono qui, in bagno » dice, alla fine. « Un minuto. »

Sto per dirgli di sbrigarsi a raggiungerci in coperta appena ha finito, quando sento quel suono rivelatore. Quel *Ssssst.*

E vado subito in bestia.

8

Mi metto a dare colpi così forti sulla porta che temo di spaccare la serratura. « Apri immediatamente! Mark, apri subito questa porta. Adesso! Guarda che non scherzo, ragazzo. »

Sento l'oblò che si chiude e di nuovo quel suono. *Sssssst.* Adesso c'è odore di deodorante. Puzza di fiori.

O forse dovrei dire di *erba*.

Finalmente Mark apre la porta e cerca di assumere un'aria innocente, cosa un po' difficile con quegli occhi vitrei. Mi getto su di lui con tanta forza e velocità che non capisce neppure cosa lo colpisce. È già fortunato che non lo prenda a pugni. Ecco quanto mi fa andare in bestia mio figlio più grande, il più immaturo.

E quando cerca di negare che stava fumando mi metto a urlare ancora più forte. Ho sopportato decisamente troppe stronzate da lui, negli ultimi tempi.

« Ehi, ehi, cosa sta succedendo? » dice una voce alle mie spalle. È Jake con Ernie alle calcagna.

Incrocio le braccia sul petto e inspiro a fondo cercando di dominare la collera. Ma è una battaglia persa. « Perché non lo chiedi a questo spinellato? » dico. « Siamo su questa barca da un'ora – un'ora – e lui è già lì a farsi una canna! »

Questo gli suscita un mezzo sorriso. « Scusa, mamma, mi dispiace. Avrei dovuto aspettare almeno un giorno. »

« Non fare il furbetto, Mark. Non ti conviene. Sei già abbastanza nei guai così » lo ammonisce Jake.

« Vuoi dirmi che non hai mai fumato erba quando eri giovane? »

Eccola, la risposta pallonetto degli adolescenti. Mark la lancia nel campo di Jake come se si sentisse il sedicenne più furbo del pianeta.

Ma Jake non ci casca.

« Sì, certo che l'ho fumata, amico, e sai con quale risultato? Mi ha aiutato a trasformarmi per un po' nel più grosso stronzo idiota sulla faccia della terra, quasi come te adesso. »

Gioco. Set. Partita.

Mark tace, non sa ribattere. Non è abituato a una sfuriata di Jake e rimane senza parole. L'unico suono è la risatina soffocata di Ernie.

« Regola numero uno sulla barca » dice Jake. « Niente canne. » Allunga la mano e la mette praticamente sotto il naso di Mark. « Dammi l'erba. Tutta. »

Con un sospiro di sconfitta Mark infila la mano in tasca e gli consegna una scatoletta di latta di Altoids. Inutile dire che non contiene caramelle alla menta.

« Eccola » ringhia Mark. « Non fumartela tutta in una botta. »

Jake si lascia sfuggire l'ombra di un sorriso e si infila la scatoletta nella tasca posteriore dei calzoni. Nel frattempo io non posso fare a meno di pensare a quanto sono fortunata che lui abbia acconsentito a venire con noi.

E poi un pensiero mi attraversa la mente all'improvviso. « Chi c'è al timone? » domando.

« L'ho lasciato a Carrie » risponde Jake. « Non ci sono problemi. È come guidare una macchina in un parcheggio deserto. »

Ha appena finito di pronunciare queste parole che la barca accosta bruscamente a dritta, scagliandoci violentemente di lato.

Cado a terra e sbatto la testa. Per poco non svengo. Il mio cervello si annebbia, poi si riprende.

« Carrie! » urla Jake, rimettendosi in piedi. « Cosa stai facendo, lassù? »

Lei non risponde.

La barca si inclina violentemente a sinistra, gettando nuovamente a terra Jake, che cade sopra Mark facendogli perdere i sensi.

« Carrie! » urla di nuovo Jake.

Ancora nessuna risposta.

Finalmente la barca si raddrizza e noi ci rimettiamo velocemente in piedi. Cosa diavolo sta succedendo? Jake guida la nostra folle corsa verso il ponte.

Ci guardiamo attorno, frenetici. Carrie non è al timone.

Non è da nessuna parte.

9

Un attimo dopo Jake indica il mare e grida con quanto fiato ha in corpo: « Uomo in mare! »

Mi sento mancare il cuore quando mi volto per seguire il suo dito sul lato di dritta e vedo la testa bionda di Carrie ballonzolare e poi scomparire tra le onde.

Per una frazione di secondo Jake e io ci guardiamo, in preda al panico, poi il suo istinto ha il sopravvento. « Prendi il timone e vira! » mi ordina.

Poi afferra un salvagente e si tuffa.

Resto a guardarlo mentre torna a galla e comincia a nuotare, finché Ernie mi ricorda: « Mamma, il timone! »

Alla fine anche il mio istinto ha la meglio – due estati a bordo di Sunfish al campo estivo della Y.W.C.A. a Larchmont quando ero adolescente, più tutto quello che ho imparato facendo da secondo a Stuart sulla nostra barca quando uscivamo insieme ogni fine settimana.

Non ho questa grande esperienza, ma è sufficiente a far virare i sessantadue piedi della *Family Dunne*. Urlo a Mark e a Ernie di stare attenti al boma mentre giro furiosamente il timone. Non riesco più a vedere Carrie. Conto le potenti bracciate di Jake che fendono l'acqua alla ricerca di mia figlia.

Oh, Dio, ti prego, non permettere che affoghi!

Dev'essere ferita, non può essere altrimenti, penso. Era un'eccellente nuotatrice alle medie, vinceva una gara dopo l'altra. Era in grado di nuotare per ore, se necessario. E adesso non riesce neppure a restare a galla.

« Sbrigati, Jake! » urlo, anche se lui non può sentirmi, in mezzo alle onde.

Mark ed Ernie si avvicinano al bordo della barca. Non possono fare altro che restare a guardare, come me, del resto. Nessuno di noi è un nuotatore particolarmente abile, e d'un tratto provo un incredibile senso di colpa per questo, e per tutto il resto.

Jake raggiunge il punto in cui Carrie è andata sotto, anche se è difficile stabilirlo con queste onde. Lo vedo prendere un gran respiro e scomparire sott'acqua, lasciandosi dietro il salvagente. Perché l'ha fatto?

Poi capisco. È per lasciare a me un punto di riferimento.

Mi dirigo verso il salvagente mentre la barca gira su se stessa, invertendo la rotta.

« L'ancora! » urlo ai ragazzi. « Gettate l'ancora! »

Per quanto intontito dalla droga, Mark schizza su e comincia prontamente a calare l'ancora. Immediatamente la barca rallenta, frenata dall'attrito.

Ancora nessuna traccia di Jake o di Carrie, però, e io non posso fare altro che pensare a quella sensazione di speranza che ho provato poco fa. Non sopporto che scivoli via così veloce!

Mi tolgo la felpa, strappandola da sopra la testa. « Io mi butto! » dico ai ragazzi.

« No! » dice Mark. « Non farai che peggiorare le cose! »

Cosa c'è di peggio che perdere Carrie?

So che probabilmente Mark ha ragione, ma non me ne importa nulla. Salgo sul bordo, pronta a tuffarmi, quando Ernie grida: « Guarda! Mamma, guarda! »

È Jake!

E tra le sue braccia c'è Carrie!

Boccheggiano entrambi, mentre lui afferra il salvagente e lo avvicina.

« E vai così! » esclama Ernie, levando la mano per scambiare un cinque con Mark. Ma Mark lo lascia lì, con la mano a mezz'aria. È troppo occupato a guardare qualcos'altro.

Ed è allora che anch'io lo vedo. Ero così sollevata che non ci avevo fatto caso.

C'è qualcosa di sbagliato. Di molto, molto sbagliato.

10

Jake non riusciva a credere al dolore che lo straziava. Il cuore gli batteva nel petto come un martello pneumatico. Le braccia, le gambe, i polmoni... gli faceva male tutto.

Dalla barca Carrie gli era parsa così vicina... un buon tuffo, qualche bracciata e l'avrebbe raggiunta, aveva pensato. In acqua, però, sembrava molto più lontana. Un milione di chilometri!

Ma non aveva importanza.

L'aveva raggiunta. L'aveva afferrata! Non si sarebbe ripetuta la tragedia di suo fratello, no, Carrie non sarebbe stata la seconda Dunne che il mare si portava via. Era viva.

Solo che forse era *un po' troppo* viva.

Mentre lui lottava per tenere naso e bocca fuori dall'acqua, Carrie scalciava e urlava come una matta tra le sue braccia. Cosa aveva?

« Carrie, ti ho presa. Tranquilla » la esortò, sforzandosi di sembrare calmo per contrastare il panico di lei.

Perché di quello si trattava, vero? Carrie era ancora in preda al panico per il rischio corso. Era scioccata. Ecco perché gli resisteva.

Ci riprovò, a voce più alta. « Carrie, sono io. Lo zio Jake! Smettila di dimenarti così. »

Era certo che nel giro di qualche secondo si sarebbe resa conto di essere salva e si sarebbe calmata.

E invece no. Anzi, se possibile, era ancora peggio. Si agitava e si dibatteva tra le sue braccia come un tornado. Un tornado assassino di quarantacinque chili! Dove la trovava, tutta quella forza?

Jake, invece, l'aveva esaurita. I suoi muscoli erano stremati, le cosce e i polpacci cominciavano a bloccarsi, in preda ai crampi. Per la prima volta in quarantaquattro anni sentiva realmente tutto il peso dell'età.

Al diavolo la calma. « Carrie! Smettila subito! » le urlò.

Non riuscì a dire altro: la bocca gli si riempì di acqua salata, facendogli bruciare la gola.

Riuscì a trattenerla con un braccio, mentre con l'altro si teneva al salvagente. Carrie lo copriva di spruzzi con tanta violenza che non riusciva a vedere più nulla. Di certo non vedeva più la barca. Devo chiamare aiuto? si chiese, pensando che forse era l'unica possibilità.

Aveva appena formulato quel pensiero quando sentì Carrie scivolare dalla sua presa. La vide andare sotto senza opporre la minima resistenza. Cosa diavolo stava succedendo?

Jake prese una veloce boccata e la seguì immergendosi di testa. Accidenti! L'acqua era troppo torbida. Non vedeva nulla. Non poteva fare altro che cercarla a tastoni. Sarebbe annegata... proprio come Stuart.

Dieci secondi... venti secondi... trenta secondi...

Non sentì nulla.

A parte i polmoni che stavano per esplodere.

Poi, forse un metro più sotto, proprio quando la testa cominciava a fargli male per la pressione, sentì qualcosa di morbido e viscido come un pesce. Il braccio di Carrie!

Jake diede uno strattone forte e rapido, come se dovesse mettere in moto una falciatrice e avesse a disposizione un solo tentativo. *Tieni duro, ragazza.* Risalirono, bucando la superficie quando stava per essere troppo tardi, entrambi boccheggianti. L'aria non gli era mai parsa così preziosa.

Jake riuscì persino a trovare di nuovo il salvagente. Per la seconda volta era riuscito a salvarla. E per la seconda volta sembrava quasi che...

No, pensò, non era possibile.

Ma, mentre continuava a lottare con lei, cos'altro poteva pensare? Adesso non si limitava a dibattersi e a urlare. Lo respingeva!

Carrie sapeva benissimo quello che stava facendo. Lo aveva saputo fin dall'inizio.

Adesso Jake ne era certo.

Sua nipote non voleva essere salvata.

Carrie stava cercando di suicidarsi.

11

Mark alza le mani, disgustato. Non riesce a credere ai propri occhi, e neanch'io. «Cosa diavolo sta cercando di fare, Carrie? Di farlo affogare?»

«Sta' zitto» dico. «Ti prego, Mark. Non ora.»

Certo, perché so che è una buona domanda, cui è troppo doloroso rispondere. Anche se sembra che le cose stiano proprio così. Anzi, peggio. Carrie sta avendo la meglio su Jake. Lui pesa almeno quaranta chili più di lei, ma questo non conta. Da come si dibatte, riesce a malapena a restare a galla, figuriamoci a mantenere la presa.

«Carrie, andrà tutto bene!» urlo. «Lascia che lo zio Jake ti aiuti! Carrie!»

Ed è allora che dalla sua bocca esce l'orrenda verità. «Lasciatemi stare!» urla. «Io non voglio l'aiuto di nessuno! Lasciatemi andare!»

Lasciatemi andare?

Sento cedere le ginocchia. *Oh, buon Dio!* Carrie non è caduta in acqua accidentalmente, si è gettata. Ha cercato di uccidersi!

E continua a provarci.

Decido di tuffarmi in acqua per rendermi utile. Non posso restarmene qui a guardare, devo fare qualcosa! Ma, ancora una volta, all'ultimo istante mi blocco.

L'urlo di dolore di Jake mi gela. Ha del sangue sulla fronte. Carrie deve averlo graffiato.

Mentre il sangue gli cola sul volto, l'espressione di Jake cambia. Adesso basta! Basta fare lo zio comprensivo! Ne ha abbastanza.

Con un grugnito minaccioso passa il braccio intorno al collo di Carrie, afferrandola in una presa da strangolamento che ho visto usare soltanto dai poliziotti al pronto soccorso dell'ospedale.

Non ho mai pensato che sarei stata felice di vederla usare su uno dei miei figli.

Carrie continua a scalciare ma ora ha le mani impegnate a cercare di liberarsi dalla presa, e Jake riesce a trascinarla sottobordo. Mark, Ernie e io ci sporgiamo fuori e la afferriamo per i polsi e le caviglie, issandola a bordo come un pesce.

« Smettetela! » geme lei. « Lasciatemi in pace! »

Il cuore mi va in mille pezzi.

La adagiamo sul ponte, dove lei si dibatte ancora un po', in preda a una crisi di nervi. Alla fine si rannicchia in posizione fetale e comincia a piangere. Il suo pianto è contagioso e comincio anch'io. Non so cosa dirle. Cosa posso fare per lei?

« Vi spiacerebbe darmi una mano, gente? » dice Jake, senza fiato. Ci voltiamo e lo vediamo muovere gambe e braccia per tenersi a galla, in attesa di essere tirato su. È molto più pesante di Carrie, ma alla fine riusciamo a issare anche lui. « Grazie, Jake » gli dico. « Grazie davvero. »

Per lunghi istanti riusciamo solo a scambiarci occhiate confuse, in silenzio. Alla fine Jake ritrova la parola. « Regola numero due » dice, ansimando. « Mai tentare il suicidio. »

La battuta non serve ad alleggerire il clima ma, incrociando il suo sguardo, capisco che non era quella la sua intenzione. È serio, al pari di quanto è appena successo.

Prima, però, ci sono cose più impellenti cui pensare.

Carrie sta tremando di freddo.

« Mark, va' a prendere qualche asciugamano » dico.

Lui annuisce e fa per scendere sottocoperta. Dopo qualche secondo, però, lo vedo fermo sul primo gradino che porta alla cabina principale, con un'espressione di panico dipinta sul volto. È senza asciugamani.

« Siamo nella merda » dice. « E non sto scherzando. »

12

E adesso? Jake e io ci scambiamo uno sguardo esasperato. Non ho idea di cosa abbia scoperto Mark, ma dal suo tono, dal tremolio della sua voce, capisco che dev'essere qualcosa di grave.

Di molto grave.

« Ernie, tu resta qui con tua sorella » dico, seguendo Jake, grondante e suonato come un pugile alla cinquantesima ripresa. Ci dirigiamo sottocoperta per farci spiegare da Mark quest'ultimo guaio.

Ma non ce n'è bisogno. Il problema è lì, davanti ai nostri piedi, evidente e manifesto.

Acqua!

Acqua ovunque.

Copre tutta la cabina per un'altezza di almeno dieci centimetri e sta rapidamente salendo.

« Da dove viene? »

« Dall'unico punto possibile » risponde Jake. « Da sotto. Non può essere altrimenti, Kat. Io vado. »

Passa davanti a Mark e arranca verso la cambusa, dove si trova il piccolo portello del boccaporto che conduce al locale motore. L'oceano Atlantico preme letteralmente contro le cerniere. Jake solleva la maniglia per aprire lo sportello. Dio solo sa cosa troverà là sotto. Ho il cuore in gola.

« Sei sicuro di volerlo fare? » chiede Mark.

« L'alternativa è andare a fondo, amico » ribatte Jake, pratico. « Io preferisco dare un'occhiata. »

Il pomo d'Adamo di Mark scompare letteralmente sotto il colletto della camicia Abercrombie & Fitch. « Cosa posso fare? » chiede prontamente.

« Te lo dico tra un attimo. »

È più una frazione di secondo. Solleva lo sportello, si rende conto della situazione sotto i nostri piedi e comincia a dare ordini.

13

« Katherine, mi serve una maschera e un boccaglio. Sono nella cassa dell'Ave Maria! »

« Dove? »

« È una cassa rossa. Sta sotto il boma. Dentro c'è tutto l'occorrente per le situazioni di emergenza » mi spiega in fretta. « Come questa. »

Adesso mi è tutto chiaro, purtroppo. La cassa dell'Ave Maria.

Jake si volta verso Mark. « Mark, tu vai a prendere qualunque cosa che assomigli a un secchio. » Mark annuisce, esitante, ma non si muove. Neppure io mi sono mossa. Cosa stiamo aspettando?

« Avanti! » urla Jake. « Sbrigatevi! »

Funziona. Mark e io ci precipitiamo fuori dalla cabina come se avessimo il fuoco alle calcagna.

« Cosa succede laggiù? » chiede Ernie.

Mark mi batte sul tempo. « Questa cazzo di barca sta per affondare! » esclama.

Non sono esattamente le parole che avrei usato io, ma non starò a sottilizzare. Non è il momento. « Ernie, aiuta tuo fratello a trovare dei secchi » dico. « Non affonderemo. » *Dio, ti prego, fa' che non accada.*

« E Carrie? » chiede Ernie.

Ci voltiamo tutti a guardarla. È rannicchiata sul ponte, la testa tra le mani.

Ancora una volta, Mark mi batte sul tempo. « Non ti preoccupare. Forse tra poco dovremo buttarci in mare tutti! »

Ernie mi guarda con due occhi grandi come frisbee. Il ragazzino che si comporta sempre come un adulto d'un tratto è tornato a essere un bambino di dieci anni. Riesce a malapena a spiccicare parola. « È... è... vero, mamma? »

« Andrà tutto bene » gli dico. Almeno, spero. « Tu cerca di aiutare tuo fratello, okay? No, anzi, tieni d'occhio Carrie. »

Sto per precipitarmi verso la cassa quando mi cade l'occhio sull'unico esito positivo di questo dramma.

Carrie.

Si sta alzando in piedi, lentamente, e si asciuga le lacrime. « Vi do una mano io » dice, piano.

Forse, dopotutto, non vuole più morire, per oggi. Quindi l'allagamento della cabina ha un suo lato positivo?

Vado verso di lei per abbracciarla – per essere la madre che disperatamente desidero essere – quando sento Jake urlare da sotto. « Datevi una mossa, gente! Tempo dieci minuti e andiamo sotto! »

Gli abbracci possono aspettare.

14

Mi sento come se fossi tornata al pronto soccorso o in una sala operatoria male equipaggiata. Frugo nella cassa dell'Ave Maria, tra una valigetta di pronto soccorso, un battellino gonfiabile e Dio solo sa cos'altro, finché trovo la maschera e il tubo. Corro sottocoperta e li lancio a Jake.

Lui ha già montato la pompa a mano e sta infilando un tubo nel boccaporto. La pompa elettrica nel locale motore, mi spiega, è sott'acqua da troppo tempo per ripartire.

Abbasso lo sguardo sulle mie gambe nude. L'acqua sta salendo rapidamente. I dieci centimetri sono diventati almeno quindici. Ed è freddissima. Mi sento le caviglie come se fossero blocchi di ghiaccio.

« Pensi che la barca abbia urtato qualcosa? » domando.

« Se è successo, io non ho sentito niente » risponde Jake, infilandosi velocemente la maschera.

Poi mi viene un dubbio. « Forse è successo quando eri in acqua con Carrie. Magari eravamo tutti così presi a guardare voi che non abbiamo sentito. »

« Ne dubito » dice lui, sedendosi a gambe divaricate sul boccaporto. « Se qualcosa squarciasse questo scafo lo sentiresti eccome. Non abbiamo urtato nulla. »

« Allora cosa pensi che sia? »

« Tra poco lo scoprirò » dice. « Caso mai, ti ricordi come funziona il canale radio d'emergenza? »

« Me lo ricordo. Caso mai cosa? »

« Niente. Volevo solo esserne sicuro » dice, con un sorriso poco convincente. « Non si sa mai. Può sempre servire. »

Jake si mette il boccaglio tra i denti e si infila nel vano motore allagato.

Quando scompare, come un incursore della Marina, resto lì per un momento, intontita, prima di rendermi conto che ho del lavoro da fare. Afferro la pompa a mano e mi metto al lavoro, anche se so che è una battaglia persa in partenza.

L'unica speranza che abbiamo di restare a galla è che Jake trovi la falla a tempo di record. E la ripari.

Altrimenti la famiglia Dunne finirà ufficialmente sul *Guinness dei primati* per « la vacanza più breve del mondo ».

15

« Dov'è lo zio Jake? » chiede Carrie, la prima della brigata dei secchi a scendere la scaletta che porta in cabina. Mark ed Ernie la seguono a ruota. Da tempo non li vedevo così uniti.

« È là dentro. Sta cercando di salvarci » dico, indicando il boccaporto. « Nel frattempo noi dobbiamo cominciare a sgottare. »

Dico ai ragazzi di formare una fila sino al ponte. È il modo migliore, spiego. Io raccolgo l'acqua, porgo il secchio a Ernie che lo passerà a Carrie che a sua volta lo darà a Mark, il quale lo rovescerà fuoribordo.

Semplice. Un gioco da ragazzi, come dico spesso in sala operatoria.

Ha!

Abbiamo appena iniziato e subito cominciano le lamentele. Addio armonia familiare.

« Ernie, tieni fermo il secchio quando lo passi! Sei capace di concentrarti su un'operazione semplice? Continui a rovesciare l'acqua! » brontola Carrie.

« E tu, Carrie, devi muoverti più in fretta » obietta Mark. « Devi tenere il ritmo con gli altri. »

« Ha parlato il rimbambito dalle canne! » ribatte Carrie.

« Se non altro io non ho istinti suicidi! »

« Ehi, perché non chiudi la bocca, Mark? » dice Ernie.

« Chiudimela tu, stronzetto! »

È questione di un attimo. Ernie lancia un secchio pieno di acqua gelata oltre la sorella, dritto in faccia a Mark. « Ooops! Ho di nuovo rovesciato l'acqua. »

Comincia a ridere per la propria battuta quando... bam!

Mark salta dalla scaletta, e si lancia su Ernie afferrandolo in una presa di testa. Mentre Ernie cerca di liberarsi, i due cominciano a girare in tondo, e il mio « gioco da ragazzi » si trasforma in un incontro di wrestling.

« Smettetela! » grido, avvicinandomi per dividerli. « Smettetela immediatamente! » Ma riesco solo a farmi sbattere a terra. Sono troppo forti per me... e stanno lottando per davvero.

Dov'è Jake quando serve?

Un momento...

Dov'è Jake?

16

Torno al boccaporto e vedo solo l'acqua gelida che continua a salire. Ho perso la cognizione del tempo, ma Jake dev'essere laggiù da qualche minuto. Per quanto si può trattenere il respiro con il boccaglio? Davvero non so cosa rispondere.

Non così a lungo, penso.

Afferro una scopa dall'armadietto accanto al frigorifero e comincio a battere col manico sul pavimento della cambusa. Il rumore richiama immediatamente l'attenzione di Mark ed Ernie che si bloccano per vedere cosa sto facendo.

E Jake? Sono riuscita ad attirare la sua attenzione?

« È là dentro da un sacco di tempo, vero? » dice Carrie. Se non altro adesso è lucida.

Annuisco e restiamo tutti a guardare il boccaporto aperto, ma Jake non riemerge. Nel frattempo, per la prima volta, avverto il peso dell'acqua che comincia a tirare giù la barca. È come se l'oceano ci stesse lentamente ma inesorabilmente risucchiando.

Con la coda dell'occhio vedo la radio e mi tornano in mente le parole di Jake sull'uso del canale radio d'emergenza. Non si sa mai, ha detto.

E io non voglio saperlo.

Su, Jake, dove sei? Torna a galla. Ti prego.

All'improvviso vediamo l'acqua uscire dal boccaporto. Compare una mano e poi una testa.

Jake si issa nella cambusa. Indossa la maschera. E nient'altro.

« Cos'è successo? Dove sono i tuoi vestiti? » chiedo.

« Li ho usati per tappare la presa a mare dell'acqua di raffreddamento » risponde.

Scuoto la testa. La cosa?

« È l'ingresso del tubo che prende acqua dall'esterno per raffreddare il motore » spiega. « Non chiedermi come è successo, ma si è rotto, e mi ci è voluto tutto quello che avevo per tappare la falla. Appena avremo finito di sgottare penserò a una riparazione più duratura. »

È una buona notizia. Un'ottima notizia. Ma riesco a dire soltanto una cosa. « Ehm, Jake... »

« Sì? »

« Sei nudo. »

Lui abbassa lo sguardo. « Ah, sì, hai ragione » dice, con un sorriso imbarazzato. « Ma non c'è niente che un dottore non abbia mai visto, no? »

« Pensavo ai ragazzi. »

« Niente che io non abbia già visto » dice Carrie, col primo mezzo sorriso della giornata.

« Ah, davvero? » ribatto con un altro mezzo sorriso. « Allora non c'è motivo di guardare con tanta curiosità, no? »

Carrie arrossisce violentemente, Ernie e Mark cominciano a ridere e Jake mi prende il secchio dalle mani per coprirsi.

« E con questo, credo proprio che andrò a mettermi qualcosa addosso » annuncia.

17

Scopriamo che non esiste un metodo veloce per svuotare una barca da centinaia di litri di acqua gelida e sciabordante. E, se è per quello, neppure un metodo indolore.

Per il resto del pomeriggio e buona parte della serata continuiamo a vuotare nell'oceano secchio dopo secchio. Aspettiamo che la pompa elettrica nel locale motore si metta in moto e ci dia una mano, ma non succede. Secondo Jake il motorino, che si è bagnato, non può ripartire.

Siamo stremati. Così esausti che quando, finalmente, la *Family Dunne* è di nuovo asciutta, Carrie, Mark ed Ernie riescono a pronunciare solo due parole.

Buona notte.

Troppo stanchi persino per mangiare, i ragazzi se ne vanno alle loro cuccette e si addormentano prima ancora di toccare il cuscino con la testa.

È quello che farei anch'io, se Jake non stesse ancora trafficando giù nel locale motore. Dev'esserci un modo migliore per aggiustare un tubo che tamponarlo con dei vestiti, giusto? Lo spero tanto.

È stata una giornata infernale, prima Carrie, poi la barca, e Jake è decisamente il nostro eroe. Il minimo che io possa fare è restare alzata finché lui non ha finito.

E poi, è una serata stupenda, fuori sul ponte. Ci sono così tante stelle! Il cielo è tranquillo. Mi ricorda i miei giorni di cattolica praticante e recito una preghiera di ringraziamento.

Poi mi sdraio pancia all'aria sui cuscini della panchetta dietro il timone, avvolta in una coperta, cercando con gli occhi le costellazioni. Orione, Lira, Cassiopea. Quando trovo il Grande Carro non riesco a trattenere un sorriso amaro. « Sai, tesoro, tecnicamente il Grande Carro non è una costellazione » mi ripeteva sempre mio padre, quando avevo otto o nove anni. O non sapeva di ripetersi o temeva che me lo dimenticassi. « È un asterismo » mi spiegava, sillabando la parola ogni volta. « Significa che è solo una parte di una costellazione più grande. »

Mio padre era un esperto astronomo dilettante, e anche un grande affabulatore, ed era lui ad accompagnarci in chiesa ogni domenica, non mia madre, che faceva l'infermiera al pronto soccorso. Nelle sere d'estate restavo per ore accanto a lui, a piedi nudi sull'erba fresca. Ci alternavamo al telescopio. Ricordo che una delle gambe del cavalletto aveva la cerniera rotta e mio padre l'aveva aggiustata con del nastro adesivo nero preso dal laboratorio in cantina.

« In un certo senso » diceva, « siamo tutti come il Grande Carro, parte di qualcosa di molto più grande di noi. Spero che anche tu arriverai a capirlo. »

Penso fosse per questo motivo che gli piaceva così tanto osservare le stelle. Mio padre credeva che ci fosse qualcosa, lassù, un potere superiore, qualcosa di più grande di noi. Forse sto cominciando a crederlo anch'io.

Ancora oggi sento moltissimo la sua mancanza. Quando le persone mi chiedono come mai sono diventata cardiologa, una professione dominata dagli uomini, do sempre la stessa risposta. È una frase che non richiede ulteriori spiegazioni.

Mio padre è morto di infarto quando io avevo sedici anni.

18

« Eccoti qui » dice Jake, con un tono quasi tranquillo.

Ero così presa dal ricordo di mio padre e dalle stelle che non l'ho sentito salire sul ponte. È in piedi dietro la ruota del timone e mi sorride.

« Come va? » chiedo. « Hai avuto fortuna? »

« Sì, finalmente. Sono riuscito a tagliare un pezzo di tubo dell'alimentazione e a inserirlo nel punto in cui si era rotto quello del circuito di raffreddamento. Un po' come uno dei tuoi by-pass. »

« Velista e chirurgo. Mi stupisci. »

« Aspetta a dirlo, Kat. Non è detto che tenga. »

« E se non tiene? »

« Passiamo al piano B. »

« Sarebbe? »

« Speravo lo sapessi tu. Di solito hai un piano di riserva per tutto. »

« In sala operatoria sì, ma nel mondo reale non sempre. »

Scoppiamo a ridere e lui gira intorno al timone per venire da me. Stringe tra le mani due bicchieri e una bottiglia di vino. Che bella idea.

« Ho pensato che ne avessimo bisogno » dice. « A scopo strettamente terapeutico. »

« È la battuta dell'anno. »

Jake si siede sulla panchetta di fronte a me e prende un cavatappi dalla tasca. Indossa abiti più caldi, un maglione rosso a girocollo e un paio di jeans sbiaditi, strappati e macchiati di pittura bianca. Mi ricordano quelli che si trovano in vendita nelle boutique di Soho per cinquecento dollari.

Solo che i suoi sono veri. Autentici. Proprio come lui.

Quando stappa la bottiglia e versa il vino, vedo l'etichetta nera e lo riconosco immediatamente. Gavi di Gavi La Scolca, uno dei nostri preferiti.

« È da tanto che non lo bevo » dico. « Probabilmente l'ultima volta è stata con te. »

Pronuncio le parole così, senza riflettere. Segue un silenzio impacciato. È come se entrambi ce ne fossimo ricordati nello stesso istante, il che probabilmente è vero.

L'ultima volta che abbiamo bevuto una bottiglia di Gavi di Gavi La Scolca è stata anche l'ultima volta che abbiamo fatto l'amore.

19

Jake cambia argomento o, meglio, lo ignora. Mi porge il bicchiere e propone un brindisi. « A una crociera più tranquilla e a una bellissima vacanza. Funzionerà, Kat. »

« A una bellissima vacanza » dico.

Facciamo tintinnare i bicchieri e sorseggiamo il vino: è secco, delizioso. Non sono mai stata un'appassionata di vini e probabilmente non sarei in grado di riconoscere un Syrah da un Petit Syrah, o un Pinot grigio italiano da un Pinot gris della California, ma so capire quando un vino è buono. È questo è buono. Molto, molto buono.

« Ehi, hai sentito? » chiede Jake.

Resto perfettamente immobile, in ascolto. « No. Io non sento niente. »

Sorride. « Proprio così. Nessun rumore. Solo pace e silenzio. »

Ha ragione. È meraviglioso. Solo che, invece di godermelo, riesco solo a pensare che non durerà. Nel momento in cui i ragazzi si sveglieranno, domani mattina, sarà tutto finito. O meglio, ricomincerà tutto da capo... la follia che si è impadronita della mia famiglia.

Il fatto che Mark fumi regolarmente spinelli è già di per sé un bel problema. Ma una figlia con tendenze suicide?

« Jake, cosa devo fare con Carrie? Ci sono stati dei segnali, ma non pensavo fosse una cosa così seria. »

Lui riflette un istante, prima di rispondere, scrollando appena le spalle larghe.

« Abbiamo due scelte » dice. « Possiamo tornare indietro e trascinarla in un ospedale psichiatrico dove la terranno sotto osservazione per qualche giorno, lontano da oggetti appuntiti e indumenti che possano essere utilizzati come un cappio. Dopodiché, o la imbottiranno di farmaci e la rinchiuderanno, oppure la imbottiranno di farmaci e la rispediranno a casa. In un modo o nell'altro, non saprai mai davvero se cercherà di uccidersi un'altra volta. O se sarebbe andata fino in fondo. Ricordati, Kat, che Carrie è un'ottima nuotatrice. »

« Riesci a far sembrare le cose così piacevoli! » osservo.

« È perché non lo sono. »

« E l'altra opzione? » domando. Non può essere peggiore!

Si sporge verso di me e la sua voce diventa un sussurro. « Continuiamo a navigare per tutta l'estate e le dimostriamo che la vita è degna di essere vissuta. »

« Pensi davvero che ci riusciremo? »

« In tutta sincerità, non saprei dirtelo con certezza. L'unica cosa che so è che, se non proviamo – se non provi con tutte le tue forze – rimpiangerai per tutta la vita di non averlo fatto. Per quanto riguarda Carrie, credo che ne uscirà. Alla fine ha smesso di lottare contro di me. È stata lei a salvarsi. »

Jake beve un altro sorso del Gavi di Gavi mentre le sue parole si fanno largo nella mia mente e vi attecchiscono. È incredibile. Conosco un sacco di uomini che hanno molti più soldi, molti più mezzi e lavori molto più prestigiosi di Jake, ma nessuno che abbia più buon senso di lui.

È un silenzio rilassato, quello che segue, e che riesce per la prima volta a farmi davvero apprezzare la pace e la tranquillità. Ovviamente non durerà, ma forse è proprio la sua fugacità a renderlo così piacevole. Come la vita.

Ciò che accade dopo è inevitabile. Non posso farci nulla. Comincio a pensare alla morte di Stuart su questa stessa barca. Alle complicazioni del nostro matrimonio, agli errori che entrambi abbiamo commesso. E scopro di non essere la sola.

« Vuoi sapere una cosa assurda? » chiede Jake.

« Più assurda della nostra giornata? »

« Sì, anche se può sembrare incredibile. » Si interrompe per riempire di nuovo i bicchieri. « Una mezz'ora fa, mentre ero solo nel locale motore, mi è parso di sentir ridere qualcuno. Era la voce di un uomo, una voce conosciuta. Ho pensato fosse Mark, o magari Ernie. Ma quando ho messo la testa fuori dal boccaporto, non ho sentito nulla. Poi, tornato giù, l'ho risentita. »

Sono confusa. « Era uno dei ragazzi? »

« No. La risata veniva da dentro il locale motore, e ho capito perché mi risultava così familiare. Era Stuart. Era la sua risata. E quando mi sono rimesso ad aggiustare il tubo di raffreddamento... »

Si blocca quasi non volesse terminare la frase.

« Cosa è successo? » chiedo, incalzandolo.

« Per un istante giurerei di averlo visto » dice Jake. « Lo so che non è possibile, ma questa è l'impressione che ho avuto. È stato davvero inquietante, Kat, specialmente perché sembrava così reale. *Come se lui fosse qui con noi.* »

20

Non so proprio come reagire. Che Jake stia cominciando a dare i numeri? Che si sia fumato l'erba confiscata a Mark? Che abbia preso un colpo in testa, poco fa?

« Te l'avevo detto che era una cosa assurda » dice.

« No, non è così assurda. » Cerco di rassicurarlo. « Ci sono volte in cui sono al ristorante, o sto camminando per strada a New York e mi sembra di vedere Stuart. »

« Ti riferisci al fatto di vedere persone che assomigliano a lui. Io sto parlando del fatto che ho visto... »

Ancora una volta non riesce a terminare la frase. Lo faccio io per lui.

« Un fantasma? »

Non sono una psichiatra, ma non posso fare a meno di mettermi nei panni della mia migliore amica, Sarah. Se Jake le stesse raccontando questo, nel suo studio di Manhattan, cosa direbbe lei? Sinceramente non lo so, ma suppongo che sarebbe qualcosa di meglio di un banale: « I fantasmi non esistono, Jake ».

In quel momento mi viene in mente che noi due non ne abbiamo mai realmente parlato.

« Pensi sia il senso di colpa? » chiedo.

Mi guarda come se avessi appena messo a nudo i suoi pensieri più intimi.

« Io ero suo *fratello.* »

« Già. E io ero sua *moglie.* Attraversavo un periodo difficile. Il nostro matrimonio era in crisi e tu mi sei stato vicino. Nessuno dei due immaginava cosa sarebbe successo. Non era la cosa giusta e dopo un po' lo abbiamo capito entrambi. »

« Tu prima di me. »

« Io dovevo pensare ai ragazzi, Jake. E a Stuart, anche se non era un santo. »

Annuisce con aria mesta. « Lo so. Avevi ragione. »

« Il fatto è che non possiamo cambiare il passato. E, sinceramente, neanche lo vorrei. »

« No, neanch'io. » Allunga una mano a sfiorare la mia, ma subito la ritrae.

Mi rivolge un sorriso tirato e accantoniamo l'argomento. Finiamo il vino e riusciamo persino a farci quattro risate sulla nostra prima giornata in mare, nonostante sia stata un completo disastro.

Quando mi sdraio nel mio letto, dopo avergli augurato la buona notte, ripenso alla mia conversazione con Jake. Conosco fin troppo bene i sensi di colpa causati dalla nostra relazione. La mia coscienza ne è uscita devastata.

Specialmente perché neppure Jake sa tutta la verità.

Ma c'è un lato positivo in tutto questo. Ho imparato la lezione. Mi è stata data una seconda opportunità, in amore, e adesso mi sta aspettando a Manhattan.

Non potrei mai tradire Peter, per nessuna ragione al mondo. Lo amo più della vita stessa.

21

Bailey Todd aprì lentamente, con malizia, la porta del suo piccolo appartamento al Greenwich Village. Sfoggiava un sorriso fatale e poco altro. Per l'esattezza reggiseno e mutandine neri.

Esattamente quello che Peter Carlyle sperava avesse scelto per quella sera.

Talvolta Bailey indossava biancheria rosso fuoco, altre volte bianca candida. Ma niente riusciva a pompare il sangue di Peter nei posti giusti come il nero. Il nero assoluto era il massimo. Non c'era niente che gli piacesse di più.

« Ciao, bello » disse lei con voce sensuale, esagerando un po', ma non troppo, sperò lui.

Peter rimase sulla soglia per qualche istante, ad ammirarla come avrebbe fatto con un'opera d'arte straordinaria e molto costosa. I folti capelli castano ramati, gli occhi grigio fumo, un corpo da favola, perfettamente tonico. E il viso dolce, quell'espressione angelica che faceva di lei un capolavoro. C'era una regola aurea a proposito delle donne: metà dei tuoi anni più sette. Bailey ci andava molto vicina.

« Non ho fatto che pensare a te tutto il giorno » le disse, e in effetti era quasi la verità.

Bailey piegò la testa di lato. « Anche quando hai baciato tua moglie che partiva per la sua crociera? »

« Specialmente allora » rispose Peter senza la minima esitazione. Bailey, venticinque anni. Katherine quarantacinque. Non c'era storia, per lui... anche se doveva ammettere che Kat era in forma, per la sua età. Che poi era anche *la sua.*

Entrò nell'appartamento, chiudendosi la porta alle spalle con il tacco.

Bailey gli si accostò sussurrandogli nell'orecchio: « Ho una gran voglia di scoparti. Di succhiarti e poi di scoparti ».

Il desiderio era più che reciproco. Peter era così eccitato che si sentiva girare la testa. Si sporse per baciare le sue labbra carnose, così vicine. Prima che riuscisse a raggiungerle, però, Bailey si ritrasse con una risatina. «Seguimi. Qui siamo a casa mia» gli disse, facendogli un cenno con l'indice.

Lo condusse in camera da letto, ma non al letto. Lo fece sedere su una poltrona di pelle marrone vicino a una finestra che guardava sulle graziose stradine del quartiere.

Cos'aveva in testa? si chiese Peter. La sua mente fu invasa da ogni genere di fantasie oscene in merito a pratiche sessuali considerate illegali in diciassette stati. Poi gli venne un'altra idea, questa volta comica: Dio benedica la facoltà di legge della NYU!

Era lì che aveva conosciuto Bailey, pochi mesi prima – mesi tremendamente eccitanti, passati in un lampo –, quando era stato invitato a parlare a un seminario sul ruolo dei diritti costituzionali all'atto dell'arresto. Al termine della conferenza Bailey gli si era avvicinata e, titubante e rispettosa, gli aveva chiesto se poteva approfittare di lui per una relazione che stava scrivendo.

Forse ci stava provando, o forse no. Sta di fatto che Peter la trovava bella da morire. Da morire due volte. Nel giro di una settimana erano finiti a letto.

E sul sedile posteriore della sua limousine.

E nel gabinetto degli uomini del Guggenheim.

E nell'ascensore del Marquis Plaza sopra Times Square.

Ma, mentre accendeva qualche candela sul cassettone e chiudeva lentamente le tende sul mondo esterno, la studentessa del terzo anno di legge stava cominciando a trovare ottime argomentazioni a favore della tesi che non esiste posto migliore di una casa.

22

« Ti piacciono i Supreme Beings of Leisure? » chiese Bailey, premendo un tasto sul suo iPod nano. « Sai chi sono, vecchietto? »

Peter pensò fossero il gruppo la cui musica cominciava a invadere la stanza dai piccoli altoparlanti Bose. No, non ne aveva mai sentito parlare, ma gli parevano decenti. Un po' ipnotici. Quanto al loro nome... be', era perfetto.

« Da adesso sono il mio complesso preferito » annunciò Peter. « E non chiamarmi mai più vecchietto, ragazzina. »

Bailey sorrise, mettendo in mostra la dentatura perfetta.

Poi iniziò a ballare.

Cominciò a muovere fianchi e braccia al ritmo incalzante dei Supreme Beings of Leisure, la pelle liscia che rifletteva la luce incerta delle candele.

Peter si aggrappò ai braccioli della poltrona, rifiutandosi di sbattere le palpebre. Non voleva perdere neppure un millisecondo di quella irresistibile esibizione.

« Balli benissimo » disse, alla fine.

« Per essere un avvocato... »

E aveva appena iniziato a scaldarsi.

Lentamente si portò l'indice alle labbra e se lo infilò in bocca, succhiandolo.

Cosa avrebbe dato Peter per essere quell'indice!

Presto, presto!

Bailey si tolse il dito di bocca e lo fece scendere lentamente verso il basso, tracciando una linea lungo il collo. Si soffermò sulla curva dei seni che sporgevano perfetti dal reggiseno.

Scese lungo le costole, quasi contandole a una a una.

Sull'ombelico.

Sull'elastico delle mutandine, sopra un fiocchetto sul lato sinistro.

Per scomparire sotto il pizzo nero mentre lei allargava le gambe lunghissime.

Bailey chiuse gli occhi e gettò la testa all'indietro, la mano che si muoveva su e giù accompagnata dai suoi gemiti. Proprio un Supreme Being of Leisure, pensò Peter.

Ciò che desiderava di più in quel momento – più di ogni altra cosa – era alzarsi dalla poltrona e gettare Bailey sul letto. O prenderla lì, sul pavimento.

Ma, mentre stava per saltarle addosso, Bailey alzò l'altra mano, facendogli cenno di restare dov'era. Avrebbe dovuto attendere ancora un po'.

Peter tornò a sedersi con un sorriso. *Che crudeltà! Era proprio perfetta!* Bailey sembrava il padrone che addestra il cane a restare seduto mostrandogli una ricompensa. Più lei si negava più lui la desiderava. Ed era quello lo scopo della sua piccola esibizione, no?

Che ragazza sveglia, pensò Peter.

E lui era proprio un cane fortunato, doveva ammetterlo.

23

A una ventina di isolati a sud del Greenwich Village, Gérard Devoux, l'Illusionista, era davanti al fornitissimo bar del suo attico di SoHo, intento a versarsi due dita di Glenlivet del 1964. Quel pregiato single malt che costava più di duemila dollari – sempre ammesso di riuscire a trovarne una bottiglia in vendita – era un regalo di un suo ex cliente. Un cliente molto soddisfatto.

Come tutti gli altri, del resto.

Col bicchiere in mano Devoux andò alla libreria a muro della parete che separava il soggiorno dalla camera da letto. Sugli scaffali c'erano moltissime prime edizioni di romanzi autografate dall'autore. In totale, la collezione contava oltre trecento titoli e comprendeva, tra gli altri, *Comma 22* di Joseph Heller e *Furore* di Steinbeck. C'era anche un'edizione rilegata in pelle di *Per chi suona la campana*. La firma indicava che Hemingway si era concesso una buona dose di scotch prima di prendere la penna per autografarlo.

Ma, per quanto fossero preziose quelle prime edizioni, ciò che si trovava dietro lo era ancora di più. Devoux allungò la mano destra verso la costa di *Camera con vista* di E.M. Forster. Invece di estrarre il libro, però, lo spinse con forza, sino in fondo, finché il volume parve scomparire nella parete. Come per magia.

Devoux attese pazientemente il lieve sibilo idraulico del battente a chiusura ermetica che si apriva. La libreria scivolò lentamente di un metro verso sinistra. Come in un film di James Bond, solo che qui era tutto molto reale.

Il suo ufficio era aperto.

Il locale era grande non più di tre metri per tre, ma attrezzato con così tanti computer e sofisticati sistemi di sorveglianza da intercettare quasi ogni conversazione di cellulare, violare quasi tutti i siti web protetti, o mandare in tilt le contrattazioni delle principali borse: New York, Tokyo, Singapore, Hong Kong.

Il solito tran tran per un ex uomo della CIA molto insoddisfatto, un « elemento prezioso » che un tempo era stato ai massimi livelli nel suo ambiente.

Quella sera, però, c'era solo un'operazione in programma. Tracciare il percorso fatto da una certa barca a vela in mare.

Com'è andato il vostro primo giorno di crociera, cara famiglia disfunzionale? È successo qualcosa di interessante? La rottura di un tubo del circuito di raffreddamento, magari?

Devoux batté qualche tasto, concedendosi una risatina soffocata al pensiero del povero zio Jake che correva ai ripari.

Non c'è modo che tu sia tornato a terra per la riparazione, non tu, Velista del secolo. Non è nel tuo stile. Hai tagliato un pezzo di tubo dell'alimentazione per riparare quello rotto, non è vero? Ovvio.

Devoux digitò qualche altro tasto e lo schermo si illuminò con le esatte coordinate della *Family Dunne*. Il trasmettitore di posizione che aveva nascosto sulla barca la sera precedente funzionava alla perfezione.

Magnificamente.

PARTE SECONDA

Mayday

24

Ricardo Sanz, alias Hector Ensuego, alias cento altre identità false o rubate, stava guardando tutto solo una replica di *Friends* doppiata in spagnolo sull'enorme televisore al plasma della suite presidenziale al Bellagio di Las Vegas. Il sole era appena tramontato. Erano due giorni che non dormiva, e quello era il terzo. Ecco cosa succedeva ad assaggiare la propria merce.

All'improvviso sentì bussare alla porta.

Sanz afferrò la pistola. Non aspettava nessuno. E anche se avesse aspettato qualcuno, l'avrebbe presa comunque.

Rischio professionale.

« Chi è? » chiese ad alta voce, alzandosi dal divano. Era vestito con l'uniforme ufficiale dei trafficanti di droga resa famosa da Alfred Molina nel film *Boogie Nights - L'altra Hollywood*: maglietta e mutande aderenti, accappatoio aperto e una gran quantità di gioielli d'oro tintinnanti.

« Sono la cameriera » disse una voce indistinta di donna da dietro la porta.

Si avvicinò. « Cosa vuole? Non mi serve niente. »

« Le preparo il letto per la notte » rispose lei.

Lui sbirciò dallo spioncino. Uniforme dell'albergo. Un carrello carico di asciugamani e articoli da toeletta.

Tant'è.

Non aveva bisogno che gli preparassero il letto per la notte.

D'altro canto, i cioccolatini che aveva trovato sul letto la prima sera gli erano piaciuti un casino. Erano fatti a forma di conchiglia e ripieni di liquore. Rum, forse? Lui sapeva solo che erano una vera droga.

Guardò di nuovo in corridoio. Mmm. Magari gliene avrebbe lasciata una scatola. E forse ci sarebbe uscito qualcos'altro.

La cameriera era carina. E pure giovane. Se si fosse tolta quell'orribile uniforme grigia e avesse sciolto i capelli, probabilmente sarebbe stata molto sexy.

« Un momento » le disse.

Sanz si infilò la pistola nell'elastico delle mutande, sul didietro, e si annodò la cintura dell'accappatoio gentilmente fornito dall'albergo. Aprì la porta.

L'agente Ellen Pierce della DEA entrò nella stanza.

« Le ho portato anche qualche asciugamano pulito. »

25

Con la piantina della suite ancora fresca nella mente e le braccia cariche di soffici asciugamani bianchi, Ellen girò immediatamente a sinistra e si diresse verso la camera da letto padronale. Una vera cameriera avrebbe saputo esattamente dove dirigersi, no?

Erano dettagli come quello – o il trascurare dettagli come quello – che potevano far saltare la copertura di un agente. O peggio, esporlo al rischio di beccarsi un proiettile, specialmente quando l'operazione riguardava uno schifoso trafficante di droga come Ricardo Sanz.

A Ellen, però, non sarebbe capitato. Lavorava a quel caso da troppo tempo per permettere a uno stupido errore di compromettere tutto. Né quel giorno né mai. Sapeva bene quanto fosse pericoloso Sanz.

« Signorina » disse Sanz. « Ce li ha quei cioccolatini che mettete sul letto, vero? »

« Sì, sono sul carrello » rispose Ellen voltandosi appena.

Soddisfatto, il trafficante se ne tornò a guardare la televisione. Era l'episodio in cui Phoebe canta la canzone *Smelly Cat*. Solo che in spagnolo diventava *Un gato que huele mal*.

Rimase in piedi per un attimo, poi si risedette. All'ultimo momento si ricordò della pistola infilata tra le mutande e la schiena. La prese e la mise nella tasca destra dell'accappatoio. *Ehi, è una pistola, quella, o sei felice di vedermi?*

Nel frattempo, in camera da letto, Ellen si era messa all'opera.

Lei e la sua squadra seguivano i movimenti di Sanz da quasi un anno. Erano stati lì lì per prenderlo, a New York, dove operava nella zona spagnola di Harlem. Ma probabilmente lui aveva capito di avere le ore contate perché un bel giorno era sparito.

Adesso era ricomparso – a Las Vegas – con due grosse Samsonite nere, presumibilmente piene di cocaina colombiana ancora da tagliare. Il valore al dettaglio era di quattro milioni di dollari anche se, probabilmente, alla stampa l'Agenzia avrebbe detto dieci. Ellen odiava le menzogne e le manovre politiche, ma non poteva farci niente.

Prima di fare irruzione, però, la DEA aveva bisogno di certezze. Ed ecco entrare in scena l'agente Ellen Pierce, famosa per la sua abilità nei lavori più ingrati.

Posati gli asciugamani sul letto, cominciò la perquisizione dagli armadi a muro. Accidenti. Niente, a parte due camicie di seta di pessimo gusto e un paio di pantaloni giallo vomito. Allora passò a controllare i cassetti inferiori dell'armadio che ospitava un altro grande televisore al plasma. Niente di interessante neppure lì. Niente coca.

Dov'era Diablo, quando avevi bisogno di lui? Era il miglior pastore tedesco antidroga dell'Agenzia. Purtroppo non aveva potuto portarlo con sé. Un tantino troppo evidente.

Fu allora che Ellen vide qualcosa sotto il letto.

La maniglia di metallo di una valigia. Di una Samsonite nera.

Si inginocchiò e la tirò fuori. Dio, ti prego, fa che non sia chiusa a chiave.

Non lo era. L'agente Pierce la aprì più silenziosamente che poté. Il primo scatto fu quasi impercettibile. Così pure il secondo.

Quando aprì la valigia e la trovò piena di sacchetti di polvere bianca come la neve, però, fu il *terzo scatto* a spaventarla a morte.

Quello del cane della pistola.

Ellen schizzò su come una molla.

« Che cazzo stai facendo? » domandò Sanz, fermo sulla soglia. Teneva la pistola puntata dritta alla testa di Ellen.

« Ho bisogno di altri asciugamani » rispose lei.

« Che cosa? »

La risposta non aveva alcun senso per Sanz, ma per gli uomini della DEA appostati fuori in corridoio, il messaggio era forte e chiaro. Ellen, con addosso una ricetrasmittente, aveva bisogno di aiuto.

Mayday! Mayday!

Pochi secondi e la porta della stanza si spalancò con uno

schianto; una decina di agenti si precipitarono dentro come furie. Mentre Sanz si voltava verso di loro per far fuoco, Ellen infilò la mano tra gli asciugamani che aveva posato sul letto. Afferrò la Glock .40 ed esplose due colpi contro Sanz. L'uomo crollò a terra con un tonfo sordo.

Ellen rimase a fissare per un istante, impietrita, l'accappatoio che assorbiva il sangue rosso squillante. Era famosa per il suo senso dell'umorismo, ma in quel momento, mentre i suoi compagni si riversavano nella stanza, non le venne in mente alcuna battuta. Non era un film, né una stupida serie televisiva.

Quello era il suo lavoro, la sua vita reale, e quel giorno per poco non ci aveva lasciato la pelle. Senza contare che aveva ucciso un altro essere umano.

Abbassò la pistola e fece un respiro profondo.

Poi lasciò uscire il fiato lentamente.

26

Prima di partire per la mia cosiddetta « crociera sabbatica », almeno una decina di persone all'ospedale mi avevano suggerito di tenere un diario della navigazione. Scrivere il mio *Due mesi a prora*, dare del filo da torcere a Sebastian Junger. Una collega cardiologa, due infermiere, uno dei guardiani notturni, persino una volontaria che ancora portava l'apparecchio ai denti, erano tutti convinti che sarebbe stata un'idea fantastica annotare i miei pensieri durante il viaggio.

E dire che per poco non ho seguito il loro consiglio e non ho cominciato a tenere un diario. Fortuna che non l'ho fatto. A quest'ora l'avrei già buttato in mare. O bruciato. Quante volte puoi cominciare una pagina scrivendo: « Avrei voglia di uccidere i miei figli »?

Siamo in mare da sei giorni, ne mancano soltanto due al primo scalo nelle Bahama, e per la famiglia Dunne è stato un SOS dopo l'altro.

Le Stesse Odiose Stronzate.

Carrie non ha più cercato di suicidarsi, ma è ben lontana dal diventare Miss Ottimismo. Suppongo che il fatto di essere controllata non la aiuti. Non c'è da meravigliarsi che stia diventando paranoica. Peggio, ha ricominciato a non mangiare, anche se giura di sentirsi benissimo.

Mark, nel frattempo, è depresso pure lui. Evidentemente sente la mancanza della marijuana, e sta affrontando una specie di crisi d'astinenza. Non dice nulla – non lo farebbe mai – ma io l'ho capito. Lo sballo era la sua unica fuga dalla barca – e dalla vita – e adesso ha costantemente quest'aria spiritata, come se fosse in trappola. Quando si degna di parlarci, solitamente è per inveire contro Carrie o contro di me. Conosco i sintomi dell'astinenza – aggressività, ansia, dolori allo stomaco, diminuzione dell'appetito – e lo tengo d'occhio.

Per quanto riguarda Ernie, povero bimbo, lui sembra sospeso a metà di ogni cosa. Un momento cerca di fare da paciere, il momento dopo piange come un bambino piccolo. Purtroppo mangia in continuazione. E ne è consapevole. « Io soffro di obesità da stress » dichiara spesso, alzando l'indice grassottello come un professore universitario. È brutto dirlo, ma probabilmente ha ragione. Forse da grande farà il medico.

Resta Jake.

Quel poverino ce la sta mettendo tutta. Ha assegnato dei compiti a ognuno dei ragazzi nel tentativo di instillare in loro un minimo senso di responsabilità o, se non altro, di portare un po' di pace a bordo. Posso solo immaginare quanto si sia pentito di aver accettato di farci da capitano. Se non sarà Carrie a gettarsi in mare, temo che lo farà lui.

Ce n'è più che d'avanzo per farmi mettere mano al telefono satellitare. Il problema è che ho detto a Peter che non lo avrei chiamato nelle prime due settimane. Non chiedetemi perché, ma l'ho fatto. Forse volevo fare la dura, dimostrargli che non mi sarei rivolta a lui piagnucolando al primo segno di difficoltà. Naturalmente è proprio quello che avrei voluto fare in questi sei giorni. Ho quasi esaurito la forza di volontà. Non sono mai stata una vigliacca, ma adesso ci sto andando vicino.

Sei giorni sono praticamente due settimane, no? E poi... Peter mi manca.

Chiudo la porta della mia cabina e compongo il nostro numero. Sono quasi le nove di sera e dovrebbe essere a casa. Ma non c'è. Al sesto squillo risponde la segreteria telefonica. Se non altro posso sentire per qualche istante la sua voce registrata...

Chiamo il suo ufficio, pensando che si sia trattenuto al lavoro. Questo grosso processo che sta per cominciare deve impegnarlo molto. Peter è un maniaco della preparazione. Non ho mai conosciuto una persona che odi perdere quanto lui. È per questo che molte sere lavora fino a tardi.

Che rottura! Non risponde neppure in ufficio. Ma dov'è? A cena fuori?

Alla fine provo sul cellulare. È il nostro canale d'emergenza. Quando è fuori lui vive praticamente col telefono incollato all'orecchio. Certe volte risponde persino prima che io lo senta suonare.

Non questa volta, però.

Ascolto uno squillo dopo l'altro...

Dove sei tesoro? Ho bisogno di parlarti. *Ho bisogno del tuo aiuto.*

27

Nei tre mesi e oltre da quando era iniziata la relazione tra Peter e Bailey Todd, lei non gli aveva mai chiesto di Katherine. Non aveva mai pronunciato il suo nome. Anzi, l'unica volta in cui avevano parlato del fatto che lui era sposato era stata quella prima sera, quando si erano incontrati al campus della facoltà di legge. « Tu sai che sono sposato, vero? » le aveva detto Peter senza troppi giri di parole.

« Sì. L'anello all'anulare sinistro me lo ha fatto supporre » aveva risposto Bailey. « Ma occhio non vede cuore non duole, no? » aveva aggiunto con una risata spensierata tipica dei giovani.

Non erano tanto le parole quanto il modo in cui le aveva pronunciate. Lui aveva capito subito di essere innamorato cotto.

Era stata la sicurezza di lei a conquistarlo, il modo in cui era riuscita a manipolare la situazione a proprio vantaggio. Imperturbabile. Spudorata. A Peter aveva ricordato subito una persona che gli era molto cara.

Se stesso.

È per questo che, mentre se ne stavano sdraiati nel suo letto, sudati, dopo una spettacolare e acrobatica performance sessuale, lui rimase ancor più sorpreso sentendosi chiedere, all'improvviso: « Saresti disposto a lasciare tua moglie per me? Teoricamente parlando, ovvio ».

Peter rimase senza parole, fatto non trascurabile per un avvocato del suo calibro. Mentre cercava affannosamente una risposta, però, Bailey gli tolse le castagne dal fuoco.

« Non preoccuparti, Peter. Puoi appellarti al Quinto emendamento » disse. « Lo so che vale un fantastilione e mezzo di dollari. Il tuo silenzio è eloquente. E poi, per me non è un problema. »

Ma certo, Bailey. Peter si chiese, preoccupato, se per la loro relazione non fosse già iniziato il declino.

Bailey era troppo bella e troppo giovane. Aveva tutta la vita davanti a sé. C'era da scommettere che non avrebbe perso altro tempo con lui se la loro relazione non avesse avuto futuro.

E invece eccola lì.

Quella sua sicurezza, una bellezza rara... per lo meno dal suo punto di vista.

Lei si girò su un fianco, dandogli un pugno scherzoso nelle costole. « Ma qualcosa mi dice che se mi ci mettessi d'impegno, probabilmente riuscirei a farti cambiare idea. Sempre teoricamente parlando. »

Peter la afferrò, attirandola a sé per mordicchiarle un seno. « Potresti avere ragione » disse. « Potresti proprio avere ragione. »

Stava per baciarla quando il cellulare posato sul comodino cominciò a squillare. Poteva essere chiunque, ma Peter capì immediatamente di chi si trattava. Aveva avuto un'intuizione.

Anche Bailey l'aveva avuta.

28

« È lei, vero? » chiese. « La signora pensa a te. Che carina! Sono felice di assistere a questo momento di intimità coniugale. »

Peter si allungò per vedere il nome sul display del Motorola 1000. Infatti. « Sì » disse. « È il telefono satellitare della barca. »

Il secondo squillo invase la stanza. Poi il terzo. Una seccatura, a dir poco.

« Non rispondi? » chiese Bailey. « Su, Peter. Sii gentile. Fammi vedere quanto sai essere dolce. »

« Non adesso. Non qui. »

Lei sorrise. « Cosa c'è? Hai paura che mi lasci sfuggire una risatina mentre stai parlando con lei? O magari un gemito? »

« No, certo che no. Non lo faresti mai. »

Un quarto squillo. Un quinto.

« Su, avanti, allora rispondi » disse lei, ed era chiaramente una sfida. « Non si sa mai. Potrebbe insospettirsi. E tu questo non lo vuoi, vero? »

No. Peter non lo voleva. Tanto più che lui rispondeva sempre al cellulare quando Katherine lo chiamava. Con l'unica eccezione di quando era in udienza. E a quell'ora di sera non c'erano udienze.

'Fanculo...

Peter afferrò il telefono aprendolo con il pollice. « Ciao, tesoro » disse, calandosi immediatamente nel ruolo di marito affettuoso e fedele. Accidenti, quanto era bravo. Non c'era da meravigliarsi che Katherine lo adorasse.

Bailey si accese una sigaretta, inspirò lentamente e rimase ad ascoltare mentre Peter chiedeva come andavano le cose a bordo.

Non bene, evidentemente. Bailey sentiva Katherine piangere. La comunicazione satellitare forniva una linea incredibilmente chiara. Si capiva tutto, parola per parola. « Non credo che ci riuscirò » stava dicendo Katherine. « Sto facendo di nuovo fiasco coi ragazzi. »

« Ascolta, tesoro » rispose Peter. « L'hai detto anche tu che questo viaggio non sarebbe stato facile. Ma puoi farcela. Tu sei forte. È per questo che ti amo così tanto.»

Mentre terminava la frase fece l'occhiolino a Bailey. Se la stava cavando fin troppo bene, e lo sapeva. Era orgoglioso di sé.

Così Bailey ebbe un'idea.

Con una strizzatina d'occhio maliziosa cominciò a baciargli delicatamente il petto, coi capelli color rame che gli sfioravano la pelle mentre lei scendeva lentamente verso il basso, sotto le coperte. Peter si dimenò, cercando persino di allontanarla, ma lei non si arrese. Continuò, e lui la lasciò fare, anche perché pensava che stesse scherzando. Non avrebbe osato proseguire con quella provocazione.

O sì? E se avesse proseguito, come sarebbe finita?

Mentre Bailey cominciava a tracciargli dei circoletti con la lingua sull'addome, gli tornarono in mente le sue ultime parole. «Qualcosa mi dice che se mi ci mettessi d'impegno, probabilmente riuscirei a farti cambiare idea.»

Sì, ci stava mettendo proprio tutto l'impegno.

Le sue labbra, la lingua, tutta la bocca, scesero oltre l'ombelico. Non era più uno scherzo. Il pensiero di fermarla si dissolse rapidamente davanti al piacere puro che lei gli stava offrendo.

Peter faticava a concentrarsi sulla conversazione, ma doveva farlo. La barca, la crociera, tutto quanto... doveva assolutamente stare ad ascoltare Katherine per pronunciare le parole di incoraggiamento di cui lei aveva così disperatamente bisogno.

«È così duro» stava dicendo lei.

«Capisco cosa intendi, tesoro» rispose e, una volta tanto, era sincero. «È *molto* duro.»

Ovviamente, Bailey non aveva intenzione di arrendersi senza combattere.

E, ovviamente, era una dominatrice. Proprio come piaceva a Peter.

29

Fu Jake ad accorgersene per primo.

Negli ultimi vent'anni aveva passato più notti in mare che sulla terraferma e anche nel sonno era in grado di avvertire il più piccolo mutamento del vento e delle onde.

Ma in questo non c'era niente di piccolo e, considerati i recenti avvenimenti a bordo della *Family Dunne*, non riusciva a credere che stesse accadendo davvero.

Nell'attimo in cui aprì gli occhi, poco dopo le quattro del mattino, si rese subito conto che poteva finire con un disastro. Ma come? Aveva controllato il tempo prima di andare a letto. L'unica perturbazione sul radar era lontana e si stava dirigendo nella direzione opposta alla loro.

Quel che stava accadendo, però, non lasciava dubbi.

Si alzò in fretta e corse giù nella cabina di Katherine. « Svegliati » le ordinò. « E sveglia anche i ragazzi. Assicurati che siano tutti alzati, Kat. E pronti a dare una mano. »

Prima di poter chiedere perché, lei sentì un cavallone sollevare la barca e sballottarla come fosse un giocattolo, di quelli che si usano nella vasca da bagno.

« Sì » disse Jake, rispondendo alla domanda silenziosa dei suoi occhi spaventati. « E si sta avvicinando in fretta! »

« Va bene. Dimmi cosa devo fare e lo farò. »

Con tempismo perfetto, il primo tuono fece tremare il vetro dell'oblò, spesso più di due centimetri. Qualche secondo dopo, fu come se in cielo si fosse rotta una diga. La pioggia cominciò a cadere a dirotto, violenta e inesorabile.

Katherine svegliò i ragazzi e li costrinse a mettersi in piedi, mentre Jake correva a controllare il canale meteo d'emergenza nella cabina principale.

« Figlia di puttana » mormorò sottovoce quando arrivò l'ultimo bollettino. A quel punto tutti i Dunne erano riuniti intorno alla radio.

La tempesta era forte come temeva – forse di più – e la *Fa-*

mily Dunne si trovava esattamente a due passi. Forse non era la « tempesta perfetta », ma si trattava di una cosa seria.

« Cosa facciamo? » chiesero i ragazzi in coro. Ernie si stava ancora sfregando gli occhi assonnati, ma non aveva problemi a parlare.

« L'unica cosa possibile, Ernie » rispose Jake. « Alziamo il culo e cerchiamo di toglierci di mezzo. »

Quello era il piano d'azione, puro e semplice, ma, soprattutto, rapido. Se volevano superare quella tempesta dovevano muoversi più veloci della luce.

Ma c'erano priorità da rispettare.

« Dobbiamo salpare l'ancora a prua » disse Jake.

Katherine si offrì volontaria. « Vado io. »

« No. Pesa troppo ed è troppo pericoloso » rispose Jake. « E poi ho bisogno di te al timone per tenere la prua al vento. Mark, tu aiuta tua madre. »

« E io? » chiese Ernie.

« Ho bisogno che tu e Carrie restiate qua sotto. Voglio che assicuriate tutto quello che non è legato. Intendo dire legato stretto. Quello che sentite adesso non è niente in confronto a ciò che ci aspetta. »

« Ma io voglio stare sul ponte » protestò Ernie.

« Fidati di me, ragazzino. Te ne pentiresti. »

30

Jake si fermò un attimo, facendosi forza, prima di salire l'ultimo gradino che portava al ponte. Aveva tutti i motivi per sentirsi afflitto per sé, per Katherine e i ragazzi, ma si rifiutava di cedere alla disperazione. Il portello della cabina, ben chiuso, sbatteva così forte per la furia della tempesta che sembrava di stare in una scena dell'*Esorcista.*

Si voltò verso Katherine e Mark, che si stavano stringendo le cinghie dei giubbotti salvagente.

« Voi aspettatemi quaggiù, okay? Nessuno deve salire sul ponte. Chiaro? Devo andare a prendere le imbragature di sicurezza. »

« Le cosa? » chiese Mark.

Ma Jake aveva già aperto il portello e si stava precipitando fuori. Non era quello il momento per una lezione di vela.

Venti secondi – massimo trenta – ed era di ritorno. Pareva avesse attraversato un autolavaggio automatico. Grondava acqua dalla testa ai piedi e sembrava congelato. Ma continuava a darsi da fare.

« Ecco! » gridò, per farsi sentire oltre l'ululato del vento. « Mettetevi queste. »

Katherine e Mark infilarono velocemente le imbragature di nylon. Nel frattempo Jake assicurava le estremità di due cime agli anelli in cintura. *Clic! Clic!*

Altri due *clic* e aveva agganciato le altre estremità al cavo di acciaio che correva lungo l'intero perimetro della barca.

Quindi fece lo stesso per sé.

« Ecco fatto » disse, quando ebbe finito. « Le cinture di sicurezza... caso mai uno di noi faccia un tuffo fuori programma. »

Mark annuì con aria impaurita, ma i suoi occhi erano stranamente vigili. Dopotutto, aveva avuto la sua lezione di vela. Anzi, meglio: stava crescendo in fretta.

« Adesso cercate di mantenere il timone più fermo che potete, mentre io salpo l'ancora, d'accordo? »

Aveva appena finito di pronunciare queste parole che – bam!

– la barca venne colpita da un'onda enorme che li fece barcollare tutti e tre. Katherine cadde malamente sul ponte, picchiando la faccia di taglio, e lanciò un'esclamazione di dolore.

Jake la tirò su. « Tutto a posto? » le chiese. « Kat? »

No, avrebbe voluto rispondere lei. Ma una seconda ondata si riversò oltre il parapetto, colpendola in pieno viso, e lei si riscosse. C'erano cose più importanti di cui occuparsi.

« Devo assolutamente andare a salpare l'ancora! » disse Jake. « Devo farlo subito. »

Partì diretto verso prua mentre Katherine e Mark prendevano posizione al timone, cercando di tenere la ruota il più possibile ferma. Sotto quegli scrosci la luce di coperta era praticamente inutile. Riuscivano a malapena a intravedere Jake, un fantasma sporto oltre il bordo della barca.

Ma capirono subito che qualcosa non andava. Era in difficoltà. Non riusciva a trovare l'appoggio? O forse la cima dell'ancora si era incattivata?

La voce di Jake arrivò al timone. « Mark, ho bisogno di te! Corri! »

Mark partì come un lampo, troppo veloce perché Katherine potesse fermarlo. Non che ci sarebbe riuscita. Sul volto di Mark si leggeva paura ma anche determinazione.

L'unica eccitazione che avesse mai provato era data dalle droghe, ma adesso c'era questa pericolosa tempesta, un'esperienza nuova e del tutto diversa.

Mentre, spaventato, procedeva barcollando, con la barca sballottata violentemente di qua e di là, pareva che una parte di lui si stesse divertendo un mondo.

Per lo meno per i primi cinque passi.

Poi venne il sesto.

31

Quella era l'onda più grossa fino a quel momento. Correva veloce verso la *Family Dunne* con un frangente bianco che non le avrebbe lasciato scampo. Si schiantò in alto sopra il boma, inghiottendo Mark.

Quando lo vide scomparire, Katherine mollò involontariamente il timone. Fu una reazione naturale, ma potenzialmente devastante, se ne rese conto subito.

La barca piegò bruscamente a sinistra, scagliandola di nuovo a terra sul ponte.

Quando, finalmente, riuscì a rimettersi in piedi, Mark non si vedeva. Era caduto fuoribordo! Ne era quasi certa.

« Jake! » urlò. « Mark è scomparso! »

Non ci fu risposta. Non c'era neanche Jake! Evidentemente l'onda gigantesca aveva trascinato anche lui oltre il parapetto.

Katherine non sapeva cosa fare. E chi l'avrebbe saputo, in quelle condizioni? Fu allora che sentì un urlo soffocato dall'oceano.

Mark!

Si trovava a una decina di metri, ma avrebbe anche potuto essere a un chilometro. Riusciva a malapena a reggersi in piedi, figurarsi andare da lui!

Si mise in ginocchio e cominciò a gattonare. Era l'unico modo. « Sto arrivando! » urlò. Si aggrappò a tutto quello che trovava sul ponte, tirandosi avanti il più velocemente possibile. Alla fine raggiunse il bordo e guardò giù.

Mio Dio, eccolo là!

Legato alla barca dalla cima della sua imbragatura di sicurezza, Mark ballonzolava tra le onde enormi, lottando per restare a galla. Nonostante il salvagente, la forza delle onde era troppo per lui. Continuava a venir risucchiato sott'acqua.

« Mark! Resisti! » urlò Katherine. « Ti tiriamo su. » In un modo o nell'altro.

Sapeva che Mark non avrebbe potuto issarsi a bordo da solo. Avrebbe dovuto tirarlo su lei. Ma come? E dov'era Jake?

Afferrò la cima con entrambe le mani, tirando con tutta la forza, dando fondo a tutte le energie. Ma la cima si era mossa sì e no di mezzo metro.

Più tirava, più le pareva che i muscoli stessero per staccarsi dalle ossa. Era inutile. Da sola non ce l'avrebbe mai fatta. Aveva bisogno di aiuto.

32

Sono un uomo morto, pensò Jake, penzolante di fianco alla prua. Sono finito.

Quando l'onda lo aveva scaraventato oltre il bordo, era riuscito ad attaccarsi alla battagliola con una mano. Adesso quella mano, quattro dita, per l'esattezza, stava lentamente scivolando.

Sul fianco sinistro, a poppa, a dritta... in qualunque altro punto la imbragatura di sicurezza avrebbe potuto salvarlo. Ma a prua no. Non in una tempesta come quella. Non con la barca che beccheggiava con una tale violenza. L'attimo in cui fosse caduto sarebbe stato trascinato sotto e schiacciato dal peso dello scafo.

Se solo fosse riuscito ad attaccarsi con l'altra mano.

Ma non ci riusciva. Il motivo era semplice. Non aveva sufficiente appoggio. Il fianco della barca era troppo scivoloso perché il suo piede potesse far presa, e lui non riusciva a tirarsi su.

« Mark! » gridò, inutilmente. « Katherine! » Dov'erano? Erano finiti fuoribordo? Si erano accorti che lui era sparito?

Gli bruciava la gola mentre continuava a urlare disperato i loro nomi. Non riusciva a gridare più forte, ma temeva che loro non riuscissero a sentirlo col frangersi delle onde e il rumore dei tuoni. Diamine, era già tanto che sentisse lui!

Poi, per un gioco crudele e morboso, udì qualcosa. Mentre il vento gli sferzava la faccia e gli fischiava nelle orecchie, ecco quel suono familiare.

Suo fratello Stuart che rideva.

« Sta' zitto! » urlò Jake, invano. « Lo so cos'ho fatto! È per questo che sono qui... per cercare di rimettere insieme la tua famiglia! »

Un'altra onda lo colpì alla schiena, riportandolo alla realtà. Sentì il cavo della battagliola scivolargli dalle dita. Il dolore lungo il braccio era come fuoco. Che follia. Era bagnato fradicio, eppure sentiva caldo.

Poi, all'improvviso, gli venne in mente.

Letteralmente.

Ci fu una pausa momentanea nelle onde, la pausa che cercava.

Piombando verso il basso dall'ultima cresta, la barca si tuffò all'improvviso nel cavo dell'onda, così in profondità che la prua e Jake vennero a trovarsi completamente sommersi.

Se fosse riuscito a tenere duro ancora per qualche secondo, forse Sir Isaac Newton sarebbe venuto in suo aiuto.

A ogni azione corrisponde una reazione, uguale e contraria.

E vai così!

Come un colpo di fionda la prua della barca si levò in su, fornendo a Jake la spinta di cui aveva bisogno. Con un tempismo perfetto, gettò l'altra mano più in alto che poté, riuscendo ad afferrare il bordo per un pelo.

Adesso aveva l'appoggio che gli serviva. Dando fondo alle ultime forze, Jake si tirò a bordo, trascinandosi sul ponte.

Era salvo!

Ma, vedendo Katherine pericolosamente sporta oltre la battagliola di sinistra, capì immediatamente.

Mark era nei guai!

33

Jake arrancò faticosamente sul ponte, perdendo l'equilibrio a ogni passo, col rischio di finire nuovamente in mare. E per lui sarebbe stata sicuramente la fine.

Mentre si abbassava sotto il boma, un'altra onda lo fece cadere. Stava per essere spazzato via quando, all'ultimo momento, si aggrappò a una galloccia e lì rimase, stringendo i denti fino allo spasimo.

Allungato sulla pancia, alzò gli occhi e vide Katherine che cercava disperatamente di tirare su Mark dall'acqua. La cima non si muoveva, ma lei continuava a tirare. La sua figura minuscola era contorta tanto da farla sembrare una povera gobba. Era proprio una gran donna. I Dunne si stavano dimostrando tutti dei veri duri.

Cristo! Era così stremato che dubitava di poterle dare una mano. Insieme sarebbero riusciti a fare qualcosa per Mark?

« Sto arrivando! » urlò. « Tieni duro, Katherine! »

Si sollevò dal ponte e riuscì a coprire gli ultimi tre metri che lo separavano da lei. Afferrò la cima di Mark, guardò giù e lo vide bere, la testa appena sopra la superficie dell'acqua.

« Ti prego, Jake » disse Katherine. Furono le sole parole che riuscì a pronunciare.

Jake abbassò lo sguardo sulle mani di lei, sul sangue che le usciva dai palmi. La cima li aveva profondamente incisi, ma lei non mollava.

Be', neanche lui aveva intenzione di farlo. Cominciò a tirare con tutte le forze che gli restavano. Lentamente la cima si mosse, un centimetro alla volta.

Ma non sarebbe bastato per tirare su Mark. Si voltò a guardare il ponte, la vista annebbiata dalla cortina d'acqua. Poi vide qualcosa che avrebbe potuto servire.

« Il verricello! » disse. « Il verricello elettrico! »

Peccato che fosse troppo lontano.

A meno che...

Jake partì verso il timone, tenendosi alla battagliola per non cadere. Quando tornò da Katherine, aveva tra le mani un grosso rotolo di cima. Con gesti veloci fece un nodo scorrevole attorno alla cima dell'imbragatura di Mark, spingendolo più avanti che poté rispetto al bordo della barca.

Poi afferrò le mani di Katherine.

« Mentre io tiro la cima, tu spingi il nodo verso Mark. Spingilo fuori. »

Lei annuì e Jake azionò il verricello.

Gemette. Cigolò. Minacciò di cedere sotto il peso.

Ma tenne.

E lentamente, ma senza strappi, cominciò a tirare su Mark dalle onde. E poi lui arrivò sul ponte, congelato e tremante, ma vivo. Ricordava il bambino che era stato un tempo.

Katherine lo abbracciò, stringendolo con tutte le forze, come aveva stretto la cima. Non voleva lasciarlo andare e a Jake vennero le lacrime agli occhi.

« Pescato! » esclamò Jake, sopraffatto dal sollievo. « E adesso tutti sotto! »

« E l'ancora? » chiese Katherine.

« Dimenticala! Non riusciremo mai a sfuggire alla tempesta, a questo punto. Dovremo cavalcarla. »

34

Jake si occupò dell'ultima operazione importante sul ponte: terzarolare la randa. Ammainandola a poco più della metà, i venti non sarebbero riusciti a capovolgere la barca. Almeno, sperava.

Le onde, invece, erano tutta un'altra storia. A parte incrociare le dita, non c'era molto che si potesse fare contro la forza del mare.

« Okay, andiamo! » gridò. « Venitemi dietro e tenetevi alla cintura di chi vi sta davanti! »

Katherine e Mark annuirono senza fare domande.

I tre tornarono lentamente alla cabina principale. Parevano una fila di ballerini di conga, anzi, una fila di ubriachi intenti a ballare la conga. Ma ce la fecero. Arrivati al sicuro sui gradini, staccarono le cinture dal cavo.

« Come mai ci avete messo così tanto? » domandò Ernie, l'attimo in cui scesero nella cambusa. Era pallido come un morto, chiaramente terrorizzato, ma se non altro aveva avuto tanto buon senso da restare lì. « Ci è sembrato di sentir urlare qualcuno » aggiunse.

Jake non seppe resistere alla tentazione di fare un po' di umorismo macabro. « Tuo fratello ha deciso di andare a fare una nuotata. »

« Molto divertente » ribatté Mark, togliendosi il giubbotto di salvataggio. Ma anche lui si concesse un sorriso.

« Devi tenerlo anche qua sotto » disse Jake, e poi, rivolto a Carrie ed Ernie, aggiunse: « Anche voi dovete indossarlo. Svelti! Su, forza, ragazzi ».

« Stiamo per affondare, zio Jake? » chiese Ernie, con voce tremante.

« Assolutamente no, amico. Ce la caveremo. Questa è la conclusione della parte all'Indiana Jones del nostro viaggio. »

Dentro di sé, però, non ne era poi così sicuro. La *Family Dunne* era una barca grande e robusta, ma non era mai stata realmente messa alla prova.

E quella tempesta si stava rivelando la madre di tutti i collaudi. Ragion per cui la mossa successiva di Jake fu dirigersi verso la radio. Voleva stabilire un contatto con la Guardia Costiera e comunicare loro le coordinate dell'imbarcazione. Non era un mayday, per lo meno non ancora. Non che la Guardia Costiera o, se è per quello neppure la Marina, potesse fare molto per loro, al momento. Avrebbero dovuto cavarsela da soli.

« Pan-Pan, Pan-Pan, Pan-Pan da *Family Dunne* » disse Jake nella radio.

Mentre aspettava la risposta, Mark gli chiese dov'erano le coperte extra. Stava ancora tremando ed era tutto blu. Un ghiacciolo blu!

Jake indicò l'armadietto sopra la panca della cambusa, e in quel momento dalla radio uscì un crepitio. La Guardia Costiera stava rispondendo.

« Sì, *Family Dunne*, vi riceviamo » disse una voce.

Ma Jake non la udì. Tutta la sua attenzione era puntata su Katherine che aveva appena finito di bendarsi le mani e stava aiutando Mark a cercare una coperta. Solo che stava per aprire l'armadietto sbagliato, quello con le bombole. Ernie e Carrie avevano controllato che fossero ben legate?

In quel momento un'altra onda colpì la barca, facendola inclinare tutta da un lato.

« No, Katherine! No! » urlò.

Troppo tardi. Lo sportello dell'armadietto si spalancò di colpo e le due bombole rotolarono libere. La prima mancò la testa di Ernie per pochi centimetri.

La seconda, invece, trovò un bersaglio e lo fracassò.

Mayday! Mayday! Mayday!

La radio era andata.

35

Peter Carlyle si avvicinò al banco della giuria con atteggiamento umile, per quanto possa dirsi tale un uomo che indossa un abito su misura di Brioni da seimila dollari e una cravatta di Hermès da trecento.

« Come definireste un autobus pieno di avvocati che vola giù da un burrone? » chiese di punto in bianco ai potenziali giurati. Mentre tutti lo guardavano senza capire, lui si abbandonò a una risata tonante, contagiosa. « Un ottimo inizio, ecco cos'è! »

Scoppiarono a ridere tutti, persino il vecchio seduto in fondo alla prima fila con l'aria stizzita di uno che avrebbe preferito farsi trapanare un dente senza anestesia piuttosto che dover far parte di una giuria popolare.

« La sapete quella dell'avvocato che si è fratturato il naso? » proseguì Peter. « Pare che l'ambulanza che stava inseguendo si sia fermata all'improvviso. »

Altre risate riempirono l'aria viziata di quella che era da tutti ritenuta la più vecchia e più grande aula di tribunale, al 100 di Centre Street, il Tribunale Penale di Manhattan.

Ovviamente, l'autoironica partenza di Peter era tutta una finta per scaldare il pubblico. Lui lo chiamava lo « zigzag alla Carlyle ». *Proprio quando pensano che tu stia andando in una direzione, convincili del contrario.*

A cominciare dai loro sentimenti nei suoi confronti.

La sua reputazione – sancita da numerosi articoli di giornale e apparizioni televisive – era quella di un avvocato difensore spietato, al cui confronto Attila poteva considerarsi un vero bonaccione. Se fosse riuscito a ribaltare quella poco lusinghiera immagine, dimostrando ai potenziali giurati che di persona non era come pensavano, chissà su cos'altro sarebbe riuscito a far cambiare loro idea.

Compresa l'innocenza o la colpevolezza della sua cliente.

Che, tra l'altro, era una vera bellezza. Candace Kincade, famoso personaggio del jet set ed ex fashion editor di *Vogue*, era accusata di tentato omicidio nei confronti del marito, il magnate immobiliarista Arthur Kincade. Rinunciando a metodi più usuali e consolidati – pistola, coltello, killer su commissione, veleno nelle uova strapazzate – Candace aveva optato per una Mercedes SL 600 Roadster da centoquarantamila dollari.

Lei, però, era pronta a giurare su una pila di numeri di *W Magazine* che non aveva intenzione di investire il marito. Lei voleva soltanto spaventarlo, fargli provare un po' di brivido. Scherzava. Solo che, al momento di frenare, aveva pestato sull'acceleratore. Com'era solito dire Johnny Carson nella sua trasmissione: « Questa è roba forte ».

A proposito di monologhi d'apertura...

Peter stava per regalare alla giuria un'altra battuta sugli avvocati quando la pubblica accusa, rampante procuratore da tutti considerato in ascesa, un tipo con occhiali dalla montatura metallica color argento e un completo tre pezzi grigio cemento che avrebbe fatto la sua figura in un'aula di Cleveland, ma certo non lì a New York, si alzò e fece obiezione.

« Vostro Onore, siamo in un'aula di tribunale o alla serata dei comici dilettanti? » chiese, levando le braccia in aria.

Peter represse un sorriso. Che principiante! Un vero novellino!

Gli avvocati con più esperienza non abboccavano mai. Gli lasciavano finire il suo siparietto. Comportarsi diversamente significava attirarsi le ire dei giurati. In fondo si stavano rilassando un po', dopo ore di noia assoluta. Nel privarli di qualche innocente risata, il procuratore ci aveva fatto semplicemente la figura del fesso, o forse del perdente.

Quel che è certo, alcuni dei potenziali giurati guardarono con aria risentita quel somaro e il suo completuccio da quattro soldi.

Peter si affrettò a intercedere, risparmiando al giudice la fatica di decidere in merito all'obiezione. « Vostro Onore, mi scuso con la parte avversa per il mio tentativo di alleggerire la tensione. Ho pensato che queste persone avessero atteso a lungo e si meritassero un momento di distrazione. Suppongo sia meglio metterci all'opera. »

Detto questo, Peter rivolse la sua attenzione al primo potenziale giurato, una giovane giapponese che indossava un abito a fiori e scarpe da ginnastica. La donna si mise immediatamente a sedere eretta, rizzando le spalle strette.

Prima di poterle chiedere come si chiamava, però, Peter venne nuovamente interrotto. Questa volta da Angelica, la governante guatemalteca.

Cosa diavolo ci faceva Angelica, lì, in tribunale?

Sentendo la sua voce stridula alzarsi dal fondo dell'aula, Peter non riusciva a credere alle proprie orecchie. « Scusate, scusate » stava dicendo la donna, « ho un messaggio urgente per il signor Carlyle. »

Si precipitò lungo il corridoio centrale, andando dritta verso Peter.

« Chiedo scusa, Vostro Onore » disse Peter, mellifluo, rafforzando le parole con un sorriso. « Evidentemente c'è qualche problema con il mio provino di ammissione ad *American Idol.* »

Questo suscitò una risata ancor più fragorosa tra i potenziali giurati. Persino il giudice si lasciò sfuggire un sorrisino.

Ma, quando Peter incontrò Angelica a metà del corridoio, fu chiaro a tutti che non c'era proprio nulla di divertente in quello che lei gli stava sussurrando all'orecchio.

36

L'inglese di Angelica era lacunoso, per non dire del tutto incomprensibile, ma lei riuscì comunque a trovare le parole giuste per trasmettere il suo messaggio. O meglio, il messaggio lasciato dalla Guardia Costiera sulla segreteria di casa mezz'ora prima e da lei fortuitamente intercettato.

Tempesta.

Barca scomparsa.

Nessuna notizia da signora Katherine o signor Jake.

Era anche riuscita a trascrivere il numero di telefono che Peter poteva chiamare per avere maggiori informazioni. Prima che lui potesse correr via, però, c'era quella piccola questione della selezione dei giurati per uno dei processi più importanti che la città avesse visto da anni. Peter si avvicinò al giudice.

Naturalmente tutti i presenti – specialmente chi esibiva i luccicanti cartellini della stampa – erano molto curiosi di sapere cosa celasse quella consultazione estemporanea. Il mormorio era contagioso. Il processo era già di per sé interessante, e ora questo sviluppo imprevisto...

Molto curioso era anche il giovane procuratore. Dubitava – anzi, temeva – che Carlyle stesse ricorrendo a uno dei suoi rinomati trucchetti per vincere la mano della scelta della giuria giusta. Dopo un attimo stava già correndo verso il giudice per sentire la conversazione tra i due.

Persino il cancelliere e lo stenografo si scambiarono occhiate perplesse.

Cosa diavolo stava succedendo? Cosa aveva in mente Peter Carlyle, questa volta?

Fu allora che il giudice afferrò il martelletto e diede tre colpi secchi. Nell'aula scese rapidamente il silenzio. Ma quello che il giudice aveva da dire non fu affatto illuminante. Si limitò ad annunciare, con una voce roca che ricordava quella di Tom Carvel, che l'esame preliminare dei giurati per il processo Kincade sarebbe stato rimandato fino a nuovo avviso.

Afferrò nuovamente il martelletto, impugnandolo come una mazza.

Bang! Bang! Bang!

E Peter scappò via, lasciando tutti di sasso, compresa la governante.

37

Peter si rifugiò in un ufficio deserto nei pressi dell'aula e tirò fuori il cellulare. Non riusciva quasi a vedere i tasti mentre digitava il numero della Guardia Costiera, che aveva prefisso 305. Grazie a un paio di casi di traffico di droga su cui aveva lavorato come consulente esterno, capì che si trattava di Miami.

Angelica aveva scribacchiato il nome del capitano della Guardia Costiera che aveva lasciato il messaggio. Andrew Toten. O era Tatem? Peter studiò il foglio di carta. Angelica scriveva l'inglese leggermente meglio di come lo parlava.

Non aveva importanza, si sarebbe fatto dare l'informazione corretta da questo Toten/Tatem.

Dopo tre squilli rispose una donna. « Ufficio del capitano Tatem » disse, brusca.

Tatem. Ecco la risposta alla prima domanda. Ne restavano solo un altro centinaio.

« Sì, sono Peter Carlyle. Chiamo da New York. Il capitano Tatem ha lasciato un messaggio a casa mia, questa mattina. Ho capito che si tratta di una questione urgente. »

« Non sono sicura che sia libero, signor Carlyle. Un attimo che controllo, per favore. »

Peter sbatté le palpebre, incredulo. Non era sicura che fosse libero? Cosa ci voleva per poter parlare con lui?

Prima che potesse ribattere: « Sarà meglio che si liberi », Peter venne messo in attesa. A dire il vero, la sua prima impressione fu che la donna avesse riattaccato. Evidentemente la Guardia Costiera preferiva il silenzio di tomba alla musichetta d'attesa.

Finalmente si sentì una voce d'uomo. Aveva un tono abbastanza « ufficiale », sebbene con una voce più giovane di quanto Peter si aspettasse. « Parla il capitano Tatem » disse l'uomo.

Peter si presentò e chiese cosa era successo alla *Family Dunne.*

« Questa è una parte del problema. Non ci è chiaro » rispose Tatem. « Sappiamo solo che la barca è stata sorpresa da una violenta tempesta la notte scorsa. Abbiamo perso il contatto radio con loro poco dopo le quattro e mezzo di questa mattina, fuso orario orientale. Potrebbero avere un problema alla radio.»

«Oh, mio Dio!» gemette Peter.

«Abbiamo motivo di essere ottimisti, signor Carlyle. Due ore fa circa abbiamo ricevuto un segnale EPIRB.»

«Cosa sarebbe esattamente?»

«Un trasmettitore radio di emergenza che indica la posizione» spiegò Tatem. «È un dispositivo di rilevamento, una specie di LoJack per le imbarcazioni. È così che siamo riusciti a contattarla. La proprietaria dell'imbarcazione, la dottoressa Katherine Dunne, ha indicato l'avvocato Peter T. Carlyle come persona da chiamare in caso di emergenza. È il suo legale?»

«No. Sono il marito. Mi scusi, sono un po' confuso... la mia famiglia sta bene o no?»

«Non posso dirlo con certezza, signor Carlyle. Ma il dispositivo viene attivato manualmente. Qualcuno deve averlo acceso. Daremo inizio a un'operazione di salvataggio appena possibile.»

Il tono di Peter si fece tagliente. «Come sarebbe a dire, appena possibile? Cosa diavolo state aspettando?»

«La tempesta, signor Carlyle» rispose Tatem, calmo. «Non ha ancora abbandonato del tutto l'area dalla quale proviene il segnale. Non posso mandare un'unità di soccorso se non sono certo che l'unità sia effettivamente in grado di intervenire senza trovarsi essa stessa in difficoltà.»

«E questo quando avverrà, secondo lei?» chiese Peter, ormai disperato.

«Come le ho detto, l'unità di soccorso dovrebbe partire molto presto.»

«E io cosa dovrei fare nel frattempo? Voglio dire, cosa posso fare?»

«Temo che non ci sia molto altro da fare a parte aspettare. La chiamerò non appena ci saranno nuovi sviluppi e sapremo qualcosa di più.»

A Peter questa risposta parve totalmente inadeguata. Per lui, dire a una persona di aspettare equivaleva a scaricarla. Si sentì messo da parte. E lui odiava esserlo.

D'altro canto, non aveva senso dare a questo Tatem una dimostrazione del suo carattere esplosivo. Sapeva bene che era meglio non indisporre quelli della Guardia Costiera. Meglio averli dalla propria parte.

« Capitano, deve pur esserci qualcosa che si può fare » insistette, con buon modo.

Tatem si esibì in un sospiro prolungato. « Be', non so se lei sia una persona religiosa, signor Carlyle, ma se proprio dovessi suggerirle qualcosa, le direi di pregare. »

« Grazie, capitano. È un buon consiglio » ribatté Peter che non ricordava di aver detto una preghiera negli ultimi vent'anni.

38

« Santa Madre di Dio! » borbottò Jake, emergendo da sottocoperta non appena la tempesta si fu placata. « Che roba! »

Katherine e i ragazzi, ancora con i giubbotti di salvataggio indosso, lo seguivano. Le loro reazioni, mentre si guardavano attorno, ricalcarono la sua. Nel complesso, il terzo comandamento venne ripetutamente violato. Mark, in particolare, sembrava un disco rotto. « Oh, Cristo! Oh, Cristo! » continuava a ripetere. E ne aveva motivo.

La coperta sembrava un campo di battaglia. Schegge di legno a ogni passo, la strumentazione in frantumi, un percorso a ostacoli fatto di cime e attrezzatura sparse ovunque.

Quando alzarono lo sguardo, la situazione si presentò ancora peggiore.

« Oh, Cristo! » fece Mark. « Non posso crederci. »

« Se non credi, smettila di chiamare in causa quel poveraccio di Gesù Cristo » osservò Jake alla fine, dandogli una pacca sulla spalla.

Quel colpo tremendo che avevano sentito la sera precedente durante la tempesta era esattamente quello che Jake temeva. Un fulmine. Doveva aver colpito in pieno l'albero... il che spiegava il secondo colpo che avevano sentito immediatamente dopo.

L'albero era stato tranciato praticamente a metà dal fulmine! E la parte superiore era caduta da quasi trenta metri mandando in frantumi la superficie della coperta. O meglio, quello che restava di essa.

Ecco perché Jake aveva attivato il segnalatore automatico di posizione. Anche se avessero avuto la fortuna di sopravvivere alla tempesta, senza un albero utilizzabile la crociera a bordo della *Family Dunne* era definitivamente conclusa. La vacanza era finita e, considerate le circostanze, mai troppo presto.

Adesso, vedendo lo stato della barca alla luce del giorno, capì che quella decisione era stata azzeccata.

« Zio Jake, quando arriveranno i soccorsi? » chiese Ernie. « Quanto ci vorrà? »

« Suppongo che la Guardia Costiera abbia dovuto aspettare un po' perché la tempesta si spostasse » rispose. « Arriveranno appena sarà possibile. »

« Sei sicuro? » chiese Carrie, molto poco convinta e più pallida del solito.

« Sì, sono sicuro che verranno. Sanno che abbiamo un problema. Sono bravi. »

« Sarà meglio! » dichiarò Mark, fissando quanto restava dell'albero. Tutto nero e bruciacchiato nel punto in cui era stato colpito dal fulmine, pareva un gigantesco fiammifero usato.

Jake rassicurò nuovamente i ragazzi, lanciando un'occhiata preoccupata in direzione di Katherine. Avevano lottato con tutte le forze durante la tempesta, ma adesso era lei quella che appariva più scossa.

« Tutto bene? » le chiese.

Lei annuì. Un semplice cenno della testa, ecco cosa poteva sembrare, a chiunque. Per Jake, però, significava molto di più. Lui sapeva leggere tra le righe. Katherine aveva dovuto fare i conti non solo con la paura, ma anche col senso di colpa. Quella crociera era stata un'idea sua. *Colpa* sua.

Fu in quel momento che gli venne in mente.

Il suo sguardo passò da Katherine ai ragazzi, uno più accigliato dell'altro.

Non sto facendo il mio lavoro, pensò, all'improvviso.

Era pur sempre il capitano, in qualche modo responsabile del loro umore, e non stava dando un buon esempio. Dopo quelle otto ore in cui avevano lottato per la vita, non era il momento per sentirsi depressi. Avrebbero dovuto essere felici. Anzi, a pensarci bene, avrebbero dovuto festeggiare.

Erano vivi!

Che importanza aveva se la barca era a pezzi? Loro stavano bene. Nessuno di loro era rimasto ferito. Presto, grazie al segnalatore di posizione, sarebbero arrivati i soccorsi a portarli in salvo.

« Cosa facciamo adesso? » domandò Ernie.

Jake gli rivolse un sorriso.

Lui sapeva qual era la cosa giusta da fare.

39

Jake si lanciò in avanti con una risata maliziosa, afferrando Ernie per il giubbotto di salvataggio e lanciandolo per aria.

« Cosa si fa adesso, ragazzino? » disse. « Facciamo il bagno, ecco cosa si fa! »

Con un « Issa oh! » Jake lanciò Ernie oltre la battagliola. « Noooooo! » urlò Ernie finché non cadde in acqua con un gran tonfo.

Mark e Carrie scoppiarono a ridere mentre Katherine si precipitò sul bordo della barca. Era sicura che Ernie stesse piangendo – o peggio – per via dello scherzo di Jake.

E invece Ernie stava bene. Anzi, stava molto bene. Contro l'arancione fosforescente del giubbotto di salvataggio, il suo sorriso sembrava bianchissimo. Alzò lo sguardo verso la barca e agitò scherzosamente un pugno in direzione di Jake, dopodiché prese a sguazzare, assolutamente felice.

Jake si voltò di colpo, guardando Katherine, Mark e Carrie con aria minacciosa. « Chi è il prossimo? » chiese. « Uno di voi, di sicuro. Chi è quello che acchiappo più facilmente? »

Scapparono via per la coperta, come insetti sotto una roccia. Jake diede loro la caccia, uno dopo l'altro, cantando per tutto il tempo, stonato come una campana. Era una canzone di Blondie. *One way or another, I'm gonna getcha, I'll getcha, I'll getcha, getcha, getcha!*

Catturò Carrie per prima. Lei si dibatté inutilmente tra le sue braccia, cercando di liberarsi. « Io proprio non capisco » disse Jake, mentre la sollevava in aria. « Credevo ti piacesse buttarti a mare! »

Carrie scoppiò in una risata incontrollabile. Non poteva farci nulla. Il primo giorno di viaggio e il suo tentativo di suicidio sembravano così lontani!

« Oplà! » urlò Jake, lanciandola in acqua.

Fu allora che Mark tentò di capovolgere la situazione a danno di quel burlone di suo zio. Se non altro aveva preso un'iniziativa.

Si avvicinò furtivo a Jake, da dietro, e lo afferrò per la vita. « Il prossimo sarai tu! » urlò.

Mark, però, riusciva a malapena a sollevare lo zio, molto più grande di lui, figuriamoci a gettarlo in mare.

« Bel colpo, galletto! » disse Jake, prima di caricarsi Mark sulle spalle e farlo roteare come un lottatore di wrestling con una mossa degna di Dusty Rhodes.

In due secondi netti Mark volò fuoribordo.

« E uno solo ne restò! » canticchiò Jake, puntando lo sguardo su Katherine che cercava di nascondersi a prua.

« Okay, ora basta » disse, alzando le mani. « Io sono la mamma. E dico che il gioco è finito! »

« Finito?! »

Jake cominciò ad avanzare lentamente verso di lei, bloccandole ogni via di fuga. Katherine era in trappola, e lo sapeva.

« No, ti prego... sul serio » lo supplicò. « Mi arrendo... zio... zio Jake! »

Lui scosse la testa. « Pensi davvero di riuscire a convincermi, dottoressa? »

« Ehm, ieri sera mi sono fatta male a una gamba, al polpaccio. »

« L'acqua ti farà bene. »

I ragazzi erano arrivati nuotando a prua, tutti allegri, senza far segreto di quello che volevano vedere. Un gran finale.

« Su, zio Jake, buttala giù! » urlò Ernie. « La prendo io. »

« Sì » gridò Mark. « Katherine Dunne... giù! »

Jake si strinse nelle spalle, ridendo. « Mi dispiace tanto, Kat, ma hai sentito i ragazzi... »

Si lanciò verso di lei, sollevandola tra le braccia e facendola girare. Per un istante i loro sguardi si incontrarono e i ricordi del loro segreto affiorarono in superficie, per scomparire un attimo dopo mentre i ragazzi urlavano a Jake di fare in fretta.

Cosa che lui fece.

Mentre tutti ridevano e si divertivano un mondo Jake rimase un attimo sulla prua e gridò con voce tonante: « Sono il re della barca! » lanciando Katherine per aria. « Sono il re del... »

KA-BOOM!

In un baleno la *Family Dunne* esplose e scomparve, inghiottita da una gigantesca palla di fuoco arancione.

40

« Eccolo là! C'è Carlyle! » gridò un reporter, puntando il braccio come una lancia in direzione del lungo corridoio del tribunale. Partirono tutti di corsa, come un branco di iene.

In un certo senso ricordava la scena di un vecchio film, con gli intrepidi reporter che giravano in tondo finché l'uomo del momento non mostrava la faccia. Pochi secondi dopo essere uscito dall'ufficio dal quale aveva chiamato la Guardia Costiera, Peter si ritrovò circondato.

I giornalisti – del *Post*, del *News*, del *Times* e del *Journal* – erano tutti assolutamente convinti che il messaggio ricevuto in aula da Peter avesse a che fare con il caso Kincade. Qualcosa di succoso e molto gratificante! Doveva essere così. Cos'altro avrebbe potuto spingerlo a sospendere l'esame preliminare dei giurati?

Ma avrebbero dovuto aspettare ancora un po' per avere una risposta. Almeno finché Peter non avesse saputo qualcosa di più su quel mistero. I giornalisti gli si attaccarono come graffette metalliche a una calamita ma, nonostante l'assalto furibondo, Peter non disse una parola. Neppure un « no comment ».

Era proprio una volpe! Ecco a cosa servivano anni e anni di esperienza.

Il famoso avvocato Peter Carlyle, l'uomo che amava i processi da prima pagina e non mancava mai di far arrivare qualche parola – talvolta un discorso intero – alla stampa, questa volta rimase assolutamente abbottonato.

Si limitò a farsi strada in silenzio attraverso la selva di registratori accesi, infilandosi in una porta che gli garantiva una fuga sicura grazie all'avviso posto sul vetro acidato, cinque paroline magiche di cui tutta la società avrebbe urgente bisogno.

NON SONO AMMESSI I GIORNALISTI.

La porta conduceva agli uffici amministrativi e da lì era sufficiente scendere due piani di una scala la cui esistenza era nota a pochi per raggiungere un'uscita sul retro dell'edificio.

Arrivato in fondo al vicoletto, Peter sbirciò oltre l'angolo dell'edificio annerito dallo smog, perlustrando con lo sguardo il marciapiede in entrambe le direzioni.

Mmm. Non male. Niente giornalisti a destra né a sinistra. Via libera.

Peter si mescolò alla gente che affollava la parte sud di Manhattan. Non aveva una meta precisa, voleva soltanto andare in un posto tranquillo dove poter riflettere in pace sull'inquietante notizia appena ricevuta.

Due isolati più avanti, un'edicola attirò la sua attenzione. Mentre al tribunale i reporter assetati di sangue si davano da fare per trovare un titolo per il giornale dell'indomani, lui doveva ancora leggere quelli del giorno. 'Fanculo la guerra al terrorismo, la fame nel mondo e l'ultima adozione da parte di una diva famosa... cosa dicevano quei sapientoni di lui e del processo Kincade?

O meglio, di lui e basta? Stranamente, in quel momento provava il bisogno di giustificarsi.

Afferrò al volo qualche quotidiano locale, poi indicò il piccolo frigorifero chiuso da un'anta scorrevole di vetro alle spalle del tipo col turbante che stava dietro il banco.

« E una Red Bull » disse.

Ciò che accadde dopo aveva dell'incredibile, ma era nel puro stile Carlyle. L'attimo in cui il tizio si voltò per aprire il frigorifero, Peter infilò la mano nel vasetto delle mance sul banco, prese una manciata di biglietti da un dollaro e se li mise in tasca. Il fatto che avesse più di seicento dollari in contanti nel portafoglio non aveva alcuna importanza.

L'uomo si voltò verso di lui con una Red Bull fredda in mano. Calcolò rapidamente il totale. « Cinque e venticinque » borbottò, con un accento vagamente pakistano.

Peter estrasse le banconote rubate dalla tasca e contò sei dollari. « Ecco » disse, « tenga pure il resto. »

41

Ebbene sì, era un bastardo. Persino peggiore di come lo dipingevano alcuni. Individuata una panchina libera in un parco giochi, Peter si sedette a sfogliare i giornali godendosi la Red Bull e l'ardito furtarello che aveva appena messo a segno con tanta maestria.

Tutti i giornali parlavano di lui. Di sicuro l'inizio della selezione della giuria per il processo Kincade destava molto interesse nella stampa. E, di conseguenza, Peter.

Squalo.

Pitbull.

Gorilla.

Soltanto il *New York Times* era riuscito a tenersi lontano dal coro dei commenti prevenuti sulla sua reputazione. In un breve articolo nella sezione dedicata alla cronaca cittadina, aveva optato per un « Peter Carlyle, il peggior incubo di un procuratore ».

Suonava bene, no? Dio benedica il *Times* e il signor Sulzberger.

Peter rilesse più volte l'espressione, con le parole che parevano danzare nella sua testa. La rumba. Il tango. Il cha-cha-cha.

Fu allora che una voce maschile, fine e pacata, si insinuò nei suoi pensieri. « Che combinazione trovarla qui, avvocato. »

Peter abbassò il giornale e vide l'attore di quell'incontro inatteso sedersi sulla panchina accanto a lui. Era come se si fosse materializzato dal nulla.

Come aveva fatto?

« Non dovresti essere in tribunale? » chiese Devoux.

« E tu non dovresti essere ovunque tranne che qui? » ribatté Peter seccato.

Un confine sottile separava il reciproco rispetto dal disprezzo, e i due vi sedevano proprio a cavalcioni. Peter sentiva che stava per accadere qualcosa di importanza vitale.

« Non c'è motivo per cui tu e io non possiamo farci vedere insieme » disse Devoux. « Non abbiamo fatto niente di male. »

« Già » convenne Peter. « *Noi* non abbiamo fatto proprio niente, no? »

Devoux sorrise dietro gli occhiali da sole di Armani che si accordavano perfettamente con l'abito nero a tre bottoni, anche quello di Armani. « Parli proprio come un avvocato. »

« Lo stesso che ti ha salvato il culo un po' di tempo fa, se non sbaglio. O sbaglio? »

« E io ti sto restituendo il favore. »

« Già, a un prezzo altissimo. »

« Ti ho fatto uno sconto folle sulla tariffa ordinaria. Te lo sei già dimenticato? »

« Quasi quasi mi commuovo. »

« Certo, se avessi immaginato che Madre Natura era disposta a fare il lavoretto gratis... »

« L'hai saputo... »

« Sì » disse Devoux. « Suppongo che tu abbia già parlato con la Guardia Costiera. »

« Pochi minuti fa. Il capitano con cui ho parlato ha detto che hanno perso il contatto radio con la barca. Ma anche che avevano ricevuto una specie di segnale di emergenza. »

« Un EPIRB. »

« Sì, esatto. L'ufficiale mi ha detto che è stato attivato manualmente. »

« Infatti. »

« Questo significa che Katherine e i marmocchi sono ancora vivi? »

« Non necessariamente. Mi aspetterei un po' più di logica da parte tua. »

« Se non altro la Guardia Costiera sa dove cercarli, giusto? »

Devoux fece un sorriso ampio quanto l'Atlantico. « Così credono. »

« Cosa significa? »

« Significa che hanno ricevuto le coordinate sbagliate. Significa che sono molto bravo nel mio lavoro. »

« E come? » chiese Peter.

« Oplà, ecco come. »

D'accordo. Peter non aveva bisogno di conoscere gli oscuri

segreti di Devoux. Anzi meglio non saperli. E poi, non gliene fregava un cazzo di come era riuscito a manomettere questo EPIRB. Purché fosse riuscito nel suo intento.

« Bene » concluse Peter. « Dunque la Guardia Costiera non riuscirà a trovarli. Mi stai dicendo questo? »

« No. Non ho detto questo. Alla fine potrebbero anche trovarli... se non fosse per una cosa. »

Peter sapeva bene qual era il punto. Inutile dire che Devoux volle comunque precisarlo, chiaramente per divertirsi un po'.

« Fidati, se la tempesta non avesse ucciso i tuoi cari... Ka-Boom!... la mia bomba lo farà di sicuro. È cosa fatta. La famiglia Dunne è storia passata. »

Devoux era proprio uno schifoso bastardo.

Per questo Peter Carlyle lo aveva assunto per uccidere la sua famiglia.

PARTE TERZA

Boom!

42

La prima cosa di cui sono consapevole è il calore intenso, tremendo. Volo per aria con la pelle e i capelli in fiamme. È tutto assolutamente irreale. Sto andando a fuoco!

E, quando finisco in acqua, è ancora peggio.

Perché non cado sull'acqua.

Cado su un frammento dentellato dello scafo che, come tutto il resto, è stato scagliato con violenza lontano dalla barca o, meglio, da quello che era la barca.

Sento un colpo secco alla tibia destra. Capisco subito cosa le è successo: la sento letteralmente fuoriuscire dalla pelle.

Rotolo in acqua e immediatamente il mio corpo smette di ubbidirmi. Le braccia, le mani, la gamba buona... sono inutili. Non riesco a muovere un muscolo. Se non fosse per il salvagente annegherei.

È incredibile! Cosa diavolo è successo? Non riesco a immaginare una risposta.

Mi volto a guardare la barca... e non c'è più. È sparita!

Come per magia, la *Family Dunne* è scomparsa.

È allora che il pensiero – terrificante, sconvolgente – mi attraversa il cervello e mi lacera il cuore alla velocità della luce.

La mia famiglia!

Vedo solo un fumo denso e nero che si leva dalla superficie dell'acqua. Tutto attorno rottami della barca stanno bruciando. Ogni secondo che passa senza che io riesca a vedere Carrie, Mark ed Ernie non fa che accrescere la mia sensazione di panico. Oh, Dio, dove sono i ragazzi? Dov'è Jake?

Ballonzolo nell'acqua, impotente, e chiamo i loro nomi tra colpi di tosse dolorosi e squassanti. Le volute di fumo mi riempiono i polmoni e mi sento sempre più debole ogni secondo che passa. Sanguino copiosamente dalla ferita alla gamba. Sto per perdere i sensi.

Ma riesco soltanto a pensare ai ragazzi.

« Carrie! Mark! Ernie! »

Continuo a urlare i loro nomi ma non sento risposta. Non

sento nulla. Nessuno mi chiama. L'unica cosa che sento è il fischio smorzato nelle orecchie, un suono cupo. È una conseguenza dell'esplosione, lo so. Trauma acustico bilaterale alle orecchie.

Adesso il fumo nero mi circonda come un muro e non riesco quasi più a respirare. Ogni tentativo di chiamare i ragazzi provoca un ennesimo accesso di tosse, accompagnato da schizzi di sangue. Mi copro la bocca e vedo la mano diventare rossa. Da dove viene questo sangue? Mi sono fratturata una costola e questa ha perforato un polmone? O mi sono semplicemente morsa la lingua quando sono caduta in acqua?

E Jake dov'è?

Lui era sulla barca quando è esplosa. Non lo vedo.

Sono spariti tutti?

Sono l'unica a essere sopravvissuta?

No! No! Ti prego! Non riesco neppure a formulare quel pensiero orrendo, insidioso.

La mia famiglia... sono tutti morti.

43

Continuo a chiamare i loro nomi.

Poi sento una voce fendere il muro di fumo e una parola, la più bella della nostra lingua, mi riempie di speranza.

« Mamma! »

Ernie. È vivo.

Sto riacquistando l'udito. Mi volto e lo vedo nuotare verso di me. Ha il volto tutto annerito dall'esplosione e un'aria terrorizzata... però è vivo. Ma quanto è spaventato, poverino!

Quando lo vedo dimentico la mia gamba fratturata e cerco di andargli incontro. È allora che una violenta fitta di dolore mi rammenta che non sono in condizioni di nuotare. Non posso far altro che piangere, nell'attesa che Ernie arrivi da me.

Immediatamente gli getto le braccia al collo e lo stringo forte.

« Stai bene? » chiedo.

« Credo di sì. E tu, mamma? »

Sto per mentire – non voglio spaventarlo ancora di più – quando lui vede il sangue intorno alla mia bocca.

« Me la caverò » dico.

Non mi crede. « Che cos'è? Cosa posso fare? » domanda.

« Niente. » Cerco di rassicurarlo, ma il mio campo visivo comincia a ridursi. Sento gli occhi arrovesciarsi all'indietro. Non è un buon segno. Proprio no. Potrei entrare in stato di shock ed Ernie resterebbe solo. Poi comincio a tremare e a battere i denti. Di male in peggio.

« Mamma! » grida lui. « Mamma! »

Sbatto le palpebre, sforzandomi di restare cosciente. Devo ragionare seguendo un filo logico, da medico quale sono. Devo fermare l'emorragia alla gamba.

Ho bisogno di un laccio emostatico.

Il medico dentro di me prende il sopravvento. Con gesti veloci tolgo una cinghia dal giubbotto salvagente e la lego più stretta che posso sopra il ginocchio. Dopo pochi secondi avverto già il beneficio, per quanto minimo.

« Ecco, così va meglio » dico a Ernie. « Ti fa male qualcosa? Dimmelo, se senti male. »

« No. Sto bene. »

« Sicuro? »

« Sicuro. »

Annuisce e gli chiedo se ha visto suo fratello e sua sorella. Ho paura di sentire la risposta.

« No. Finora no » dice, scuotendo la testa. « E lo zio Jake? »

« Non lo so, tesoro. Per adesso non ho visto nessuno, a parte te. »

Ancora una volta, sto per mentire. Voglio dire a Ernie che andrà tutto bene. Voglio che mi creda, e voglio crederci anch'io. Ma non ci riesco. Non è questo che mi hanno insegnato. Io non sono così.

Allunga una mano e me la posa su una spalla. Sembra così piccolo, infagottato in quel salvagente arancione. « Non ti preoccupare, mamma » mi rassicura. « Andrà tutto bene. Te lo prometto. »

Avrei voglia di piangere.

È la bugia più tenera che mi abbiano mai detto.

44

Oh, merda, cos'è stato?

Carrie aprì gli occhi, che si riempirono d'acqua salata. Immediatamente tirò indietro la testa e cominciò a tossire. Era circondata dal fumo.

Non si sentiva particolarmente fortunata, ma invece lo era. Incredibilmente fortunata. Era rimasta priva di sensi con il volto appoggiato sul collare. Ancora un minuto o due e sarebbe morta. Di certo, se la sua faccia fosse stata in acqua.

Sulle prime non capì dove si trovava, neppure quando vide Mark a tre o quattro metri da lei. L'unica cosa evidente era che suo fratello aveva bisogno di aiuto.

Aveva perso i sensi in seguito all'esplosione a bordo della *Family Dunne*, come lei, ma, a differenza di lei, non era ancora rinvenuto.

Nuotò verso di lui, più veloce che poté. A ogni faticosa bracciata, i ricordi cominciarono a riaffiorare. Jake che li rincorreva per la barca, li gettava in acqua uno dopo l'altro, sua madre per ultima... Un momento... la mamma era caduta in acqua?

Poi, si era fatto tutto nero. Ancora non capiva cosa fosse successo. Dov'era la barca? E il resto della sua famiglia?

« Mark! » disse, una volta raggiunto il fratello. « Svegliati. Svegliati! »

Mark, però, non ne voleva sapere di svegliarsi. Lo afferrò per il salvagente, lo schiaffeggiò. Su, Mark... « Ho detto svegliati, Mark. È importante. Svegliati, accidenti! »

Finalmente le labbra del fratello si mossero, le pupille misero a fuoco. « Cos'è successo? » chiese, ancora stordito. « Cosa sta succedendo? »

Carrie non lo sapeva bene neppure lei. « Forse c'è stata un'esplosione » disse.

Mark si guardò attorno e vide quello che restava della barca, i rottami ancora in fiamme. Aveva i capelli bruciacchiati e un brutto taglio sulla fronte, che sanguinava, ma il suo sarcasmo era rimasto intatto. « Dici davvero? » chiese.

« Avrei dovuto lasciarti lì svenuto » stava per ribattere Carrie quando entrambi si voltarono.

« Hai sentito? » chiese Mark.

Carrie annuì. « È la mamma! »

Si sentiva anche un'altra voce. Grazie al cielo! Era Ernie! Carrie non era mai stata così contenta di sentire la petulante voce di suo fratello.

Mark e Carrie risposero alle loro grida e presero a nuotare attraverso le volute di fumo e i rottami.

« Qui! » gridò loro la madre. « Siamo qui! »

Un minuto dopo i Dunne erano di nuovo riuniti.

Tutti tranne Jake.

45

« Guardate! » esclamò Ernie, indicando un punto. « Laggiù! Guardate! »

Il fumo incombeva ancora su di loro come una nebbia fitta. Era impossibile vedere qualcosa con chiarezza ma, quando il vento mutò appena, riuscirono a scorgere quello che aveva visto Ernie.

Jake.

Si trovava a quindici, forse venti, metri da loro.

« Zio Jake! » chiamò Carrie.

Fu subito evidente – dolorosamente evidente – che non avrebbe risposto. Jake giaceva a faccia in giù nell'acqua, immobile, le braccia allargate in quella che era universalmente conosciuta come la posizione del morto. « Oh, Dio, no! » esclamò Katherine, senza fiato.

Immediatamente Mark diede istruzioni a Carrie ed Ernie. « Voi due restate qui con la mamma » disse. « Io vado a prendere lo zio Jake. »

Quindi si staccò dal piccolo quadrilatero che la famiglia aveva formato nell'acqua.

« Aspetta. Vengo anch'io » disse Carrie. Riusciva solo a pensare che Jake le aveva salvato la vita il primo giorno.

« Va bene. Ma diamoci una mossa. »

Si allontanarono. Mark nuotava veloce, Carrie più di lui. Dei due record che ancora deteneva nelle classifiche della scuola, uno era per i cinquanta metri stile libero. Non c'era da sorprendersi che fosse lei la prima a raggiungere Jake.

E subito desiderò non averlo fatto. Le braccia e le gambe – per lo meno quello che riusciva a vedere – erano gravemente ustionate. Dalle ustioni usciva del sangue. La pelle, sotto cui si vedeva la carne viva, aveva formato delle bolle come pittura sotto il getto di una pistola termica. Carrie venne assalita dalla nausea.

Facendosi forza per non vomitare, cercò di rivoltarlo a faccia in su, ma era troppo pesante. Fortunatamente, in quel momento arrivò Mark a darle una mano. Insieme, riuscirono a girarlo. Era assolutamente necessario.

« Non respira, vero? » chiese Carrie con voce tremante. « È morto, Mark. »

Mark slacciò il laccetto superiore del salvagente di Jake e gli appoggiò la testa sul petto. « Non riesco a sentire il battito » disse. « Magari c'è ma è debole. »

Carrie era come impietrita. Paralizzata. Spaventata a morte. Poi udì una voce del suo passato, quella del suo istruttore di RCP. Tutti i membri della squadra di nuoto della Cloate R. Hall dovevano essere abilitati a eseguire le tecniche di rianimazione cardiopolmonare.

Era passato tanto tempo, ma le tornò tutto in mente in un lampo.

« Tienigli la testa sollevata! » disse al fratello. « Io so fare la rianimazione, Mark. Dobbiamo tentare. »

Mark sollevò Jake per il collo, mentre Carrie gli piegava la testa all'indietro per aprirgli le vie aeree. Gli chiuse le narici e gli coprì la bocca con la propria. Quindi cominciò a soffiare nella bocca di Jake.

Uno... due...

« Su, zio Jake! » pregava tra un respiro e l'altro. « Su! »

Erano passati almeno trenta secondi. Carrie era esausta, i suoi polmoni non ce la facevano più. Ma era determinata a non cedere.

« Accidenti! Respira, zio Jake! » urlò.

Fu allora che lui obbedì.

Un respiro piccolo, poi uno più grande.

Quindi uno ancora più grande.

Finché non ricominciò a respirare da solo.

Gli occhi restavano chiusi ed era ancora privo di conoscenza. Ma era di nuovo tra loro.

Mark ascoltò di nuovo il battito, per essere certo. Quando sentì il cuore pulsare regolarmente, diede un pugno nell'aria. « Ce l'hai fatta, Carrie! Ce l'hai fatta! »

Circondarono Jake con le braccia e lentamente lo portarono nel punto dove si trovavano Ernie e Katherine.

L'equipaggio della *Family Dunne* era di nuovo riunito. Come era giusto che fosse.

« E adesso cosa facciamo? » chiese Ernie. « Qualcuno ha un'idea? »

« Aspettiamo » rispose Mark. « Come ha detto Jake, la Guardia Costiera dovrebbe arrivare presto. »

Alzò gli occhi verso l'enorme nuvola di fumo sospesa sulle loro teste. « Non dovrebbero avere difficoltà a trovarci. »

46

Il capitano Andrew Tatem si trovava a bordo vasca della gigantesca piscina di simulazione presso la base di Miami della Guardia Costiera. Con occhiate lente e impassibili seguiva i movimenti dei sei allievi del corso di salvataggio che si tenevano a galla in posizione verticale, protetti dalle mute.

Erano giovani, forti e intelligenti, ma anche terribilmente inesperti.

Sarebbero cambiati presto, però. Era suo compito farli cambiare.

Il suo attuale lavoro.

Due anni prima era uno dei migliori uomini delle squadre di soccorso della Guardia Costiera. E lo sarebbe stato ancora, se non si fosse fracassato la gamba destra durante una missione nelle Grenadine. Grazie a una decina di viti metalliche la gamba era tornata a posto. In effetti camminava senza problemi. Correre, però, era tutta un'altra storia. In quanto poi a lanciarsi da un elicottero nel mezzo dell'oceano, quell'epoca per lui era definitivamente conclusa.

Adesso passava metà delle sue giornate dietro una scrivania. Nell'altra metà cercava di creare dei cloni di se stesso nei corsi di addestramento per le squadre di salvataggio. Non era amareggiato. È che gli mancava tantissimo l'azione.

« Quando è pronto, signore! » disse, scherzando, uno degli allievi in piscina. Il gruppo faceva la bicicletta in acqua da più di venti minuti.

Tatem guardò l'orologio: ventitré minuti, per essere esatti.

Gli allievi cominciavano ad accusare la fatica, che era poi lo scopo di quell'estenuante esercizio.

Perché adesso erano pronti al seguente.

« Pronti! » ordinò alla cabina di controllo.

Il suo braccio destro, il tenente di vascello Stan Millcrest, gli fece un cenno di conferma, quindi premette l'interruttore che azionava il più grande ventilatore a soffitto del mondo. Le pale lunghe sette metri cominciarono a girare sopra la piscina. Nel giro di pochi secondi avevano raggiunto la loro velocità massima, 3000 RPM. Quella che Tatem chiamava affettuosamente «Apocalypse Now».

«Adoro l'odore del cloro la mattina!» urlò agli allievi. «Non siete d'accordo?»

Lo scopo di quella prova era simulare i forti venti di una burrasca in mare, in modo che gli allievi sapessero cosa aspettarsi quando si fossero trovati in acqua per salvare delle vite. Inutile dire che l'esercizio non era una passeggiata.

Tatem osservò i giovani, tra cui due ragazze, lottare per restare a galla, con braccia e gambe che passavano dalla semplice stanchezza allo stremo delle forze. Al primo segnale che uno degli allievi fosse in difficoltà, avrebbe fatto cenno a Millcrest di spegnere il motore e l'allievo sarebbe uscito dal programma.

Tatem guardò di nuovo l'orologio. «Ancora due minuti!» urlò.

Mentre osservava attentamente la finta tempesta nella piscina non poté fare a meno di pensare a quella vera che aveva imperversato durante la notte a qualche centinaio di miglia dalla costa. Tutto sommato, le squadre di soccorso della base erano state fortunate: quasi tutte le imbarcazioni della zona erano riuscite a tenersi alla larga dalla violenta burrasca.

Con l'unica eccezione di una barca a vela, la *Family Dunne*. Quella era ancora dispersa.

Ma c'erano tutte le ragioni per un cauto ottimismo. L'EPIRB dell'imbarcazione aveva segnalato le loro coordinate e la sua migliore squadra di salvataggio era già in volo. Tatem attendeva un aggiornamento allo scoccare dell'ora: i suoi uomini sarebbero stati sul posto e avrebbero scoperto cosa era accaduto.

Il motore del ventilatore si fermò all'improvviso.

Merda!

Il suo tenente di vascello aveva notato qualcosa che a lui era sfuggito? Uno degli allievi era andato sotto?

Tatem li contò velocemente. No, erano ancora tutti a galla. E, secondo il suo orologio, mancavano ancora trentacinque secondi al termine dell'esercizio.

Cos'era successo?

Alzò lo sguardo verso Millcrest nella cabina di controllo, ma non era più al suo posto. Stava venendo verso di lui con un'espressione che Tatem non aveva mai visto.

C'era qualcosa che non andava.

47

« Come sarebbe a dire, che è sparito? » chiese Tatem. « Non ti seguo. »

Lui e Stan Millcrest si erano rifugiati nello spogliatoio della piscina dopo aver ordinato agli allievi di prendersi cinque minuti di pausa. Erano stati più che felici di obbedire.

« Io so solo che la sala radio mi ha appena chiamato per informarmi che hanno perso il segnale EPIRB della barca dei Dunne » disse Millcrest. « Un minuto lo ricevevano forte e chiaro, il minuto dopo era sparito. »

« Sono sicuri? »

« Assolutamente. »

« Non è che abbiamo avuto un problema tecnico? Non sarebbe la prima volta. Un malfunzionamento delle nostre apparecchiature? »

« È la prima cosa che ho chiesto » ribatté Millcrest. « Mi hanno detto di aver controllato tutto due volte. Nessuna anomalia. »

Tatem si accese una Camel. Il fumo e il poker erano i suoi unici vizi e, solitamente, non si concedeva l'uno senza l'altro. Unica eccezione, quando le cose andavano male sul lavoro. Come adesso.

« Secondo me gli scenari possibili sono due » proseguì Millcrest, dando prova della qualità che Tatem più apprezzava in lui: non aveva timore di esprimere la propria opinione al suo capo. « O si è esaurita la batteria dell'EPIRB sulla barca, o lo hanno spento per qualche motivo. »

Tatem tirò una lunga boccata, poi espirò lentamente, riflettendo. Entrambi gli scenari erano plausibili, anzi più che plausibili. Ma erano probabili?

Era quello il problema. In tutti i suoi anni nella Guardia Costiera non gli era mai capitato che un EPIRB avesse smesso di funzionare dopo essere stato attivato. Ovviamente, c'era sempre una prima volta per tutto.

« In un modo o nell'altro » rifletté a voce alta, « non è che le coordinate iniziali siano cambiate. Dovremo semplicemente estendere un po' la zona delle ricerche per tenere conto delle correnti.»

«Non dovrebbe essere grave» osservò Millcrest. «La burrasca è passata. Ora c'è quasi calma.»

«Giusto. Fammi una cortesia, però. Chiama la squadra di soccorso e avvertili di darci dentro. Ho la sensazione che prima li troviamo, meglio è.»

Millcrest annuì e girò sui tacchi. «La terrò informata» disse, allontanandosi.

Tatem si trattenne ancora un minuto nello spogliatoio a finire la sigaretta. Per qualche strano motivo gli era rimasta nella testa la voce di Peter Carlyle, l'avvocato che lo aveva chiamato quella mattina da New York. C'era qualcosa in quella telefonata che non gli tornava.

Negli ultimi dieci anni Tatem aveva avuto a che fare con un'infinità di persone ansiose di sapere qualcosa – qualunque cosa – dei loro cari dispersi in mare.

In apparenza Carlyle non faceva eccezione. Era parso impaziente, emotivo, decisamente preoccupato. E allora dove stava il problema?

Tatem non avrebbe saputo dirlo.

Forse era solo perché lui non si fidava degli avvocati.

48

« Sto morendo di freddo » dice Ernie battendo i denti. Ha le labbra bluastre.

Siamo tutti congelati. Aspettiamo da ore, e i salvagente questa volta ci hanno davvero salvati. Non riusciremmo più a tenerci a galla. Siamo allo stremo.

Anche psicologicamente. Una sensazione orribile sta cominciando a impossessarsi di me, finché Carrie la traduce in parole che nessuno di noi vorrebbe sentire.

« Non verranno a prenderci, vero? »

« Ma certo che sì » rispondo, rassicurando tutti. Evidentemente c'è stato un ritardo. « Probabilmente la Guardia Costiera ha molte imbarcazioni da soccorrere, per via della tempesta. Dobbiamo semplicemente aspettare il nostro turno. »

Non ne sono affatto convinta, ma dire ai ragazzi qualcosa di non rassicurante servirebbe solo a terrorizzarli, specialmente Ernie.

« Vieni qui » dico, stringendolo a me. È una buona idea per tutti, quella di formare un cerchio stretto per prevenire l'ipotermia.

« Come va la gamba? » mi sussurra Ernie all'orecchio.

« Bene » rispondo, con un sussurro. « Nessun problema. »

Ma so che non è così. Solo che ora non me la sento di affrontare la questione. È insensibile come se fosse di gomma, e io cerco di non pensarci. Tipico caso di negazione, dice il medico che è in me. Adesso so cosa devono pensare i miei pazienti quando li rimprovero perché non si prendono cura del loro cuore. Sta' un po' zitto, dottore!

Amen.

Inoltre, sono molto più preoccupata per Jake.

Il suo respiro è regolare, ma lui è a malapena cosciente. Le ustioni dovrebbero essere medicate, ho paura che stia perdendo troppo sangue. E quindi liquidi. Se dovesse accadere, andrebbe in stato di shock e morirebbe. Paradossalmente, essere immersi nell'acqua fredda è un vantaggio.

In un modo o nell'altro dobbiamo uscirne, però. Nonostante il sole del mezzogiorno, la temperatura dell'acqua è troppo bassa. Temo che al tramonto sopravverrà l'ipotermia, anche se ci teniamo stretti l'uno all'altro.

« Potremmo cercare di costruire una zattera » dice Ernie, guardandosi attorno. Si vedono ancora rottami di barca galleggiare abbastanza vicini. Non ci resteranno a lungo, però, considerato il vento e le forti correnti.

« Magari » dico.

« Magari » fa eco Mark, con voce così roca che riesco appena a sentirla. « Magari. »

Un attimo!

Non era Mark!

Ci voltiamo tutti verso Jake. La sua testa è appena sopra la superficie dell'acqua.

« È sveglio! » esclama Carrie.

Ha ragione! È sveglio... e non ha detto: « Magari ». Suonava piuttosto come: « Maria ».

« Jake, sono io, Katherine » dico. « Riesci a sentirmi? Jake? »

Le sue labbra fremono, sforzandosi di articolare le parole. Ma riesce soltanto a ripetere la stessa cosa.

« Maria » dice, di nuovo.

« No, Jake, sono io... Katherine. »

Adesso ha di nuovo gli occhi chiusi, il volto esanime. Ma le labbra continuano a muoversi. Si sforza di pronunciare una seconda parola.

« Ave » mormora. « Ave... Maria. »

All'improvviso capisco e mi volto verso Mark. « La cassa dell'Ave Maria! »

Dentro ci sono le cose di cui abbiamo bisogno. La risposta ad alcune delle nostre preghiere...

Sempre che sia sopravvissuta all'esplosione.

« Di che colore è? » chiede Carrie.

« Rossa » rispondo.

« Sì, mi pare di averla vista sulla barca » dice Ernie.

Immediatamente Mark e Carrie decidono di andare a cercarla. Si allontanano in direzioni opposte, dopo essersi accordati di nuotare in senso orario.

Mark fa un cenno ruotando il dito. « Copriremo l'area in cerchi, okay? »

« Capito » dice Carrie.

« Restate vicini l'uno all'altra, vi prego » grido loro.

Nel frattempo, cerco di far parlare Jake. Forse c'è qualcosa che posso fare per alleviare il suo dolore. Ma è inutile. Le sue labbra restano immobili.

« Va tutto bene » gli dico.

È a malapena cosciente, eppure gli è bastato dire due parole per aiutarci. Ave Maria.

È ancora il nostro capitano.

49

Una decina di minuti dopo, sentiamo la voce di Carrie. L'esultanza è smorzata dallo sfinimento.

« L'ho trovata! » grida.

Non mi sembra vero. Quasi non riesco neppure a vederla, da tanto è lontana. Dev'essere a più di duecento metri da noi e sembra un puntino nero.

« L'ho trovata! » grida di nuovo. « La cassa dell'Ave Maria! »

Alleluia! È un miracolo!

Chiamo Mark che è lontano da noi almeno quanto Carrie, ma nella direzione opposta. Sta ancora cercando.

« Torna indietro » gli dico. « Carrie l'ha trovata! »

Mi sente e comincia a tornare, prendendosela comoda. E chi può biasimarlo? Sono stupita che lui e sua sorella siano riusciti a dare una sola bracciata, a questo punto. Sono tutti e due più in forma di quanto credessi.

« Ci sarà qualcosa da mangiare in quella cassa? » chiede Ernie. « Sto morendo di fame. »

Ripenso a quando vi ho frugato dentro alla ricerca della maschera e del boccaglio, ma non ricordo di aver visto qualcosa di commestibile.

« Speriamo » gli dico. « Ce la caveremo, Ernie. »

Osserviamo Carrie che si avvicina. Molto lentamente. Trascina il contenitore meglio che può, ma non dev'essere facile. Quando è un po' più vicina, vedo la fatica impressa sul suo volto. Poverina, non ce la fa più!

« Carrie, fai una pausa » le urlo.

Ovviamente lei non ubbidisce.

Mi volto verso Ernie, scherzando. « Tipico di Carrie. Io le dico una cosa e lei fa esattamente il contrario. »

Solo che neanche Ernie mi ascolta. Anzi, lui non mi guarda neppure. Non capisco cosa sta guardando, ma le mie orecchie mi dicono immediatamente che c'è un problema.

Da piccolo, quando era spaventato, faceva uno strano rumore col lato della bocca, come uno schiocco, un rumore appena percettibile e soltanto da chi gli stava molto vicino. Come me adesso.

« Cosa c'è, Ernie? Cos'hai visto? »

« Non sono sicuro » risponde. « Ma c'è qualcosa. »

Mi indica un punto e io socchiudo gli occhi. Ma non riesco a vedere nulla. Se Mark si trova a ore tre e Carrie a ore nove, la cosa che dovrei vedere è esattamente a ore dodici.

« Ernie, io non... »

La mia bocca si immobilizza. Adesso lo vedo. « Oh, mio Dio! È davvero quello che penso? »

Ernie continua a fare quello schiocco con la bocca, più veloce, più forte che mai.

« Sì » dice. « Carrie, sta' attenta! Carrie! CARRIE! »

50

Non è la Guardia Costiera venuta a salvarci, questo è certo.

È una sagoma... triangolare. Alta una sessantina di centimetri, grigiastra, che fende l'acqua.

Riesco a pensare solo a una parola. Squalo!

« Sta venendo dritto verso di noi » dice Ernie. « Cosa facciamo? »

Ogni muscolo del mio corpo, ogni osso – fratturato o no – sta urlando in preda al panico. Un panico disperato!

Ma non permetto che accada. La calma da sala operatoria ha il sopravvento.

« Mamma, cosa facciamo? » ripete Ernie.

« Cosa non facciamo » dico io. « Non ci muoviamo. Forse non ci troverà. »

« Credo che ci abbia già trovati. Anzi ne sono sicuro. Guarda. »

Ernie sta fissando l'acqua intorno a noi. È rossa. Tra il sangue che esce dalla mia gamba e le ustioni di Jake è come se avessimo apparecchiato la tavola per questo predatore.

Fantastico.

Alziamo lo sguardo verso la pinna che viene verso di noi. A dire il vero le pinne sono due! Ce n'è una più piccola, dietro la prima, a cinque metri circa. Immediatamente penso che si tratti di un secondo squalo, magari un piccolo. Ma poi capisco che è ancora peggio, ancora più terrificante. Non c'è nessun piccolo: quella è la pinna caudale dello stesso squalo.

È un mostro!

« Mark! Carrie! » grido.

Mark risponde per primo e non c'è nessun bisogno che io gli dica di fare in fretta. Capisce immediatamente di cosa si tratta. « Oh, merda! » esclama. « Sto arrivando! »

« No! » gli urlo. « Resta dove sei! »

« Ma... »

« Niente ma! Non ti muovere, mi hai sentito? Resta dove sei. »

Se davvero stiamo per diventare il pranzo di questo squalo, non è detto che Mark debba fare da dessert.

« Anche tu, Carrie! » aggiungo.

È abbastanza vicina perché io possa vedere il terrore nei suoi occhi mentre fissa la pinna. Sono sicura che siano esattamente come i miei, in questo momento. Due puntini piccoli e neri.

Afferro Ernie per il salvagente, attirandolo così vicino che i nostri nasi praticamente si toccano. La gamba rotta pulsa di dolore, ma non me ne curo. « Okay, senti cosa facciamo » gli dico. « Tu prendi lo zio Jake e ti metti dietro di me. »

Sono costretta a interrompermi per un secondo. Le lacrime scendono a fiotti sulle sue guance paffute.

« Mamma... mamma... » Non riesce a dire altro.

« Shhh, andrà tutto bene » sussurro. « Adesso, però, devi ascoltarmi. È importante. » Faccio un respiro profondo e proseguo. « Se quello squalo mi attacca, tu non devi cercare di aiutarmi. Hai capito? »

So che non ha capito. Come può un bambino comprendere una cosa del genere? Mi fissa con espressione vuota.

« Ascoltami, Ernie. Non cercare di aiutarmi. Nuota verso tuo fratello più veloce che puoi. D'accordo? »

« E lo zio Jake? » chiede con voce tremula.

Temevo me lo avrebbe chiesto.

« Lo lasci qui con me » rispondo. « Devi solo cercare di nuotare il più veloce possibile verso tuo fratello. Dimmi che hai capito. »

Non vuole rispondere.

« DIMMELO! » Alla fine sono costretta a urlare. Non posso farci nulla, gli voglio troppo bene. Non posso assolutamente lasciare che muoia con me.

Finalmente annuisce. Lo aiuto ad afferrare Jake in modo che possano mettersi entrambi dietro di me. Ernie è troppo spaventato persino per piangere. Resta in silenzio. Come tutti noi. Sento solo lo sciabordio dell'acqua intorno.

Fisso la grossa pinna che punta verso di me e faccio il respiro più profondo della mia vita.

Spero tanto che non sia anche l'ultimo.

51

Gli occhi azzurri di Carrie schizzavano di qua e di là. Lo squalo. Sua madre. I suoi fratelli. Lo zio Jake.

Quel dannato squalo. *Perché non se ne va? Si è accorto che siamo indifesi? Certo che se n'è accorto, è un predatore.*

Si sentiva inerme, bloccata in un limbo. Doveva pur esserci qualcosa che lei potesse fare. Ma cosa?

Fu allora che la cosa la colpì. Letteralmente.

La cassa dell'Ave Maria.

Non si era neppure resa conto di averla lasciata andare finché un'onda non la mandò a sbattere contro la sua testa.

Le sarebbe sicuramente venuto un bernoccolo, dopo. Sempre che ci fosse un dopo.

Quello che importava era adesso. C'era qualcosa in quel contenitore che poteva venirle utile?

Con uno sforzo disperato, Carrie afferrò il gancio e lo aprì. Alzò il coperchio e cercò di sollevarsi dall'acqua per guardare all'interno.

Ci riuscì solo parzialmente. Intravide qualcosa – una valigetta di pronto soccorso, delle coperte, un battellino gonfiabile – ma, anche inclinando la cassa a livello degli occhi, non riusciva a vedere quello che c'era sotto.

'Fanculo! pensò. Rovescia tutto!

Ma si trattenne. Poi ci ripensò. E se proprio quello che poteva servirle fosse andato a fondo prima che lei riuscisse ad afferrarlo?

Non aveva idea di cosa potesse esserci lì dentro, ma il pensiero fu sufficiente a spingerla ad allungare la mano dentro la cassa e a cercare a tastoni.

Su, deve pur esserci qualcosa!

La sua mano si spostava frenetica da un oggetto all'altro. Cos'era quella? Una bottiglia d'acqua? Una torcia?

Mentre continuava a cercare si voltò a guardare. Lo squalo era a non più di cento metri da Ernie e sua madre. Forse meno.

Presto!

La mano di Carrie continuava a passare alla cieca da un oggetto all'altro. Poi le sue dita toccarono il fondo del contenitore. Maledizione!

Niente.

I suoi occhi si riempirono di lacrime di rabbia, quando, all'improvviso, sentì qualcosa incastrato nell'angolo in fondo. Qualcosa di freddo. Di metallico.

Una pistola!

Ne era quasi certa. L'aveva capito dalla curva liscia del grilletto.

Tirò più forte che poté e riuscì a estrarre la pistola. Ma era diversa da tutte le pistole che aveva visto. C'erano due grandi capsule tondeggianti attaccate all'impugnatura. Proiettili? No, erano razzi. Era una pistola lanciarazzi.

E chi se ne frega? Purché spari!

Si voltò verso lo squalo. Le tremava la mano. Anzi, tremava tutta. Con la mano sinistra cercò di tenersi ferma contro la cassa. Non aveva mai premuto un grilletto in vita sua.

Cominciò a urlare e ad agitarsi. E infatti lo squalo girò verso di lei. Era stata una buona idea?

Puoi farcela! Prendi la mira e spara... prendi la mira e spara...

Carrie puntò verso lo squalo, contando.

Tre...

Due...

Uno...

Premette il grilletto.

Il razzo partì tra uno sbarramento di fumo e scintille così denso che lei non vide più nulla. Compresa la pistola che le cadde di mano e cominciò a scivolare verso il fondo.

Non poteva farci nulla, le scintille le avevano bruciato le nocche. La pistola aveva funzionato male, o forse i razzi erano vecchi. Lei sapeva soltanto che aveva la mano praticamente in fiamme. « Figlio di puttana! » urlò.

E per un paio di secondi la sua voce fu tutto quello che udì.

Poi ci fu un altro suono.

Urla di gioia!

Ernie, Mark e Katherine si erano messi a urlare, tutti assieme. Quando, finalmente, il fumo cominciò a disperdersi, Carrie capì il perché.

La pistola lanciarazzi aveva funzionato. Lo squalo aveva invertito la rotta e si stava allontanando. Era riuscita a spaventarlo, quello stupido pesce!

Niente pranzo, per quel giorno.

Per lo meno non lì.

E non a base di famiglia Dunne!

52

Devoux si congedò da Peter Carlyle, lasciandolo seduto sulla panchina nelle vicinanze del tribunale di Manhattan. Camminò per un isolato intero finché non scomparve dalla vista di Peter.

Poi si voltò.

Dove vai adesso, Peter? Dimmelo.

Per Devoux, i clienti non erano semplici clienti. Erano un investimento. O, a voler essere proprio precisi, un grosso azzardo. Più alto il rischio, maggiore la ricompensa. Quindi, ovviamente, era necessario tenerli d'occhio.

Carlyle in particolar modo.

Lui rappresentava il miglior compenso che Devoux avesse mai riscosso. Ma erano soldi sudati.

Tutto considerato, il lavoro sporco era la parte più facile. Devoux eccelleva nell'arte dell'omicidio. Era stato addestrato per quello e aveva un vero talento. Da vicino, da lontano, in ogni situazione intermedia. Certo, alla CIA era dispiaciuto perderlo, ma non avevano avuto altra scelta. Una volta uscito dalla riserva, non potevi rientrare.

Era stato proprio questo a portare Devoux da Peter. Non era il primo agente sotto copertura a fare qualche lavoretto in proprio per arrotondare, e non era il primo a essere scoperto.

Tuttavia, era stato il primo ad assumere un avvocato di grido che era andato dritto a Langley per negoziare in tutta segretezza un pacchetto di buonuscita. Una nuova vita per il suo assistito in cambio del suo silenzio.

Era un accordo che entrambe le parti potevano accettare, anche perché non avevano altra scelta.

Per essere più tranquilli, comunque, c'era una busta sigillata depositata in una cassetta di sicurezza in banca.

« Lei conosce molti dei miei segreti più oscuri » aveva detto Devoux a Peter. « Mi faccia sapere caso mai volesse condividere con me qualcuno dei suoi. Sono a sua disposizione. »

Già, per Devoux il lavoro sporco costituiva la parte più facile. Era ciò che veniva dopo l'operazione a preoccuparlo maggiormente, in questa sua nuova professione. Sperare che un cliente non combinasse guai mettendo nei casini pure lui.

Nel caso di Carlyle, il quesito più grosso era se sarebbe riuscito a sopportare l'attenzione dei media, e per quanto tempo. Certo, il superavvocato era un tipo calmo, abituato a resistere alla pressione. Ma in tribunale la posta non era così alta.

In questo gioco si rischia di perdere molto di più.

Così, per venti minuti, Devoux seguì Peter che, a piedi, si dirigeva verso i quartieri eleganti.

Non aveva intenzione di andare a casa a piedi fin su nell'Upper East Side, vero?

No, fortunatamente no.

Dalle parti della facoltà di legge, Peter si fermò di fronte a un edificio in arenaria con finestre piccole, risalente a prima della guerra. Si guardò attorno con attenzione, e poi salì i gradini che portavano all'ingresso.

Devoux, che lo spiava dall'angolo dell'isolato, trattenne una risatina. *Peter, Peter... stai facendo qualcosa che non dovresti? O meglio, ti stai facendo qualcuna che non dovresti?*

Ovvio che sì.

Devoux lo aveva capito la prima volta che si erano incontrati per discutere del suo caso. Peter Carlyle non era schiavo del denaro, del sesso o di cose del genere.

Lui era schiavo del rischio.

53

Peter bussò alla porta dell'appartamento di Bailey, perfettamente consapevole che quella sarebbe stata la prima volta in cui non andava lì per fare sesso. Di certo, non sarebbe stato per mancanza di desiderio da parte sua. È solo che c'era qualcos'altro che desiderava di più.

L'eredità di Katherine. Il massimo risultato. Oltre cento milioni di dollari, se fosse sopravvissuto a lei e a quei suoi odiosi marmocchi.

Perché ciò potesse divenire realtà, lui doveva cominciare immediatamente a fare la parte del marito sconvolto. Anche con Bailey.

Specialmente con Bailey.

In un certo senso lei era un'incognita... entrata nella sua vita all'improvviso, ma non come parte del piano. Che diamine, non la conosceva neppure quando aveva architettato tutto e preso accordi con Devoux.

Adesso che la conosceva – e voleva continuare a conoscerla – doveva essere certo che non potesse neppure ipotizzare alcun collegamento tra lui e la scomparsa della *Family Dunne.* Non poteva permettersi che scoprisse che lui era un gran bastardo.

Peter stava per bussare nuovamente quando sentì quell'inconfondibile rumore tipicamente newyorkese di più serrature che si aprono. Mentre Bailey socchiudeva la porta, lui pregò che non indossasse niente di troppo sexy. La forza di volontà di un uomo aveva i suoi limiti.

«Peter! Che magnifica sorpresa» disse lei. «Quando hai chiamato non potevo crederci. Sono rientrata da lezione appena venti minuti fa.»

La buona notizia era che indossava decisamente più indumenti che un semplice reggiseno e le mutandine. Pantaloni di una tuta e maglietta da ginnastica. La cattiva notizia era che si sporse immediatamente verso di lui per baciarlo con quelle sue splendide labbra carnose. Avrebbe dovuto ritrarsi. *Su, avanti, Peter. Fallo. Non è questo il momento di mettersi a scopare.*

« Cosa c'è che non va? » chiese lei.

« Non hai visto il notiziario, vero? »

Lei scosse il capo e subito dopo aggiunse, con espressione leggermente confusa: « Un momento... oggi non era il giorno della selezione della giuria? Non dovresti essere in tribunale? »

« È successa una cosa » disse Peter.

« Quella Kincade non avrà cercato di investire anche te, vero? » fece lei con un sorriso.

Peter si mantenne serio. Per quanto lo desiderasse, non poteva ridere. Un vero peccato, però, perché era una battuta molto divertente. Bellissima, intelligente e pure spiritosa. A Bailey Todd non mancava proprio nulla.

Entrato nel suo appartamento e presa una Diet Coke dal frigo, Peter la mise al corrente degli avvenimenti della mattinata, dall'irruzione di Angelica in aula alla telefonata con il capitano della Guardia Costiera. La conversazione con Devoux, ovviamente, venne omessa dalla vicenda già fin troppo melodrammatica.

Bailey rimase a dir poco sbalordita. Non riusciva a crederci, fu costretta a sedersi. Si sentiva anche incredibilmente in colpa, e lo disse a Peter.

« Perché? » chiese lui.

« No, dimentica che te l'abbia detto. Mi vergogno troppo. »

« No. A me puoi dire tutto. »

Dopo una serie di tentennamenti e di rossori, alla fine lei cedette. « Quando mi hai detto che la barca di tua moglie era scomparsa, il mio primo pensiero è stato che forse avrei potuto averti tutto per me. Non è orribile? Mi sento una vera stronza. »

« No. È solo umano » ribatté lui, allungando una mano a carezzarle il volto. « Questo non fa di te una persona malvagia. »

« Lo pensi davvero? »

« Certo. Tu non hai fatto niente di male. Non sei una stronza. Inoltre, sono sicuro che la Guardia Costiera mi chiamerà entro breve per dirmi che hanno trovato la mia famiglia e che stanno tutti bene. »

Peter aveva appena terminato la frase quando il suo cellulare prese a squillare. Sorrisero entrambi per quel tempismo perfetto.

« È la Guardia Costiera? » chiese Bailey quando Peter estrasse il telefono dalla tasca della giacca.

Lui guardò il nome sul display e scosse la testa. Poi fece una cosa molto strana. Rimase a fissare il cellulare che continuava a squillare.

« Chi è, Peter? » insistette Bailey. « Mi sembri sorpreso. »

E infatti lo era.

54

Come aveva fatto a scoprirlo così in fretta?

Peter sapeva che prima o poi avrebbe dovuto affrontare la stampa in merito alla scomparsa della *Family Dunne*. Era solo questione di tempo.

Ma non pensava che sarebbe successo così presto.

Dopo l'ennesimo squillo si decise a rispondere. «Come mai ci hai messo così tanto?» disse, sarcastico.

Sapeva bene che se avesse dirottato la chiamata sulla segreteria telefonica, lei non si sarebbe accontentata di lasciare un messaggio. Avrebbe sguinzagliato quei pitbull dei suoi assistenti di produzione perché lo rintracciassero di persona. Era così che lavorava lei.

«Peter, mi dispiace immensamente» disse Mona Elien, conduttrice del più acclamato talk show della fascia pomeridiana. «Devi essere terribilmente in pena. So che per te la famiglia viene prima di tutto.»

«Grazie, Mona. Sì, è stata una giornata molto difficile.»

Senza farsi sentire dalla donna all'altro capo del telefono, Peter disse a Bailey di chi si trattava. Bailey assunse immediatamente un'espressione riverente. In effetti Mona Elien era famosissima, e ultimamente aveva persino superato la regina dei talk show, Oprah Winfrey, nella guerra degli ascolti.

Una delle ragioni di questo successo era la sua straordinaria abilità nello scovare le notizie. Era innanzitutto una reporter dotata di un vero sesto senso per i fatti. Inoltre, aveva il numero di telefono di quelli che contavano. Conosceva tutti, Peter compreso.

Si erano incontrati a una festa dell'associazione americana degli avvocati, nella sala da ballo del Waldorf Astoria, quando Mona era ancora una reporter d'assalto per la WNBC. Peter era appena riuscito a far assolvere una star del rap dall'accusa di tentato omicidio e si stava godendo il primo grosso assaggio di notorietà a livello nazionale.

Naturalmente, Mona lo scovò tra tutti i partecipanti alla festa e, dal canto suo, Peter le strappò subito un sorriso.

Poi le strappò anche qualcos'altro. Per tutto l'anno che seguì, fin quando lei lanciò il suo show televisivo dagli studi di Times Square, i due diventarono « amici interessati », per dirla con la rubrica mondana del *New York Post*. Ovviamente, gli spietati blogger che si occupavano di media avevano coniato un'altra espressione. « Compagni di scopate. »

In breve, Peter e Mona Elien avevano avuto una storia. E ora lei ce l'aveva all'amo con uno scoop da raccontare.

Contando mentalmente i secondi, Peter attese la sua richiesta. Che non si sarebbe fatta attendere.

« Devi assolutamente venire alla mia trasmissione questo pomeriggio » lo implorò. « Non puoi non farlo. »

Peter stava per obiettare che era troppo presto quando lei lo batté giocando d'anticipo.

« Peter, prima che tu rifiuti e mi dica che devi ancora assimilare la notizia, pensa a questo. Rendendo subito pubblica la vicenda, ti assicuri che la Guardia Costiera non risparmi uomini e mezzi per ritrovare la tua famiglia. E tu è questo che vuoi, no? »

L'ironia era tale che Peter si sarebbe strozzato dal ridere. *No, che non lo voleva!*

Ma adesso l'apparenza era tutto. Che gli piacesse o meno, doveva concedere la sua miglior interpretazione allo show di Mona Elien.

Chissà, forse era persino una fortuna. Prima riusciva a recitare quel suo ruolo di marito preoccupato, angosciato, *innocente* davanti a un vasto pubblico, meglio era.

« Certo, Mona. Verrò » disse. « Farei qualunque cosa pur di salvare la mia famiglia. »

55

Com'era quello slogan pubblicitario che si vedeva praticamente ovunque? *Quello che succede a Las Vegas resta a Las Vegas?* Ha! Non se sei un agente della DEA.

Quello che succede a Las Vegas diventa un incubo di scartoffie a Manhattan!

Per il terzo giorno consecutivo da quando era tornata da Las Vegas, Ellen era inchiodata alla scrivania del suo minuscolo ufficio alla Divisione di New York della DEA, nel Lower West Side.

Quella parte del lavoro per lei non aveva un briciolo di senso. Se facevi fiasco e il cattivo di turno ti sfuggiva, te la cavavi con un rapporto. Se lo ammazzavi, ce ne volevano tre. Un po' come aver a che fare con le compagnie di assicurazione se sei medico. Probabilmente il paragone le era venuto in mente perché un tempo aveva pensato di iscriversi al corso preparatorio per la facoltà di medicina invece che per quella di legge a Wake Forest.

Non c'era da meravigliarsi che quel giorno trovasse ogni scusa per non dedicarsi al lavoro. L'ultima distrazione in ordine di tempo erano le parole crociate del *Times*: era bloccata al sette orizzontale, una parola di sei lettere per: «Non porta l'anello».

«Single!» esclamò alla fine, con un sorriso trionfante. Strano che non ci fosse arrivata prima. Sua madre non faceva altro che ripetere: «Perché mai mia figlia che è così bella è ancora single?»

Perché è sposata col suo lavoro, mamma, ecco perché... e forse perché non è più così bella.

Ricominciando a lavorare, Ellen si mise a sistemare le ricevute di un altro rapporto. Ricevute di spese. Stava controllando le somme quando una voce familiare la bloccò, raggelandola.

Alzò lo sguardo verso il piccolo televisore che teneva sempre acceso in ufficio. Solitamente serviva da rumore di sottofondo, e quel giorno non gli aveva prestato molta attenzione. Qualche minuto di *The View*. Un'occhiata a *SportsCenter*.

Fino a quel momento.

Sullo schermo c'era niente po' po' di meno che il grande avvocato Peter Carlyle. Ah! Doppio Ah!

Ellen digrignò i denti. Come avrebbe potuto dimenticare la voce di quell'arrogante testa di cazzo? Ancora adesso le faceva l'effetto di un chiodo su una lavagna. Aveva passato due anni della sua vita a raccogliere prove contro un noto boss della mafia per riuscire ad accusarlo di corruzione e appartenenza al racket, solo per vedere quel Carlyle averla vinta in tribunale grazie alle sue continue esibizioni e – quel che è peggio – alle sue spudorate menzogne a favore di quello schifoso del suo cliente.

Cambia canale, si disse. *Sbarazzati di questo pezzo di merda.*

Ma non ci riuscì. Era come davanti a un incidente stradale. Doveva assolutamente sapere cos'era successo.

Prese il telecomando posato sulla scrivania e alzò il volume. Carlyle era ospite di Mona Elien. Quei due non avevano avuto una storia, tempo prima?

Ellen ascoltò. Chissà cosa stava pubblicizzando, si chiese. Un nuovo libro scabroso? Un suo recente successo? Non aveva importanza. Peter Carlyle promuoveva innanzitutto se stesso.

Presto, però, si sentì in colpa per quei suoi pensieri. L'intervista riguardava la sua famiglia che era scomparsa. Che diamine, neanche uno stronzo come quello meritava di perdere moglie e figli in mezzo al mare.

Pareva piuttosto scosso. Persino la voce – quella voce inconfondibile – aveva avuto un tremito mentre raccontava come aveva appreso la notizia. «Confido nel fatto che la Guardia Costiera li trovi» disse, dimostrando grande fermezza. «Devo mantenere un atteggiamento positivo, e lo farò.»

«Penso sia l'unica cosa da fare» chiosò Elien, rivolgendosi al pubblico in studio con un lento cenno della testa. «La Guardia Costiera è famosa per le sue squadre di salvataggio, e sono sicura che sta facendo tutto il possibile per ritrovare la tua famiglia sana e salva, Peter.»

Senza rendersene conto, Ellen si trovò ad annuire insieme a Mona Elien, totalmente assorbita dalla vicenda. Di sicuro quello era un esempio di televisione coinvolgente. C'era dramma, suspense, e quel giusto tocco di speranza. Ellen non vedeva l'ora di sapere come sarebbe andata a finire.

Fu allora che provò una strana sensazione.

Non avrebbe saputo dire da dove le venisse. Sapeva solo che era una sensazione forte, istintiva. Più lei ascoltava, più si rafforzava. Si alzò e si avvicinò al televisore.

C'era qualcosa nel modo in cui Carlyle raccontava la sua storia... quasi al passato.

Come se ne conoscesse già la conclusione.

56

Uno strattone alla linguetta nera e il battellino di gomma che stava nella cassa dell'Ave Maria si gonfia davanti ai nostri occhi. Grazie al cielo potremo finalmente uscire dall'acqua. Basta nuotare a cane per tenersi a galla. Basta squali.

Mark e Carrie salgono per primi, quindi aiutano Ernie. Poi viene il mio turno. Quando vedono la mia gamba – o, per meglio dire il bianco dell'osso che spunta dalla mia gamba – ammutoliscono. Ci vuole proprio una cosa del genere per farli stare zitti, specialmente Ernie.

« C'è un dottore a bordo? » dico, cercando di risollevare gli animi.

La battuta, pessima, non funziona. Anzi, diventano tutti ancor più silenziosi, dopo aver issato Jake a bordo.

È in condizioni peggiori di quanto pensassi. Ha tutto il corpo coperto da ustioni di secondo e terzo grado. La sua pelle è come quella plastica a bolle, con tutte le bolle scoppiate.

Carrie non riesce a guardarlo e, ovviamente, si sente ancora più in colpa per quanto è accaduto all'inizio, quando ha cercato di annegarsi e forse anche di far annegare Jake.

Sulla terraferma, nel reparto ustionati del Lexington Hospital, ci sarebbero mille trattamenti possibili. Qui, nel mezzo del nulla, è un'altra storia. C'è ben poco che possa fare per lui.

« Passami il kit del pronto soccorso » dico a Mark, stringendo i denti già solo per lo sforzo di parlare.

Il contenuto della cassetta dell'Ave Maria adesso è sparpagliato nel battellino. Oltre al kit ci sono sette bottiglie d'acqua e del cibo: frutta secca, cracker e noci, il tutto sigillato in razioni sotto vuoto.

Non è molto, ma è sempre meglio che niente. E di niente ne abbiamo da vendere!

Niente pagaie, niente ombra, niente lozione solare, niente radio, niente telefono satellitare.

Non è giusto!

Inoltre non abbiamo più la pistola lanciarazzi, ma nessuno

se la prenderà con Carrie per questo, dopo che ci ha salvato il culo – e ogni altra parte commestibile – con un tiro provvidenziale che ha messo in fuga lo squalo.

« Ecco » dice Mark, porgendomi il kit. Trovo della crema antibiotica e la spalmo delicatamente sulle zone in cui è più alto il rischio di infezione. Jake se ne sta immobile e in silenzio con la testa appoggiata al bordo del battellino. Penso abbia di nuovo perso conoscenza, o forse non ha neppure la forza per parlare.

« Ecco fatto » dico, dopo aver applicato intorno alle braccia e alle gambe uno strato sottile di garza, che permetterà comunque alla pelle di respirare. « Dovrebbe bastare, finché non arrivano i soccorsi. »

« E tu? » chiede Ernie. « La tua gamba? »

« Per adesso va bene così. Dovranno ricomporre la frattura, ma ci sono ventiquattro ore di tempo prima che si possano generare danni permanenti » spiego. « A quel punto sarò già al sicuro in un letto di ospedale con voi che fate a gara a chi firma per primo il gesso. »

« Pensi davvero che verranno a prenderci? » chiede Carrie.

« Ma certo. Perché non dovrebbero? »

57

Nel piccolo ufficio nella base della Guardia Costiera di Miami, il capitano Andrew Tatem sbatté giù il telefono. Il suo tenente di vascello lo aveva appena aggiornato sugli ultimi sviluppi della vicenda della *Family Dunne*. Le notizie non erano buone. Anzi, non avevano senso.

Tatem si precipitò fuori dall'ufficio puntando dritto alla sala operativa da cui Millcrest aveva appena chiamato.

« Cosa diavolo sta succedendo? » domandò, spalancando la doppia porta a ventola. « Qui c'è qualcosa che non quadra. Per niente. »

Nessuno dei presenti disse una parola. Non il responsabile operativo. Né l'operatore radio. Né il sottufficiale il cui unico compito era registrare la posizione dell'elicottero della squadra di soccorso partita alla ricerca della barca.

Si voltarono tutti verso Millcrest.

Questo era uno dei rari momenti in cui il tenente di vascello avrebbe preferito non avere un rapporto così buono con il suo superiore: tutti davano per scontato che toccasse a lui parlare con Tatem.

« Be', come ho appena detto » cominciò Millcrest lentamente, « l'elicottero ha raggiunto le coordinate segnalate dall'EPIRB della *Family Dunne*, ma non ha trovato nulla. Neppure l'EPIRB. »

Tatem provò un desiderio prepotente di accendersi una sigaretta.

« Passami la squadra di soccorso » ordinò. « Voglio sentire esattamente cosa non hanno trovato. »

Millcrest si voltò verso l'operatore radio, il quale annuì con un secco cenno del capo e si affrettò a chiamare l'elicottero. Tutta la parete davanti alla quale stava seduto era occupata da monitor e cartine.

Nel giro di pochi secondi, il primo pilota del velivolo rispose con una fastidiosa scarica statica.

« Qui Squadra LUPO 1-9-1, vi riceviamo » disse, e la sua voce riempì la sala operativa. Il tecnico lo aveva messo in vivavoce.

Tatem si avvicinò alla consolle e afferrò il microfono. Il suo tono era imperioso. Non chiedeva, pretendeva. « Com'è questa storia, John? La faccenda non ha senso. »

Il pilota spiegò di aver compiuto tre passaggi sulle coordinate ricevute e di non aver visto nessuna barca, nessun equipaggio, nessun oggetto in acqua. Stavano cominciando a fare ricerche nella zona immediatamente circostante, ma il carburante non sarebbe durato in eterno e avrebbero dovuto per forza circoscrivere il raggio delle ricerche.

« È possibile che le coordinate indicate dalla vostra strumentazione siano errate? » chiese Tatem.

« No, signore » rispose il pilota. « Abbiamo già controllato più volte. »

Millcrest si strinse nelle spalle. « Forse è l'EPIRB che non funzionava, John. Forse prima di spegnersi ha inviato le coordinate sbagliate. »

« È possibile » disse Tatem. « Se è così, non ci resta che sperare che le coordinate siano sbagliate di poco. Altrimenti, la nostra zona di ricerca è grande quanto l'area interessata dalla tempesta e qualcosa di più. »

« Anche con più unità di ricerca potrebbe volerci più di una settimana » rifletté Millcrest.

« Giusto. Significa che dobbiamo metterci subito al lavoro. » Tatem incrociò le braccia e si voltò per uscire, aggiungendo quasi tra sé e sé: « Speriamo che questi Dunne siano tipi combattivi ».

58

È un tramonto magnifico. Ironia della sorte.

Se solo potessimo goderci questo incredibile disco arancione che si tuffa verso l'orizzonte, con l'azzurro dell'oceano che pare fondersi con le nubi color porpora sparse in cielo! Invece, continuando a dondolare su questo battellino, riusciamo solo a vedere l'oscurità che ci attende. Il calare della notte. E con esso il freddo.

Queste poche coperte dovranno fare un miracolo.

« Credo che Carrie abbia ragione » dice Mark, avvilito. « Non verranno a prenderci. Non verrà nessuno. »

« Non possiamo ragionare così » ribatto. « Dobbiamo pensare positivo, e non è un modo di dire, ragazzi. »

Ma è come se Mark non mi ascoltasse. « Se la Guardia Costiera ha la nostra posizione, non pensate che a quest'ora avrebbe dovuto essere già qui? »

« Sì, c'è qualcosa che non va » conviene Carrie.

Ernie annuisce come un piccolo Budda saggio.

« Sentite, al momento non possiamo fare altro che restare qui e aspettare che arrivino » dico.

Non è il ragionamento più convincente che io abbia mai formulato, ma per ragioni a me incomprensibili funziona. Solo perché ho pronunciato la parola « aspettare ».

Mark abbassa gli occhi sulla mia gamba, poi mi interroga con lo sguardo. C'è una cosa che non può aspettare. Per lo meno non molto.

Non c'è niente come una frattura esposta grado III B di tibia per farti cambiare argomento.

« È venuto il momento di fare qualcosa per questa gamba, non è vero? » mi domanda, alla fine.

Lancia un'altra occhiata alla gamba.

« Già » dico, annuendo. « Ma avrò bisogno di aiuto. »

« Non guardare me » dice Carrie, immediatamente. « Mi dispiace, mamma, ma te l'avevo detto che non avrei potuto fare medicina. »

Mark le rivolge un'occhiata di compatimento. « Su, dopo tutto quello che hai passato oggi, vuoi dirmi che hai paura di un osso rotto? »

« Se è un osso che posso vedere, sì. »

Ahimè, la mia supereroica figlia ha incontrato la sua kryptonite.

« Okay, mamma. Ti aiuto io » dice Ernie.

Accidenti. Lo dice con una tale dolcezza che mi viene da piangere. Ricomporre un osso rotto e rimetterlo a posto nella carne viva non è un'esperienza adatta a un ragazzino di dieci anni, per maturo che sia.

Che diamine, non è adatta neppure a questa quarantacinquenne, ma non ho altra scelta, no?

« Grazie, tesoro, ma mi basta l'aiuto di tuo fratello. »

Di tuo fratello e di un bel po' di morfina, dovrei dire.

È allora che Mark si fruga nelle tasche dei calzoncini. I nostri indumenti sono asciutti da ore, ma qualunque cosa stia cercando in tasca dev'essere ancora fradicia.

Vedendo il sacchetto di plastica con dentro l'accendino, però, mi ricredo. Lo tiene con la punta delle dita e lo scuote, sorridendo. « Ma guarda, tutto perfettamente asciutto! »

Non so se abbracciarlo o prenderlo a schiaffi. Sia come sia. « Sbaglio, o avresti dovuto consegnarla tutta a Jake? »

« Lo so. Cosa vuoi che ti dica? Ne porto sempre un po' di riserva » dice. Prende lo spinello già arrotolato dal sacchetto e me lo porge. « Considerala marijuana per uso terapeutico. È perfettamente legale, no? »

Passa qualche secondo. Continuo a fissare lo spinello. Sto davvero prendendo in considerazione l'idea di fumare la droga di mio figlio?

Poi abbasso lo sguardo sulla gamba e penso al dolore lancinante che mi attende. È incredibile come il tuo mondo possa cambiare nello spazio di poche ore.

« Passami l'accendino » gli dico.

59

La marijuana funziona. Più o meno.

Diminuisce leggermente il dolore. Invece di un dolore atroce e lancinante è piuttosto una forma leggera di tortura.

So solo che quando finalmente scenderò da questa zattera e tornerò in ospedale, abbraccerò tutti gli anestesisti. Non è che io abbia mai dato per scontato il loro operato, però non ho mai riconosciuto tutti i loro meriti.

Comunque, per quanto riesco a vedere, l'operazione è riuscita. Mark è stato davvero coraggioso, non ha avuto neppure un attimo di cedimento quando abbiamo ricomposto l'osso fratturato. Si vede molto di peggio in quegli stupidi film dell'orrore, mi dice.

Adesso non mi resta che sperare che la ferita non si infetti.

Nel frattempo, però, devo affrontare un effetto collaterale che davvero non avevo previsto. La fame chimica.

A quattro ore dall'operazione, con i ragazzi che dormono abbracciati, io sono completamente sveglia e sto lottando per non gettarmi sulle nostre razioni.

Ah, ho accennato a quanto fa freddo? E a come tira il vento?

Non posso fare a meno di chiedermi come mai la Guardia Costiera ci stia mettendo così tanto. È per via della tempesta? Si è abbattuta sulla costa e ha sconvolto le loro operazioni di soccorso?

O forse si tratta del segnalatore automatico di posizione? Funzionava, no?

Sì, funzionava. Ne sono certa.

Sono anche certa che non ci siamo allontanati molto dal punto del naufragio. Abbiamo continuato tutto il pomeriggio a pagaiare con le mani contro la corrente per mantenere le nostre coordinate. Se anche ci fossimo allontanati di una o due miglia saremmo comunque visibili da un aereo o da un elicottero.

Per lo meno, questo è ciò che continuo a ripetermi.

Mi appoggio al bordo del battellino e guardo le stelle. Sembrano milioni. Ripenso a mio padre e al suo telescopio in giardino. Sento persino la sua voce pacata. Siamo tutti come il Grande Carro, parte di qualcosa di molto più grande di noi.

All'improvviso sento un'altra voce. È debole, appena percepibile, e penso sia uno dei ragazzi che parla nel sonno.

Poi capisco che è Jake.

Mi sposto verso di lui. Vedo che sbatte le palpebre, è a malapena cosciente.

« Jake, mi senti? » gli sussurro.

Dalle sue labbra sfugge un lamento.

« Jake. Sono io, Katherine. Jake? »

Volta la testa verso di me, mi vede. Le parole prendono forma lentamente. « Cos'è successo? » domanda, alla fine.

« C'è stata una grossa esplosione sulla barca. Ricordi qualcosa? »

Non ricorda nulla. Lo capisco dalla sua espressione, dallo sguardo confuso, dalla paura.

« Ci stavi inseguendo sul ponte per gettarci in acqua » proseguo, e mentre lo dico, mi è tutto chiaro. « Ecco perché siamo ancora vivi, è grazie a te... »

« Io... »

Jake si interrompe, fa una smorfia. Parlare gli causa dolore, gli dico di non farlo. Ma lui prosegue comunque. Jake resta sempre Jake, in ogni situazione.

« Io ero... a prua... con te » riesce a dire. « Adesso ricordo. »

« Esatto. È allora che è avvenuta l'esplosione. Tu eri l'unico rimasto sulla barca. È per questo che ti sei ustionato. »

Accidenti! Cosa ne è del mio tatto professionale? Non era necessario dirglielo adesso.

Jake cerca di vedere. Questo gli causa ancora più dolore che parlare, e il suo volto si contorce per la sofferenza. « È una cosa seria? »

Gli prendo la mano. « Andrà tutto bene. Te la caverai. Hai azionato il segnalatore di posizione, ricordi? Verranno a salvarci. »

Vedo che si sforza di ricordare. Adesso il suo respiro si è fatto laborioso, affaticato. Gli dico che ha bisogno di riposare.

« Io... lo sento ancora » dice.

« Chi? »

« Mio... fratello. »

Mi ci vuole qualche secondo per capire. Sosteneva di aver sentito la voce di Stuart sulla barca – di averlo visto, persino – ma aveva anche detto di essere sicuro che non fosse realmente accaduto.

Gli stringo la mano. « Sono sicura che adesso non ride più. »

Il volto abbronzato di Jake è pallido come quello di un morto. Il suo respiro si fa ancora più affaticato, e questo mi spaventa.

« Devi conservare le forze » gli dico. « Ti prego. »

Ma c'è qualcos'altro che vuole dirmi. Nonostante il dolore, deve assolutamente dirmi qualcosa. « Non mi sono mai pentito » dice, con un filo di voce.

Non voglio che parli, ma non capisco cosa vuol dire. Forse lui se ne accorge guardandomi negli occhi perché sorride. Mi attira a sé per sussurrarmi all'orecchio.

« Non mi sono mai pentito di averti amato » dice.

Mi volto per nascondere le lacrime che sgorgano improvvise dagli occhi e mi rigano le guance. Jake e io avevamo vissuto la nostra estate proibita durante un periodo difficile. Stuart era sempre via, lontano, e io avevo quasi l'impressione che sapesse di me e Jake e non se ne curasse. Forse si stava rifacendo una nuova vita e voleva che io facessi lo stesso.

Guardo l'oceano e il riflesso della luna sulla superficie. Alzo gli occhi verso il cielo brulicante di stelle.

Poi guardo i miei ragazzi che dormono. È strano, ma credo di non averli mai amati così tanto come in questo momento.

Stringo di nuovo la mano di Jake perché adesso c'è una cosa che *io* devo dire a lui.

« Jake » dico, alla fine, voltandomi verso di lui. « Jake? »

Mi blocco.

L'universo intero si blocca.

Jake non respira più.

Se n'è andato.

PARTE QUARTA

All together now

60

« Mamma, moriremo anche noi? »

La domanda di Ernie mi colpisce al cuore e, per un istante, resto senza parole. Pensavo che la prova più ardua della mia vita fosse dire ai miei figli che il loro padre era morto. Ma mi sbagliavo. Dar loro la notizia che Jake non ce l'ha fatta a superare la prima notte è stato ancora più duro.

Quando è morto Stuart ci siamo sentiti soli.

Adesso che è morto Jake *siamo* soli.

Da due giorni, ormai.

Siamo ustionati dal sole, il cibo e l'acqua cominciano a scarseggiare, e con essi la speranza. La morte di Jake ha fatto precipitare i ragazzi dalla disperazione a qualcosa di ancora peggiore. La paura.

La paura che, dopo Jake, i prossimi saremo noi.

Ci siamo tenuti il più vicino possibile al punto in cui la *Family Dunne* è affondata, ma non si è vista nessuna unità di soccorso, nessun elicottero. Gli unici aerei che passano sopra di noi sono come formiche nel cielo, puntini che non vedremmo neppure se non fosse per la loro scia. Di certo, loro non possono vedere noi.

Per farla breve, siamo dispersi in un punto dei Caraibi, ma non sappiamo dove. E, a quanto pare, neppure gli altri lo sanno.

Allora perché continuo a dire ai ragazzi che dobbiamo restare qui? Perché continuiamo a lottare contro la corrente?

Per due giorni mi sono impuntata come un mulo, continuando a sostenere che dobbiamo dare più tempo alla Guardia Costiera. Adesso, però, capisco che i ragazzi sospettano il vero motivo di questa mia ostinazione.

Sono io quella che ha bisogno di tempo. Jake riposa sul fondo del mare e io non riesco a staccarmi da lui. Non riesco a lasciarlo andare. Fisicamente. La verità è che, se fossi sola su questa zattera, non mi muoverei da qui. Resterei vicino a Jake, che qualcuno mi trovasse o meno.

Ma le cose stanno diversamente, adesso lo capisco. I miei figli sono su questo battellino con me, e io sono la loro madre. Possiamo anche essere soli in mezzo all'oceano, ma siamo soli tutti assieme.

E dobbiamo salvarci.

Con gli occhi socchiusi fisso i loro corpi ustionati dal sole, coperti di tagli e abrasioni, le ferite incrostate di sale, le labbra bianche da quanto sono screpolate, i capelli scarmigliati. Li guardo negli occhi.

« No, Ernie » rispondo. « Non moriremo. »

È venuto il momento di lasciarsi andare, di smettere di lottare contro la corrente.

E vedere dove ci porta.

61

L'operazione Incontro Casuale era ufficialmente iniziata. Ellen Pierce l'aveva battezzata così entrando nella piccola ma attrezzatissima palestra che la DEA metteva a disposizione dei suoi agenti nel seminterrato della Divisione di New York.

Erano le 5.20 del mattino. Presto. *Molto* presto.

Com'era prevedibile, Ellen aveva la palestra tutta per sé. Meglio. Così avrebbe potuto versare un po' di acqua minerale su un asciugamano e bagnarsi strategicamente viso e maglietta senza dover dare spiegazioni a nessuno. Compreso l'uomo che stava aspettando. Il suo capo.

Sapeva che Ian McIntyre si allenava la mattina di ogni giorno feriale, a partire dalle 5.30. Era maniaco della forma fisica, e aveva continuato a fare gare di triathlon sulla distanza *ironman* fin oltre i quarantacinque anni. Adesso, superati i cinquanta, aveva leggermente ridotto l'attività agonistica. Partecipava solo alle maratone. Tre all'anno, per l'esattezza. Boston, New York e Philadelphia, la sua città natale.

Inutile dire che quell'uomo era un duro, ragion per cui Ellen era stata costretta a ricorrere a quella piccola farsa solo per poter scambiare qualche parola con lui.

Durante il giorno – quando era al servizio dello Zio Sam – Ian McIntyre faceva tutto secondo le regole. Le conversazioni di lavoro con gli agenti venivano registrate in quella che era universalmente conosciuta come «la Tomba». In un'epoca in cui per ogni questione si faceva automaticamente ricorso alle udienze al Congresso, era una cosa molto intelligente da fare.

C'era anche un altro vantaggio. La Tomba impediva agli agenti di abusare del tempo di McIntyre. Perché, nel caso di intuizioni azzardate, non piaceva a nessuno che le proprie parole finissero protocollate. Di sicuro non era di buon auspicio per la valutazione annuale dei tuoi risultati.

Alle 5.30 in punto Ian McIntyre entrò con passo spedito in palestra, dallo spogliatoio degli uomini. Rimase sorpreso nel vedere Ellen Pierce che scendeva dal tapis roulant. Non era abituato ad avere compagnia a quell'ora antelucana.

« Buon giorno, Ian » disse Ellen, asciugandosi l'acqua minerale dalla fronte.

« Buon giorno, Ellen. Che sorpresa. Non sapevo che venissi ad allenarti qua. »

« Non ci vengo mai, ma ieri sera nella mia palestra si è rotto un tubo. E così, eccomi qua. »

McIntyre annuì, poi si gettò sul materassino per fare stretching. Ellen voleva che il seguito sembrasse del tutto naturale e così attese qualche momento, asciugando i mancorrenti del tapis roulant.

Poi, con la massima naturalezza possibile, chiese: « Hai seguito la vicenda della famiglia di Peter Carlyle? »

« Ti riferisci alla scomparsa della barca a vela? Sì, ho sentito qualcosa. Terribile, vero? »

« Davvero orribile. Quei ragazzi, la moglie... non avrei mai pensato di poter provare compassione per lui. »

McIntyre le rivolse un sorriso d'intesa. « Già. Neppure io. Ma la famiglia... »

Lei aprì la bocca come per dire qualcosa, poi si bloccò. Quello era il momento della verità.

« Cosa stavi per dire? » chiese McIntyre.

« Oh, niente » rispose lei con una scrollata di spalle. « È che ho provato una strana sensazione quando ho visto Carlyle al *Mona Elien Show.* »

« Che genere di sensazione? »

« Una strana impressione. Come se lui... »

McIntyre la interruppe bruscamente. « Smettila immediatamente. Non voglio sentire. »

« Sentire cosa? »

« Qualunque cosa tu stia per dirmi. »

« Non lo so neppure io, Ian. »

« Non sono costretto ad ascoltarti, Ellen. Questo non è il momento né il luogo adatto. »

« Ascoltami ancora un secondo, per favore » lo implorò lei. « È il modo in cui Carlyle si comportava. C'era qualcosa di strano. Di questo sono sicura al cento per cento. Carlyle sa qualcosa. »

McIntyre si alzò dal materassino e in meno di due secondi Ellen se lo ritrovò a due centimetri dal naso. « Ascoltami bene. Quel tipo è uno stronzo di prima categoria e ci ha fatto fare una figura di merda in tribunale, oltre ad aver smontato il nostro caso. So che sei ancora arrabbiata, e lo comprendo. Ma quello che non comprendo – e che non tollererò – è che uno dei miei agenti permetta al rancore di influenzare la sua capacità di giudizio. Tieni a freno l'immaginazione, hai capito? E questo vale anche per il tuo intuito femminile. »

Ellen si limitò a fissarlo. Immaginazione? Intuito femminile? E l'esperienza e il buonsenso dove li lasciava?

« Ho detto: 'Hai capito?' »

Ellen annuì.

McIntyre girò sui tacchi, dirigendosi verso il tapis roulant più vicino. Prima di salire si voltò. « Ah, e la prossima volta che fingi di allenarti per avere udienza, cerca di non bagnarti la maglietta in modo così perfetto, okay? »

Ellen fece una smorfia. Oops. Beccata.

Operazione Incontro Casuale fallita.

Era venuto il momento di passare al piano B.

62

Non erano neppure le nove del mattino a Miami, la temperatura fuori dalla base della Guardia Costiera superava già i trenta gradi, ed era *umido.*

Non che all'interno facesse molto più fresco. L'impianto dell'aria condizionata si era nuovamente arreso e le ventole nell'ufficio di Andrew Tatem diffondevano aria tiepida.

Stupendo. Fantastico. Proprio quando la situazione si faceva rovente.

Tatem sollevò il ricevitore e compose un numero. Non sopportava di dover mangiar merda, ma era proprio quello che stava per succedere. E alla grande.

« Posso parlare con Peter Carlyle, per favore? Sono il capitano Tatem della Guardia Costiera. »

Era passata un'altra notte senza che fossero riusciti a localizzare la *Family Dunne* e il suo equipaggio. Nonostante l'impiego ulteriore di uomini e mezzi e l'ordine di estendere le ricerche anche alle ore notturne, la Guardia Costiera non aveva trovato assolutamente nulla.

Adesso, con una routine che ormai si ripeteva due volte al giorno, Tatem doveva chiamare New York per comunicare le notizie. O meglio, la mancanza di notizie.

« Io proprio non capisco! » urlò Carlyle nel telefono, perdendo quella poca pazienza, se mai ne aveva avuta. « Diceva di avere le loro coordinate, giusto? Non è stato lei a dirmelo, capitano Tatem? Guardi che me lo sono annotato. »

« Credevamo di averle. » Quel bastardo stava prendendo appunti. Per l'azione legale, giusto?

« Non sarà che le vostre cartine sono sbagliate? O che non sapete leggerle? »

Tatem chiuse gli occhi e inspirò a fondo nello sforzo di mantenere la sua solita calma. *Se sappiamo leggere le cartine? Ma cosa pensa, che usiamo una vecchia mappa pieghevole, di quelle che si tengono nel cassettino dell'auto?*

« Signor Carlyle, queste sono le ricerche più estese che io abbia mai coordinato. Le assicuro che stiamo facendo del nostro meglio » ribatté.

« Allora vuol dire che il vostro meglio deve ulteriormente migliorare! » Poi si sentì un violento clic.

Carlyle aveva riattaccato e voleva che Tatem lo capisse.

Pazienza.

Le offese non erano una novità per Tatem. Era abituato al fatto che i familiari dei dispersi esprimessero tutta la loro frustrazione. E lo capiva. Si trattava di una reazione naturale, molto umana. E per questo scusabile.

Quello che gli sembrava un po' strano, però – o per lo meno insolito – era non essere insultato di persona.

Aveva partecipato a più di un centinaio di operazioni di ricerca di dispersi in mare. Quasi sempre i familiari sentivano l'obbligo di recarsi lì, alla base, specialmente se potevano permetterselo. Volevano essere vicini al centro delle decisioni, sentirsi parte dell'operazione. « È il minimo che possiamo fare » si sentiva dire spesso.

Carlyle, invece, no. Lui voleva essere informato su ogni minimo sviluppo, ma restando a casa sua, a Manhattan.

Ovviamente, se anche si fosse precipitato a Miami, non avrebbe fatto alcuna differenza. Anzi, se le ricerche si fossero protratte, sarebbe soltanto servito a complicare le cose, tanto più che i media si erano già buttati sulla notizia.

La partecipazione di Carlyle al *Mona Elien Show* era stato l'antipasto.

Adesso, a tre giorni di distanza, con la famiglia Dunne ancora dispersa, la frenesia alimentare sarebbe peggiorata.

E allora, come mai Carlyle era ancora a New York?

63

Ho voglia di urlare! Ho voglia di lanciare un urlo profondo, lacerante, primordiale che scuota il cielo e chiunque ci sia o non ci sia lassù a tenere le sorti del nostro pianeta.

Siamo tutti parte di qualcosa di molto più grande di noi?

Sto perdendo la fede, papà.

Mi sento così piccola e insignificante che tu non ci crederesti.

Andiamo alla deriva ormai da due giorni e il panorama non è cambiato. In ogni direzione c'è oceano, soltanto oceano. Nel nostro universo non esiste altro.

Il battellino resiste, ma il sole violento e il fatto che acqua e cibo comincino a scarseggiare stanno sgonfiando noi. Siamo esausti, stesi, istupiditi.

Se non altro, i ragazzi sono riusciti a dormire. Io no. Il sole sta per sorgere su un altro giorno, e io mi sento come quando ero una tirocinante e mi beccavo tre giorni consecutivi di guardie. Solo che questo è molto peggio. Se non altro, allora sapevo che il mio turno sarebbe finito.

E questo mi riporta alla mia gamba.

Forse l'osso sta guarendo, ma la pelle tutto attorno è diventata di un orribile color verde. Anche se le mie conoscenze mediche derivassero soltanto da *Grey's Anatomy* o *Doctor House*, capirei che è successo esattamente quello che temevo. La ferita si è infettata. Presto arriverà la febbre alta.

Ai ragazzi non ho parlato, né ho intenzione di farlo. Per lo meno non ancora. Hanno già abbastanza pensieri. Così tengo la gamba coperta nella speranza che le cose cambino presto. Molto presto.

A essere sinceri, se ne avessi la forza mi farei una risata.

Per lungo tempo, per anni, ho desiderato acquistare una grande casa sulla spiaggia, a Martha's Vineyard o a Nantucket, magari. Sarebbe stata la mia evasione da Manhattan... una terrazza nascosta, un paio di chaise longue e, cosa più importante, una vista mozzafiato sull'oceano.

Ha!

Non lo desidero più. L'unica cosa che voglio vedere adesso – e per sempre – è la terra.

Voglio essere salvata! Voglio che i miei figli siano al sicuro!

E allora, forse, finalmente riuscirò a dormire.

Sto per chiudere gli occhi cercando di riposarmi un po', quando le mie palpebre schizzano su all'improvviso, come quei pupazzetti a molla chiusi dentro una scatola.

Oh!

Mio!

Dio!

È un miraggio? Sono così esausta da avere le allucinazioni?

No! È reale. Almeno, credo che lo sia.

Laggiù, in lontananza, tra i primi accenni di luce, c'è la vista più bella del mondo.

« Ragazzi! » urlo. « Sveglia! Sveglia! »

Cominciano a muoversi lentamente – troppo lentamente – e allora fornisco loro un piccolo incentivo. È un urlo profondo, lacerante, primordiale che scuote il cielo e chiunque ci sia, o non ci sia, lassù a tenere le sorti del nostro pianeta.

«TERRA! »

64

Neanche il tempo di gridare « Terra! » e ci trasformiamo nel team olimpico di pagaia.

È incredibile. Fantastico. Straordinario.

Mentre remiamo freneticamente con le mani, il dolore e la fatica scompaiono. Mi dimentico persino della mia gamba. Ci dirigiamo verso un puntino verde sull'orizzonte azzurro, ma i ragazzi sono sicuri quanto me. È un'isola. E noi non vediamo l'ora di raggiungerla!

Specialmente i nostri stomaci vuoti.

« Spero tanto che ci sia un McDonald's! » cinguetta Ernie. « Pensate che ci sarà? »

Scoppiamo tutti a ridere ed è una sensazione bellissima. Negli ultimi giorni il buonumore cominciava a scarseggiare, proprio come le nostre razioni.

« Smettila con questi stupidi hamburger » dice Mark, senza smettere di remare. « Io voglio una mucca intera, una bistecca gigantesca! Chissà, magari c'è un Morton's! Un Ruth Chris. Un Flames! »

« O magari una fantastica pizzeria » si intromette Carrie. « Potrei mangiarmi una pizza formato famiglia col salame piccante tutta da sola! Giuro che lo faccio! »

Ecco, queste sono parole che non avrei mai pensato di sentir uscire dalla bocca di mia figlia.

« E tu, mamma? » chiede Ernie. « Tu che ristorante vuoi? »

Mi basta un secondo per rispondere. « Servizio in camera! » urlo. « Voglio tutto il menu servito in camera, sdraiata sul mio splendido, confortevole letto al St Regis. »

« Per me va bene! » dice Carrie. « Ordina pure! »

« Sarebbe fantastico, se ci fosse un albergo » aggiunge Ernie.

« Senti, non importa se sull'isola c'è soltanto un Motel 6 » ribatte Mark, « purché ci sia un letto e non questo schifoso battellino con le razioni d'emergenza. »

Ci fanno male le spalle e le braccia mentre continuiamo a remare con le mani, ma è il più bel dolore al mondo. In un angolo della mia mente, non posso fare a meno di pensare a Jake. Quanto vorrei che fosse qui per vedere questo.

Sento gli occhi riempirsi di lacrime. Non riesco a trattenerle, anzi, non ci provo neppure. Tristezza? Gioia? Tutte e due.

So quanto sarebbe orgoglioso Jake di tutti noi. Siamo rimasti uniti, abbiamo tenuto duro tutti assieme.

Come una vera famiglia, la famiglia Dunne, l'unica che conti realmente.

65

Siamo a circa quattrocento metri dall'isola. Poi trecento. All'improvviso Ernie smette di remare.

« Ehi » dice, levando una mano per ripararsi gli occhi dal sole. « Dove sono finiti tutti quanti? »

Ci fermiamo a guardare. Finalmente siamo abbastanza vicini da vedere bene la spiaggia davanti a noi. Ma, ovunque guardiamo, non scorgiamo anima viva.

A dire il vero, non c'è granché da vedere. Né case, né capanne, nessuna costruzione di alcun genere.

Nessun segno di vita.

« E allora? Sarà una spiaggia isolata » dice Carrie con una scrollata di spalle. « Continuate a remare, sportivi. Guardate quant'è bella! »

Su questo ha ragione. La sabbia, di uno splendido rosa pallido, brilla sotto il primo sole del mattino; sullo sfondo grandi palme curve si piegano dolcemente come ad ascoltare il sussurro delle onde. Un vero « paesaggio incontaminato ».

« Scommetto dieci dollari che solo la gente del posto sa dell'esistenza di questa spiaggia » dice Mark. « Probabilmente la tengono nascosta ai turisti. »

« Già. Diventerebbe troppo affollata » aggiunge Carrie, cauta. « Non è molto grande. »

No, a dire il vero è molto piccola. Tutta l'isola sembra piccola, per lo meno da questa prospettiva. Per quel che ne so – e spero – il mio comodo letto al St Regis mi aspetta sull'altro lato.

« Continuiamo a remare » dico.

Adesso siamo spinti da un misto di adrenalina e curiosità, e le battute lasciano spazio a un silenzio teso. Teniamo lo sguardo fisso sulla novità più bella di questi quattro giorni, se non addirittura della vita intera, eppure non riusciamo a scrollarci di dosso questa strana sensazione. È come se la domanda di Ernie continuasse a echeggiare nelle nostre teste. *Dove sono finiti tutti quanti?* O, nel caso, *c'è qualcuno?*

Continuiamo a remare. Continuiamo a osservare la spiaggia perfetta.

E deserta.

66

Terra! Terra!

I ragazzi saltano giù nell'acqua alta fino alla cintola e tirano a riva il battellino con me dentro. Non sono assolutamente in grado di appoggiarmi sulla gamba rotta e così Mark mi prende di peso e mi deposita sulla sabbia con grande attenzione. Non l'ho mai visto comportarsi così ed è una sorpresa. Mark è una sorpresa.

Ci guardiamo attorno, allungando il collo in ogni direzione. Nessuno dice una parola.

Alla fine, è Ernie quello che fa il riepilogo della situazione. « Ho idea che siamo molto, molto lontani da un MacDonald's e anche da un Taco Bell. »

Temo proprio che abbia ragione. Se è vero che la prima impressione è quella che conta, viene difficile immaginare di trovare un hamburger, o anche solo una bistecca, su quest'isola. Per quanto riguarda un hotel a cinque stelle, non nutro molte speranze. E neppure per un telefono.

Specialmente dal momento che le uniche impronte su questa spiaggia sono le nostre.

« Non può essere un'isola deserta » dice Carrie, come se volesse convincersi. « No, è impossibile. »

« È altamente improbabile. » La rassicuro e cerco di convincere me stessa.

« Sì, però non è impossibile » ribatte Ernie, pragmatico. « A lezione di scienze ho visto un filmato in cui dicevano che esistono molte più isole deserte di quanto la gente creda. »

Mark alza gli occhi al cielo. « Quel filmato sarà stato girato cinquant'anni fa. Per male che vada, questo posto potrebbe essere disabitato al momento, ma di certo non deserto. »

« Che differenza fa, se non c'è nessuno che possa aiutarci? » chiede Carrie.

« Una grossa differenza » ribatte Mark. « Significa che probabilmente da qualche parte c'è una casa, o forse più, con un collegamento satellitare. *E.T. telefono casa.* Mi segui? »

Carrie annuisce, leggermente intimidita al pensiero che suo fratello minore, lo spinellato di Deerfield, ha fatto sfigurare lei, la sorella maggiore, la studentessa della Yale, quella che aveva ottenuto un punteggio da primato nel test di ammissione al college. La rivalità tra fratelli non conosce confini, neppure su quest'isola.

« Allora cosa aspettiamo? » chiede Ernie. « Andiamo a cercare un telefono. »

Ovviamente, io non andrò da nessuna parte. A meno che un paio di stampelle non cada miracolosamente dal cielo. E anche se così fosse, ci penserei due volte prima di muovermi. Qualcosa non mi torna.

« Alt » dico, sollevando la mano come un vigile. « Forse al momento non è una buona idea. »

« Cos'è che non è una buona idea al momento? » chiede Mark. « Chiamare la Guardia Costiera? »

« Andare subito a esplorare l'isola. Il sole non è neppure sorto del tutto. »

« Non importa. Per adesso siamo solo passati dal canotto a una spiaggia. Dobbiamo ancora cercare aiuto. E l'aiuto è da quella parte. »

Indica un punto oltre la spiaggia. Carrie ed Ernie annuiscono.

« Ha ragione, mamma » dice Carrie. « Dobbiamo scoprire cosa c'è là dietro. »

So che hanno ragione. È questo il problema.

« Okay. Questi sono i patti » dico, con un tono da madre ansiosa, che è poi esattamente come mi sento. « Voi tre dovete assolutamente restare uniti e guardarvi a vicenda. Qualunque cosa facciate, non vi dovete separare. E niente litigi. »

Mark fa il saluto militare. « Ricevuto, dottore. »

« Dico sul serio. E non metteteci troppo. »

« Non ti preoccupare, faremo in fretta » dice Carrie. « Non ti lasceremo qui da sola a lungo. E ci comporteremo bene. »

Mentre si allontanano, Mark si volta e mi urla: «Se non siamo di ritorno entro un paio d'ore, chiama la Guardia Costiera! »

67

So che ho detto loro di fare in fretta. Ma non intendevo *così* in fretta. O è un buon segno, oppure è pessimo.

In meno di venti minuti i ragazzi sono già di ritorno. Quando sbucano dagli alberi di palme e si avvicinano arrancando nella sabbia, vedo qualcosa pendere dalle dita di Mark.

« Cos'è? » chiedo. « Cos'avete trovato? »

« L'unico segno di civiltà sull'isola » risponde, sollevando l'oggetto perché possa vederlo.

È incrostata di sabbia. La marca ormai sparita. Ma la forma è inconfondibile. Classica.

È una bottiglia di Coca-Cola.

« L'abbiamo trovata subito dietro la spiaggia » spiega Ernie.

« Tutto qui? Niente case con collegamento satellitare? » chiedo.

« Niente » risponde Mark. « Niente strade, cartelli, niente persone. » Lancia un'occhiata alla vecchia bottiglia. « Per lo meno non recentemente. »

« Siete sicuri? Non siete stati via molto. »

« Non ce n'era bisogno » ribatte. « È una giungla, là dietro, impenetrabile. Quest'isola è deserta. »

« E adesso cosa facciamo? » dice Carrie.

Buona domanda. Alla quale non so rispondere su due piedi. Sono troppo occupata a pensare ai brutti segnali che comincio a ricevere dal mio corpo.

Se all'inizio si trattava di un lieve aumento, ora la temperatura si sta alzando. Non ho bisogno di termometro, la sento, proprio come i brividi che cominciano a corrermi per il corpo. Il risultato è un sudore freddo da capo a piedi. L'unico motivo per cui i ragazzi non se ne accorgono è che anche loro stanno sudando, per il caldo.

Nel frattempo, Mark sembra essere pieno di idee ed energia. Sono anni che non lo vedo così. « Credo che dovremmo fare alcune cose » dice. « Innanzitutto, dobbiamo segnalare la nostra presenza alle barche e agli aerei, giusto? Dovremmo scrivere

SOS con dei sassi e preparare un falò da accendere al momento giusto. Dovremmo anche decidere dove dormiremo stanotte.»

«Io voto per qualcosa con un tetto» dice Ernie, indicando l'oceano.

Ci voltiamo tutti a guardare e vediamo un fronte minaccioso di nubi all'orizzonte.

«Merda, pensavo che le tempeste fossero finite per un po'» geme Carrie.

«Già, proprio come pensavamo che venissero a salvarci» ribatte Mark, prendendo a calci la sabbia. È arrabbiato. All'improvviso alza il braccio all'indietro e lancia la bottiglia tra le onde.

«No, non farlo!» obietta Ernie.

«E perché no? Vuoi tenerla per farti ridare i soldi del deposito?»

Ernie lo ignora ed entra in acqua per recuperare la bottiglia che galleggia tra le onde. «Non capisci, Mark? Questa potrebbe essere la nostra salvezza!»

«Ah, sì?» dice Mark, incredulo. «E come?»

«Semplice, rimbambito. Ci mettiamo dentro un messaggio.»

Scoppiamo tutti a ridere e un attimo dopo mi sento terribilmente in colpa. Passi per Mark e Carrie, ma io dovrei sapere che questo non è il momento per prendere in giro il povero Ernie.

«Scusa, tesoro. So che stai solo cercando di renderti utile» dico. «Non avremmo dovuto ridere. Siamo tutti dei rimbambiti.»

«Ridete pure. Poi mi ringrazierete.»

«Sicuro» dice Mark. «E dimmi, piccolo Einstein, su cosa scriverai il messaggio?»

Ernie sembra momentaneamente sconcertato. E pure io, a dire la verità. Poi il suo volto si illumina. «Lo scriverò su un pezzo di maglietta.» Afferra la maglia dal fondo e la tira. «Ne strappo un pezzo e ci scrivo sopra.»

Mark annuisce, solo per dargli corda. «Okay. E con cosa lo scrivi? Sai, vorrei tanto aiutarti, ma ho finito le penne.»

Ernie, però, è un passo avanti a noi.

« Ho visto delle bacche rosse su un cespuglio, prima. Le schiaccerò e farò dell'inchiostro. » Conclude facendo le linguacce al fratello, e devo confessare che è proprio bello.

« E anche questo lo hai visto in un filmato di scienze, giusto? »

« Sì, continua pure a ridere. Vi dimostrerò che avevo ragione io, ragazzi. »

Mark si avvicina a Ernie e gli mette un braccio intorno alle spalle. « Fratellino, caso mai te lo fossi dimenticato, siamo andati alla deriva per giorni senza mai passare vicini a un'imbarcazione. Potrebbero volerci mesi, se non anni, prima che quella bottiglia finisca a terra da qualche parte. Chi vuoi che la trovi, nel frattempo? Aquaman? »

Carrie scoppia nuovamente a ridere. Io no.

« Okay, ora basta » dico. « Se Ernie ci tiene, lasciatelo fare. Nel frattempo mettiamoci al lavoro. Dobbiamo fare una specie di campo. »

« Sì. Campo naufraghi » dichiara Carrie.

68

Fresco ed elegante nell'uniforme bianca della Guardia Costiera perfettamente stirata, Andrew Tatem si avvicinò alla selva di microfoni tesi verso di lui nel parcheggio fuori dalla base. Era un tipo che piaceva alle telecamere: trentott'anni, un metro e ottantacinque d'altezza, abbronzatura caraibica e un sorriso dai denti bianchissimi, che quel giorno, però, non era nello spirito adatto per esibire.

La frenesia dei media che lui si aspettava era arrivata, e la strada davanti ai cancelli della base sembrava una convention di parabole satellitari. I reporter se ne stavano in fila, dietro le telecamere, il trucco che si scioglieva nel soffocante calore estivo di Miami, intenti a infiorare le ultime notizie sul misterioso caso della scomparsa della *Family Dunne.*

Ma il branco stava diventando irrequieto.

Per un intero ciclo di notiziari – un tempo inaccettabilmente lungo per i giornalisti – non c'erano state novità. Tatem, ovviamente, sapeva perché. Non ce n'erano.

Tuttavia, Tatem sapeva anche che doveva lasciargli fare il loro lavoro. I giornalisti erano tipi volubili e l'ultima cosa che lui voleva era ritrovarseli contro.

Ecco spiegato il motivo di quella conferenza stampa.

Lento, calmo e metodico Tatem rilasciò la dichiarazione che aveva preparato. Le ricerche proseguono... non stiamo lasciando nulla di intentato... l'oceano è grande... la Guardia Costiera non ha perso le speranze... io sono fiducioso.

Era tutto vero. Solo che non c'era nulla di nuovo.

Per questo, terminata la dichiarazione, Tatem si fece forza, inspirò a fondo e disse: « Adesso risponderò alle vostre domande ».

Si scatenò un pandemonio, mentre i giornalisti lottavano tra di loro per farsi sentire.

« Quando interromperete le ricerche? »

« Può confermare che la *Family Dunne* ha lanciato un mayday prima di scomparire? »

« Perché non è stata chiamata la Marina? »

Tatem aveva già avuto la sua buona dose di conferenze stampa, nessuna però era paragonabile a quella, per affluenza e aggressività.

Un uomo che si trovava di lato, un giornalista dai capelli lunghi che lavorava per il *Daily Miami*, si dimostrò particolarmente insistente. La Florida era il suo territorio e chiaramente voleva rammentarlo a tutti.

« Cosa ci dice delle voci secondo le quali lei sta per essere rimosso dall'incarico di ufficiale responsabile di questa operazione di ricerca? »

Tatem rimase sorpreso. Rimosso?

« Non sono al corrente di queste voci » rispose.

Il giornalista si voltò verso la brunetta che gli stava accanto, mormorando a voce abbastanza alta per farsi sentire da tutti: « Non sono mai al corrente di niente ».

Tatem ignorò quell'osservazione scortese, per non parlare del desiderio irresistibile di saltare giù dal podio, stringere quello stronzo in una mezza nelson e sbatterlo a terra. Cosa ne dici di questo, mezzasega?

Era venuto il momento di concludere.

« Risponderò ancora a una domanda » annunciò.

Immediatamente le urla aumentarono e il branco di giornalisti premette contro il podio. Con la massima disinvoltura possibile, alzò una mano per asciugarsi una goccia di sudore dalla fronte e subito sentì gli scatti delle macchine fotografiche. Accidenti, non gli sfuggiva proprio nulla, a questi, eh?

Gli pareva già di vederla, la sua foto sbattuta su tutte le prime pagine dei principali giornali del paese. *Il capitano della Guardia Costiera Andrew Tatem sulla graticola*, avrebbe detto la didascalia.

O, peggio: *Andrew Tatem poche ore prima di essere rimosso.*

All'improvviso desiderò non aver mai sentito parlare della famiglia Dunne e della loro maledetta barca. Aveva provato pena per loro ma, sotto l'occhio implacabile dei giornalisti – l'assurdo circo mediatico che non si fermava mai – quel sentimento si era trasformato in un forte senso di frustrazione. In rabbia, persino.

Cosa diavolo era accaduto a quella famiglia? Non aveva senso.

Con la coda dell'occhio Tatem colse un movimento. Era Millcrest. Il suo tenente di vascello stava venendo dritto verso di lui con quell'inconfondibile espressione dipinta sul volto.

Aveva una cosa da dirgli.

Una cosa che non poteva aspettare.

69

Tatem si allontanò dai microfoni mentre Millcrest gli sussurrava all'orecchio: « Abbiamo trovato qualcosa, signore ».

Eccole. Le quattro parole che aspettava con ansia.

Bastavano quelle.

Assumendo rapidamente la sua espressione da giocatore di poker, Tatem tornò a voltarsi verso la folla di giornalisti, annunciando che un'altra questione richiedeva la sua attenzione. Non ci credette nessuno, ma lui non se ne curò. Cominciarono tutti a urlare « Quale altra questione? » ma a quel punto lui stava già rientrando a grandi passi nella base, diretto alla sala operativa.

« È un giubbotto salvagente della barca » gli spiegò Millcrest lungo il tragitto. « Dev'esserci stato un incendio a bordo, perché una parte è tutta bruciata. »

« Hai detto che è della barca, ma come fai a saperlo? » chiese Tatem.

« Perché c'è scritto sopra » rispose Millcrest con un sorrisino. « Avevano fatto ricamare il nome della barca sui giubbotti, roba da non crederci. Sul retro del collare. »

« Hanno trovato solo un giubbotto? »

« Fino a questo momento sì. »

« Nient'altro? Nessun rottame, niente? »

« Non ancora. Stiamo compiendo un altro giro intorno alla zona, allargando il perimetro. Ma se il salvagente era bruciato... »

« Lo so » disse Tatem. Probabilmente non avrebbero trovato altro.

Millcrest afferrò la porta della sala operativa, tenendola aperta per far passare Tatem, il quale stabilì immediatamente un contatto visivo con l'operatore radio.

« Quale squadra ha eseguito il ritrovamento? Powell? » chiese Tatem.

« No, è stato Hawkins » rispose l'ufficiale.

« Sono su un canale sicuro? »

« Sì. La stanno aspettando, signore. »

L'ufficiale chiamò l'unità di soccorso, che rispose nel giro di qualche secondo.

« Bel colpo, ragazzi » disse Tatem, e lo pensava davvero. Un giubbotto salvagente che galleggiava in mezzo all'oceano equivaleva al proverbiale ago nel pagliaio.

Adesso veniva la domanda chiave.

« A quale distanza vi trovate dalle coordinate trasmesse dall'EPIRB? »

« È questo il fatto » rispose Hawkins, il pilota dell'unità di soccorso. « Siamo molto più lontano di quanto possano averli portati i venti e le correnti. Lei sa cosa significa, capitano. »

Tatem rimase in silenzio. Da un lato questo spiegava perché le squadre di ricerca non avessero rinvenuto nulla prima di allora. La *Family Dunne* non si era mai trovata su quelle coordinate.

Dall'altro, rendeva la situazione molto chiara. Dal punto di vista della Guardia Costiera, per lo meno.

Era una ricerca senza speranza.

« Signore? » disse Millcrest.

Tatem tornò col pensiero nella sala operativa. « Scusa, cosa c'è? »

« Vuole che Hawkins faccia ancora un passaggio sulla zona? »

Tatem ci rifletté un momento, stringendosi le tempie come per far uscire la risposta che lui non voleva dare. Ma doveva farlo.

« No » disse, alla fine. « Richiamali alla base. Richiama tutti. Le ricerche sono concluse. La zona è troppo ampia. La *Family Dunne* è affondata. »

70

La mattina seguente Peter era tutto solo e si godeva la sua solitudine nell'appartamento di Katherine, cinquecento metri quadri, sei camere da letto su Park Avenue. Ma la sua solitudine durò poco. Uno squillo dell'interfono e il portiere lo avvisò che Sarah Burnett era appena arrivata. Stupendo. Fantastico.

La prima persona venuta a fargli le condoglianze era probabilmente l'ultima che lui avrebbe voluto vedere. Specialmente a tu per tu nell'appartamento di Katherine.

Nonostante si fossero incontrati in diverse occasioni mondane, Peter non conosceva bene la miglior amica della moglie e, francamente, non ne sentiva il desiderio. Non era niente di personale. Diciamo, piuttosto, una remora professionale.

Sarah era una strizzacervelli di New York. Peter nutriva un odio profondo per gli strizzacervelli, da qualunque città provenissero.

Fin da quando era ragazzo.

All'età di dodici anni, quando viveva a Larchmont, i suoi genitori lo avevano scoperto a rubare dai loro portafogli. Lui si era difeso dicendo che la paghetta non era sufficiente. Lo avevano punito ma allo stesso tempo gli avevano raddoppiato la paghetta, pensando – gli sciocchi – che non sarebbe più stato tentato di rubare. Qualche mese dopo, però, lo beccarono di nuovo con le mani nel sacco. Fu allora che capirono che nessuna somma di denaro sarebbe mai bastata a quel figlio problematico.

Ne voleva sempre di più.

Così lo portarono da uno psichiatra. Quando questi si arrese, lo trascinarono da un altro. E da un altro ancora.

A quel punto Peter odiava gli psichiatri. Li considerava dei ciarlatani leccaculo, capaci solo di scribacchiare appunti e di fargli domande del tipo: « Come ti fa sentire questo? »

Non sopportava più di trovarsi nella stessa stanza con loro. C'era un solo modo per uscirne.

Mentire.

Alla psichiatra seguente Peter disse esattamente quello che

pensava lei volesse sentirsi dire. Affermò di aver rubato il denaro per attirare l'attenzione dei suoi genitori, ma che adesso era pentito per aver causato loro tante preoccupazioni e tanto dolore.

Funzionò. Anzi, gli cambiò la vita. Per la prima volta Peter capì che riusciva a mentire anche al migliore di loro, e che era nato per fare l'avvocato.

Un avvocato di successo, per di più. Di fatto, prima di conoscere Katherine Dunne, guadagnava più di due milioni di dollari all'anno. Ce n'era più che a sufficienza per vivere agiatamente.

Sfortunatamente per Katherine e i suoi figli, però, a Peter non bastavano.

Doveva averne di più.

E stava per riuscirci. Non doveva fare altro che attenersi al piano. E poi? Raggirare gli amici e i parenti di Katherine come aveva raggirato gli psichiatri quando era ragazzo.

Decisamente appropriato che Sarah Burnett fosse la prima.

Una strizzacervelli.

Che la seduta abbia inizio.

71

Il campanello della porta emise quell'elegante rintocco che lui detestava. Lo avrebbe cambiato nel giro di una settimana, e avrebbe fatto lo stesso con quello della casa di campagna di Katherine, su a Chappaqua.

Mentre andava ad accogliere Sarah, si fermò davanti a una specchiera dorata nell'atrio di marmo per accertarsi di avere l'aria sufficientemente affranta.

Non del tutto convinto da ciò che vide nello specchio, Peter si affrettò a sfregarsi gli occhi per qualche secondo per farli arrossare, come se avesse pianto per tutta la notte.

Ecco, così era molto meglio.

« Grazie per essere venuta, Sarah » disse, aprendo la porta.

Lei non rispose. Si limitò a fissarlo per quella che a lui parve un'eternità. Niente lacrime, niente abbracci consolatori. Alla fine si decise a parlare.

« So cosa hai fatto. »

« Prego? » fece Peter.

Fu un semplice riflesso. Aveva sentito benissimo. Solo che non riusciva a credere che lei lo avesse detto.

Rilassati, lei non può sapere...

O sì?

Sarah entrò nell'appartamento continuando a osservarlo. Posò la borsa sulla panchetta tappezzata di seta sotto la specchiera dell'ingresso. « Te lo leggo negli occhi » proseguì. « Il senso di colpa. »

« Il senso di colpa? »

« Sì. Da quando Katherine e i ragazzi sono scomparsi non fai che rimproverarti. Quasi fossi convinto che le cose sarebbero potute andare diversamente se tu fossi stato con loro. »

« Oh » fece Peter, quasi incapace di contenere il sollievo. Stupido coniglio. La strizzacervelli stava facendo semplicemente la strizzacervelli.

« È una reazione molto comune, Peter » proseguì lei, « ma

devi sapere che tu non sei responsabile di questa tragedia. Non è colpa tua. »

Peter non si scompose. Se lo avesse fatto, sarebbe scoppiato in una sonora risata. « Lo so, lo so » disse, annuendo cupo. « Ma è così difficile. »

Con quelle parole, le lanciò un'occhiata indifesa alla quale lei prontamente reagì abbracciandolo. Come un cane di Pavlov. O un cane di Peter?

Stava per aprire le cataratte, così, per buon peso, quando si rese conto che lei lo aveva preceduto. Solo che il pianto di Sarah era sincero.

Alla fine si staccò da lui. « Oh, Dio, guarda come sono ridotta » disse, asciugandosi una lacrima. Il poco mascara che si era data si era già sciolto, formando delle chiazze scure sotto gli occhi. Lo sentiva. « Lasciami andare a controllare i danni. »

Sarah conosceva ogni stanza dell'appartamento di Katherine, compreso il piccolo bagno vicino all'ingresso. Si chiuse la porta alle spalle.

Per un momento, Peter rimase lì a girarsi i pollici. Un attimo dopo, aveva posato gli occhi sulla borsa. Una follia, ma non poteva farci nulla.

Rapidamente si avvicinò alla borsa, deciso a cercare il portafoglio. Qualunque somma ci fosse stata dentro, avrebbe preso solo una cifra irrisoria in modo che lei non se ne accorgesse.

Che eccitazione! Sarah poteva uscire da un momento all'altro! Avrebbe potuto scoprirlo in flagrante delitto!

All'improvviso la sua mano si bloccò. Peter aveva visto un oggetto accanto al portafoglio.

Era *acceso.*

72

Un'ora dopo, Peter camminava lungo Park Avenue, diretto a sud. La sua mente, però, era altrove.

Un registratore?

Perché mai Sarah Burnett avrebbe dovuto registrare la loro conversazione? Cosa stava macchinando, quella stronza?

Non riusciva a immaginare nulla al di là di ciò che era ovvio, ossia che lei sospettasse qualcosa. O, per lo meno, che non si fidasse di lui.

Ragion di più per mettere in pratica il suo piano, tanto per essere sicuro.

Tagliò verso la Fifth Avenue, svoltando a sud per dieci isolati finché non si trovò di fronte alla fontana del famoso Plaza Hotel, ora trasformato in condominio.

Era cambiata la destinazione dell'edificio ma non le orde di turisti e persone in pausa pranzo che continuavano a usare il bordo della fontana come una gigantesca panchina circolare. Quel giorno non era diverso dagli altri.

Bene. Perfetto per il suo scopo. Un sacco di testimoni!

Peter indossava una giacca a vento rossa e un cappellino da baseball con il famoso logo della Black Dog Tavern di Martha's Vineyard, un incrocio tra un labrador e un boxer. C'era andato con Katherine, ma anche con Bailey.

Arrivato a un isolato dalla fontana abbassò la visiera del berrettino, calandosela così bassa sugli occhi che per poco non gli sfuggirono i due poliziotti fermi all'angolo a parlare con un venditore di hot-dog.

Fu felice di vederli – molto felice – e li inserì subito nel copione.

Come faccio a essere così fortunato? Si vede che il buon Dio ha un occhio di riguardo per me.

Con rapide occhiate Peter perlustrò il marciapiede davanti alla fontana, per vedere chi stava venendo verso di lui. I suoi occhi sorvolarono veloci donne e bambini, come pure signori più anziani di lui. Aveva bisogno di un uomo più giovane.

Tombola! Eccolo.

Lo individuò a una trentina di metri di distanza. Jeans sformati, maglietta, scarponcini Timberland, sguardo corrucciato.

Poco meno che trentenne, snello e in forma, ma decisamente non un tipo palestrato. Cosa più importante, aveva quell'aria... quello sguardo inespressivo, spento, che ti faceva supporre che ce l'avesse col mondo intero.

In breve, Mister Timberland aveva l'aria di uno che non avrebbe sopportato sopraffazioni da nessuno, Peter compreso.

Peter infilò una mano nella tasca della giacca a vento e tirò fuori una fiaschetta d'argento piena di Jack Daniels. Senza rallentare il passo, svitò il tappo e ingollò rapidamente quattro o cinque generose sorsate di coraggio liquido.

In scena!

73

Peter svoltò bruscamente attraversando il marciapiede per andare a mettersi in rotta di collisione con Mister Timberland. La distanza tra loro diminuì rapidamente finché non vennero a trovarsi a pochi passi l'uno dall'altro. All'ultimo secondo Peter si fece forza e andò a sbattere in pieno contro il tizio.

Bam!

I due uomini si scontrarono. Prima che il tizio potesse capire chi o cosa lo aveva colpito, Peter aggiunse ingiurie al danno.

« Guarda dove metti i piedi, stronzo! » gridò.

« Prego? » rispose l'uomo. La parola era gentile, non così il tono. Anzi. Mister Timberland era già bello carico.

Peter si bloccò, voltandosi per guardarlo in faccia. « Mi hai sentito benissimo! » urlò di rimando.

« Già. Proprio così. Che problema c'è? »

Peter gli puntò un dito a pochi centimetri dal naso. « In questo momento tu! »

Peter si sentiva addosso gli occhi delle persone sedute attorno alla fontana a mangiare i loro sandwich stantii. Stavano cominciando ad accorgersi di quel piccolo alterco.

Peter non li guardò. Continuò a tenere lo sguardo fisso su Mister Timberland che cominciava ad avvicinarsi. Qualche secondo e i due si trovarono muso contro muso.

« Perché non ti dai una calmata, amico? » disse l'uomo.

Figuriamoci!

L'unica cosa di cui Peter doveva accertarsi adesso era di aver scelto la persona giusta. Non si trattava solo di capire se quel tipo avrebbe retto a un pugno, ma se sarebbe stato in grado di restituirlo. Possibilmente più di uno.

Era venuto il momento di provocarlo.

Cosa più importante, era venuto il momento di aizzare la stampa.

« Non dirmi che sei un duro » disse Peter. « A me sembri un finocchio. »

« Come mi hai chiamato? »

« Sei sordo per caso? Ti ho chiamato finocchio, finocchio. »

Peter vide il volto dell'uomo farsi rosso fuoco. Le narici si dilatarono, le vene del collo premettero contro la pelle.

Sì, aveva scelto il tipo giusto. Il suo istinto non falliva mai, proprio come quando sceglieva i giurati.

Peter, che era mancino, arretrò con la mano sinistra chiusa a pugno. Nel momento in cui la fece partire sentì l'esclamazione dei « testimoni » riuniti attorno alla fontana. Quando i poliziotti avessero chiesto chi era stato a dare il primo pugno, non ci sarebbero stati dubbi. Un verdetto unanime di sicuro.

Crack!

Le nocche di Peter cozzarono contro la mascella di Mister Timberland, facendolo barcollare all'indietro sul marciapiede. Il tizio era stordito. Vacillò ma non cadde.

Non ancora.

Peter si lanciò in avanti, mollandogli altri due pugni. « Smettetela! » gridarono alcuni cittadini modello. « Per amor del cielo, smettetela! »

Peter li ignorò. Anzi, le loro urla lo scaldarono ancora di più. Gli piaceva avere pubblico.

Continuò imperterrito a colpire Mister Timberland, che già perdeva sangue dal naso, finché non cadde a terra.

« Su, avanti, stronzo! Alzati e combatti, bastardo! »

Esattamente quello che fece il tizio.

Si alzò e caricò Peter come un toro, afferrandolo con entrambe le braccia e gettandolo a terra in un attimo. Ancora più veloci furono i suoi pugni, che si abbatterono sulla testa di Peter, uno dopo l'altro, mentre lui giaceva supino.

Peter avrebbe potuto facilmente sollevare le braccia per proteggersi, ma non lo fece. Per lo meno, non subito. Non prima di sentire il sapore del sangue in bocca.

Fu allora che ebbe la certezza di aver ottenuto quello che voleva.

I due poliziotti che parlavano col venditore di hot-dog si stavano avvicinando per dividerli. « Qualcuno ha visto cosa è successo? » chiese uno dei due rivolto alla folla. *Alla giuria.*

Due minuti dopo Peter Carlyle era in manette.

74

La camera di sicurezza sul retro della stazione di polizia di Midtown North puzzava di urina e di vomito, ma Peter sentiva solo l'odore del successo. Gli pulsava la testa, aveva la vista ancora un po' annebbiata e i cerotti di sutura che gli avevano applicato al momento dell'arresto riuscivano a malapena a tenergli insieme la faccia.

Ma non aveva importanza. Peter sapeva che ne era valsa la pena.

La bellezza di oltre cento milioni di dollari.

« Oh, merda! » esclamò una voce dall'altra parte delle sbarre. « Sei ridotto proprio male, amico. »

Peter si voltò e vide il destinatario dell'unica telefonata concessagli che lo fissava assolutamente incredulo.

« Che piacere vederti » disse Peter. « Come mai ci hai messo così tanto? »

Gordon Knowles si fece da parte, stringendo la ventiquattrore da novemila dollari – Louis Vuitton, in pelle di coccodrillo – in attesa che un poliziotto aprisse la porta della cella. Un cenno di ringraziamento, e lui e Peter vennero lasciati soli.

« Merda » borbottò di nuovo Gordon, « fai proprio impressione. »

« Dovresti vedere l'altro » ribatté Peter, stringendosi nelle spalle. E poi aggiunse: « Lo so, è una pessima battuta ».

Qualunque avvocato, per quanto bravo, aveva comunque bisogno di un legale. E Peter aveva il migliore che New York potesse offrire. Se Peter eccelleva in aula, Gordon era specializzato nel fare in modo che i suoi clienti non dovessero neppure metterci piede.

« Ho una notizia buona e una cattiva » attaccò. « Quella buona è che il tizio non ha intenzione di sporgere denuncia. Dopo che gli ho spiegato chi eri e che la tua famiglia era appena stata dichiarata ufficialmente morta ha fatto retromarcia... purché, ovviamente, tu paghi tutte le spese mediche oltre, magari, a un piccolo contentino. »

Peter si strinse nelle spalle, indifferente. « E quella cattiva? »

« In questo momento davanti alla stazione di polizia stazionano almeno cinque o sei troupe televisive. »

« Le notizie si spargono in fretta, eh? »

« Le immagini ancora di più. Venendo qui ho sentito dire che un turista a pochi metri da voi aveva pronta una videocamera. La rissa non ci metterà molto ad arrivare su YouTube. »

« Fantastico. » Peter emise un gemito convincente.

« Esattamente quello che penso anch'io. Ragion per cui ho già preso accordi per farti uscire di nascosto dal garage sul retro. »

« No. Io non intendo fare proprio nulla di nascosto » ribatté Peter.

Gordon inarcò le folte sopracciglia sale e pepe. Si aspettava un ringraziamento. « Ma... »

Peter lo interruppe. « Al momento la mia immagine pubblica è l'ultima delle mie preoccupazioni » disse, prima di prendersi il viso tra le mani. Tra le dita, però, continuò a osservare attentamente il suo avvocato.

Gordon rappresentava il primo, e forse il più difficile, test del piano assicurativo supplementare di Peter. Gordon era un tipo molto sveglio: solitamente tutti i laureati in legge della Harvard lo erano. Era anche un ottimo giocatore di poker, e questo significava che aveva una grande abilità nello scoprire i bluff.

Sarebbe stato in grado di scoprire anche questo?

Ma Peter era meticoloso e non voleva correre rischi con l'eredità di Katherine. Per farla franca era necessario che tutti provassero una gran pena per lui. Più erano dispiaciuti, meno avrebbero sospettato di lui.

Quindi, se questo significava fare a pugni con uno sconosciuto nel bel mezzo di Manhattan, pazienza.

Perché soltanto un uomo stravolto per la perdita della propria famiglia poteva fare una cosa del genere.

Gordon Knowles annuì lentamente. « Mi dispiace » disse. « Parlo come un avvocato mentre dovrei ragionare come un amico. Stavo dimenticando cosa stai passando per Katherine e i ragazzi. »

Già. Il dolore ce l'aveva letteralmente dipinto sul viso: il sangue e le ecchimosi erano un segno evidente della sua sofferenza.

« Non è giusto che tu sia costretto a nasconderti » disse Gordon. « Usciremo insieme da quella porta, a testa alta. E io ti starò vicino. »

« Grazie. Grazie di tutto. Non potrei farcela senza di te. »

Gordon diede una voce perché un agente venisse ad aprire la cella.

« Ah, dimenticavo » disse, voltandosi nuovamente verso Peter. « So che in questo momento è l'ultima cosa cui vorresti pensare, ma ho ricevuto una telefonata dall'avvocato di Katherine. Sapevi che i tuoi tre figliastri erano gli unici beneficiari nominati nel suo testamento? »

« No, non lo sapevo » mentì Peter, poi chiuse gli occhi per un istante e scosse la testa.

« Be', questo significa... »

« Io non voglio quei soldi » disse Peter, con un filo di voce. « Io rivoglio loro. »

« Lo so. In questo caso, però, devo comportarmi da avvocato e fare i tuoi interessi. » Gordon incrociò le braccia. « Quello che farai con quel denaro sono fatti tuoi. Dallo in beneficenza. Il mio compito è assicurarmi che sia tu a prendere la decisione, e non qualcun altro. Intesi? »

Peter annuì con aria mesta.

Se proprio insisti, Gordon.

75

Non è necessario che i ragazzi mi dicano qualcosa: glielo leggo negli occhi. Ho un aspetto spaventoso. Rispecchia esattamente la mia condizione.

E continuo a peggiorare.

L'aspirina trovata nel kit di pronto soccorso è finita da tempo. L'infezione si è diffusa e il mio corpo è letteralmente in fiamme nel tentativo di contrastarla.

I ragazzi hanno trascinato il battellino sotto i rami e per lo meno posso stare all'ombra. A turno Mark, Carrie ed Ernie bagnano delle foglie e me le posano sulla fronte, nel tentativo di rinfrescarmi. A parte questo, non c'è molto che possano fare. La febbre deve avere il suo corso.

È solo che non so quanto riuscirò a resistere. Non sono mai stata così male in vita mia.

Ho perso i sensi già due volte, la prima per qualche minuto, la seconda per più di un'ora. Cosa accadrà la terza volta? E se non mi risvegliassi?

Questo pensiero mi spinge a parlare ai ragazzi. Devo dir loro quanto li amo, e quanto mi dispiace per le volte in cui li ho delusi. Più di tutto, devo prepararli all'eventualità peggiore, anche se so che ci hanno già pensato. Come avrebbero potuto non farlo?

È il modo in cui mi guardano, la paura e la tristezza nei loro occhi... sanno già che potrei non farcela. Persino Ernie conosce questa triste verità.

Il mio primo istinto è parlare a tutti e tre come a una famiglia... dopo tutto era questo lo scopo del viaggio.

Ma presto capisco che rivolgermi a tutti e tre insieme avrà come risultato un festival del pianto, come quella scena dell'ospedale con Debra Winger e i suoi figli in *Voglia di tenerezza*. Non potrei resistere.

Così decido di parlare a ognuno di loro separatamente. Carrie per prima.

Solo che lei non vuole.

« Non posso starti a sentire » dice, voltandomi le spalle. « Tu non morirai, te la caverai. Sei la persona più forte che conosca. »

« Tesoro, guardami, ti prego. Per favore, Carrie. »

Alla fine cede. « Mi dispiace » dice, con gli occhi pieni di lacrime.

Non mi aspettavo questo. « Ti dispiace? Per cosa? Sono io quella che dovrebbe chiedere scusa. »

« No, io sono stata ingiusta. Non mi sono presa le mie responsabilità. Ho biasimato te per cose di cui non avevi alcuna colpa. »

« Per alcune sì. Avrei dovuto essere più presente, Carrie, starti più vicina. »

« No. Non dire così. Vorrei solo che non fosse stato necessario questo viaggio per capirlo. »

« Lo stesso vale per me. »

« Ti voglio bene, mamma » dice Carrie, e ci mettiamo a piangere tutte e due.

Poi tocca a Mark. Neppure lui è pronto per questa conversazione. Comincia a fare lo spiritoso e dice che con i soldi dell'eredità si comprerà una Maserati. Non vuole affrontare le proprie emozioni. Chi può biasimarlo?

Io no di certo.

« Sai cosa sto per dirti, vero? » gli chiedo.

Annuisce. « Dovrò fare l'uomo di casa. Dell'isola, in questo caso. Giusto? Non c'è bisogno di dirmelo, mamma. »

Ha ragione, ma c'è dell'altro. « Devi promettermi una cosa. »

« Cosa? »

« Prima prometti. »

« Non è giusto ma... d'accordo. Lo prometto. Cos'è? »

« Qualunque cosa accada quando lascerai quest'isola, tu non buttarti via. »

Mi guarda, confuso. « Non capisco cosa vuoi dire. »

« Pensavo di essere una buona madre dandoti tutte le possibilità che un ragazzo può avere. Ma mi sbagliavo. E di grosso. Avrei dovuto stimolarti, invece ti ho reso indifferente. »

« È un modo indiretto per dire che dovrei smettere di fumare erba? »

« Sì, tanto per cominciare. Ma quello che sto cercando di dirti è che senza volere tuo padre e io ti abbiamo insegnato una dura lezione: la vita è troppo breve e troppo preziosa per sprecarla. »

Annuisce, le labbra incurvate in un mezzo sorriso. « Quindi non dovrei sprecare la mia, giusto? »

Allungo le braccia verso di lui e lo stringo a me. « Rendimi orgogliosa di te. So che lo farai, Mark. Sei in gamba. »

« Anche tu, mamma. »

Alla fine, mi trovo faccia a faccia con Ernie.

« Il mio ometto... sei cresciuto così in fretta. Troppo in fretta. »

« No... ho paura, mamma. Mi sembra di avere dieci anni. Non mi capitava più da quando ne avevo tre. »

« È normale, tesoro. Anch'io ho paura. Qualunque cosa succeda, io sarò sempre qui con te » dico, indicando il suo cuore.

« Ma qui? » chiede lui, indicando la testa.

« Cosa vuoi dire? »

Fa un respiro profondo. Sembra quasi imbarazzato. « Subito dopo che papà è morto, riuscivo a ricordarmelo senza problemi. Adesso non me lo ricordo quasi più. Come mai? Ho paura che mi scorderò anche di te. »

Lo prendo tra le braccia e lo cullo dolcemente. « Adesso è diverso, tesoro. Sei più grande. Ti ricorderai di me, fidati. Per quanto riguarda tuo padre... »

Di colpo tutto si interrompe. Le parole, il dondolio.

Ernie si ritrae, asciugandosi una lacrima. « Mamma, cosa c'è? Cosa stavi per dire? »

No, non così.

« No... niente, tesoro. L'unica cosa che devi ricordare è che tuo papà ti ha voluto tanto, tanto bene. E anch'io. Ti adoro, tesoro. »

È solo che avrei dovuto dirtelo più spesso.

Avrei dovuto dirtelo ogni giorno.

76

La chaise longue a due posti era rivolta strategicamente verso il cielo stellato oltre una spessa cortina di sempreverdi. Stretti l'uno nelle braccia dell'altra, Peter e Bailey osservavano un mare di stelle che quasi ti spingeva a credere nell'esistenza di Dio.

« Guarda, paparino, c'è il Grande Carro » disse Bailey.

Peter seguì la punta del suo dito snello, annuendo quando individuò la familiare costellazione che brillava intensamente. Fingeva di essere la sua bambina. Carina. Le diede un bacio sulla fronte, attirandola ancor più a sé, approfittandone per darle una palpatina, già che c'era.

« Grazie per essere stata con me » le disse.

« Figurati » rispose lei, a bassa voce.

Peter si era dato un gran daffare per trovare un posto dove stare solo con Bailey: più o meno quattrocento chilometri da New York, nei boschi vicino a Dorset, nel Vermont.

Lì, sul patio di pietra di una baita ben arredata che avrebbe potuto fare da ambientazione per una pubblicità di Ralph Lauren, Peter era certo di poter sfuggire agli occhi indiscreti e agli obiettivi di giornalisti e paparazzi. Erano serviti al suo scopo – avevano suscitato un'ondata di solidarietà nei suoi confronti – però adesso riuscivano soltanto a essere terribilmente fastidiosi, rifiutandosi di lasciarlo in pace.

La sofferenza ha bisogno di compagnia, giusto?

La baita gli era stata prestata da un collega suo amico, che era stato ben lieto di offrirgliela quando Peter si era lasciato casualmente sfuggire che aveva bisogno di un po' di tempo da solo prima del funerale di Katherine e dei ragazzi. Ovviamente non c'era bisogno che il padrone di casa sapesse che « da solo » significava in compagnia di un'altra donna. Quanto al funerale, Peter era perfettamente consapevole che a parere di molti stava affrettando le cose, ma potevano anche andare tutti a farsi fottere. La pressione dei media sarebbe scemata dopo i funerali, ne era certo. Una volta che la stampa avesse considerato chiusa la vicenda, lui sarebbe stato a posto.

« Come va la faccia? » chiese Bailey.

« Sta guarendo. »

Lei fece correre delicatamente la mano sui tagli e le contusioni ancora gonfie intorno alla bocca e agli occhi.

« Io trovo che le cicatrici siano sexy » gli sussurrò. « E anche le contusioni. »

« Allora questo fa di me un uomo molto sexy. Quel tipo mi ha dato una bella ripassata, eh? »

Scoppiarono entrambi in una risata, ma Bailey si interruppe di colpo.

« Cosa c'è? » chiese Peter.

« Non mi sembra giusto ridere, dopo quello che è successo alla tua famiglia, Peter. »

« Non ti preoccupare. Questa serata mi fa bene, Bailey. Tu mi fai star bene. La scorsa settimana è stata così dura... non so come farei senza di te. »

Sui suoi sentimenti per Bailey Peter era sincero. Si sentiva realmente meglio quando era con lei.

« Vuoi fare l'amore con me? » chiese la ragazza.

Questa poteva essere una delle ragioni.

Lentamente Peter spogliò la sua giovane studentessa di legge, che non era poi molto vestita. Un paio di calzoncini, mutandine, una maglietta. Niente reggiseno.

Completamente nuda e assolutamente irresistibile, lei si mise a cavalcioni di Peter e gli sbottonò i jeans. Quando arrivò ai boxer, lui era più che pronto.

Bailey lo prese dentro di sé, completamente, con lentezza. « Sei fantastico » disse piano.

« Anche tu. »

Peter chiuse gli occhi mentre Bailey cominciava a muoversi avanti e indietro. Da come inarcava la schiena mentre spingeva avanti le anche, si sarebbe detto che lo volesse prendere tutto dentro di sé.

« Sì » gemette. « *Sì*. Oh, Dio, Peter, oh, Dio! »

Qualche istante dopo lei venne, urlando più forte di quanto avesse mai fatto con lui. Urlò così forte che quasi Peter non udì quell'altro rumore, lì vicino.

« Aspetta, cos'è stato? » disse, fermandosi e tenendola per i fianchi. « Quel rumore... lo hai sentito? »

« Io ho sentito la terra tremare » disse Bailey con un sorriso malizioso. « Adesso tocca a te. »

Ma Peter era ancora concentrato sui rumori del bosco. Avrebbe giurato di aver sentito qualcosa, come uno scatto... ma non del genere che potrebbe fare un animale.

Figli di puttana! Lo avevano seguito? I paparazzi erano riusciti a trovarlo?

Be', sì e no.

77

Ellen Pierce aveva una massima alla quale faceva continuamente ricorso quando era in difficoltà: chi non risica, non rosica. Nei sette anni passati alla DEA, aveva affrontato un'infinità di delinquenti – membri di gang, signori della droga, mafiosi – uno più violento e astuto dell'altro. Ma, quanto a determinazione, nessuno era all'altezza di Shirley.

Shirley, originaria del Queens di cui ancora conservava intatto l'accento, era l'assistente di Ian McIntyre da più di dieci anni. Più che sedere fuori dal suo ufficio, diciamo che regnava sull'anticamera. Nessuno, dicasi *nessuno*, poteva incontrare McIntyre senza un appuntamento, ed Ellen, quel lunedì mattina, non ce l'aveva.

Però aveva qualcos'altro. Un grosso bicchiere di caffè e un muffin integrale. Una *stecca*.

« Prendi » disse Ellen, fermandosi davanti alla scrivania di Shirley mentre andava verso il suo ufficio. « Ho pensato potesse farti piacere una piccola colazione, questa mattina. »

Shirley si affrettò a inarcare un sopracciglio perfettamente depilato. « Okay, Ellen. Cosa vuoi, cara? » chiese, sospettosa.

« Gesù! Adesso non si può più fare un gesto carino senza essere accusati di avere un secondo fine? »

« Non qui, dolcezza. Se pensi che in questo modo riuscirai a vedere Ian, puoi anche scordartelo. Si sta preparando per un'udienza al Congresso e non vuole essere disturbato fino all'ora di pranzo. »

Ellen le rivolse un sorriso impacciato, come per lavarsi la coscienza. « Valeva la pena tentare, no? »

« Dipende. L'offerta del caffè e del muffin è ancora valida? »

« Ma certo » rispose Ellen. « Ci mancherebbe altro! »

Figuriamoci.

Nel giro di mezz'ora, l'effetto combinato di fibre e caffeina aveva compiuto il miracolo. Shirley fu costretta ad assentarsi in tutta fretta dal suo posto per andare in bagno, permettendo così a Ellen di entrare nell'ufficio di McIntyre non annunciata. Esattamente il suo piano.

Prima che lui potesse chiederle perché diavolo aveva osato disturbarlo, lei gettò la prima fotografia sulla scrivania.

« Questa è una foto che vale soldi » dichiarò.

Persino per un uomo controllato come Ian McIntyre fu impossibile distogliere lo sguardo dall'immagine di una coppia che faceva sesso su una chaise longue.

« Lui è chi penso? » chiese.

Ellen annuì con un sorriso raggiante. Era molto orgogliosa di sé e pensava che anche McIntyre lo sarebbe stato. Il suo ammonimento a « lasciar perdere » sarebbe stato presto dimenticato. Era tutto così machiavellico... il fine di certo giustificava i mezzi.

« Con chi è? » chiese.

« Non lo so ancora per certo. Di sicuro non è *sua moglie.* »

Ellen gettò altre foto sulla scrivania in rapida successione, come se stesse distribuendo delle carte. Una dopo l'altra caddero davanti agli occhi di McIntyre, puntando ognuna alla stessa conclusione: Peter Carlyle non era affatto un uomo distrutto dal dolore.

« Roba buona, no? » disse Ellen, non riuscendo a trattenersi. « Te l'avevo detto che c'era qualcosa che non mi convinceva. »

McIntyre rimase in silenzio per una decina di secondi, forse più. Alla fine sollevò gli occhi dalle foto, guardando dritto in quelli di Ellen.

Oh-oh.

« Cosa diavolo ti è passato per la mente? » urlò, puntandole il dito contro. « Ti avevo detto di lasciar perdere! »

Evidentemente McIntyre non aveva letto *Il principe.*

« Hai visto le foto! » ribatté Ellen. « Bisogna indagare su Carlyle! »

« E su che base? Per mancanza di buon senso da parte del suo uccello? Caso mai lo avessi dimenticato, le relazioni extraconiugali non costituiscono un reato in questo paese. »

« Anche se sua moglie e la sua famiglia sono misteriosamente scomparse dalla faccia della terra? »

« Dove sta il mistero? La loro barca è incappata in una tempesta, c'è stato un incendio a bordo... è triste, è una tragedia, ma non è affatto un mistero. »

Proprio in quell'istante qualcosa oltre le spalle di McIntyre attirò l'attenzione di Ellen, il televisore dietro la scrivania. Sullo schermo c'era un giornalista, ripreso su un molo – in un luogo soleggiato – di fronte a un pesce gigantesco appeso per la coda.

Stava parlando, ma il volume del televisore era azzerato.

« Presto! » gridò Ellen. « Alza il volume! »

Ian si girò di scatto. Stava per chiedere perché quando vide il sottotitolo sullo schermo.

Edizione straordinaria.

La famiglia Dunne è viva?

78

Peter era seduto da solo sulla prima panca della chiesa presbiteriana di Madison Avenue, le spalle erette, la propria esultanza nascosta agli sguardi dei presenti. Gli pareva di avvertire fisicamente la partecipazione delle oltre cinquecento persone sedute dietro di lui. Sentiva una specie di formicolio alla nuca.

Era davvero una cosa bellissima. E quel funerale era necessario.

Ovunque guardasse c'erano rose rosse a stelo lungo, i fiori preferiti di Katherine, l'unico suggerimento dato da Peter per la funzione in memoria di Katherine e dei suoi marmocchi.

Del resto dei preparativi si era occupata Layla, la sua assistente, come pure del coro che li aveva accolti in chiesa. Quando le aveva spiegato che non era in condizioni di organizzare il funerale, lei aveva capito. Ovviamente, con uno stipendio di centoventimila dollari l'anno più gratifiche varie, Layla riusciva sempre a comprendere i suoi desideri.

« Preghiamo » disse il pastore.

Dopo quel breve momento di suggestione, Peter ascoltò il pastore dai capelli argentei pronunciare il suo sermone incentrato sulla fragilità della vita e sulla casualità della tragedia. Quell'uomo era dotato di presenza e capacità oratorie. Aveva modi affettati, ma riusciva a sembrare sincero.

Peter trovava ironico, quasi divertente, che molti potenziali abilissimi avvocati vestissero in realtà abiti religiosi. In fondo, anche loro avevano un grande talento nel convincere le persone a credere in fatti che non si potevano dimostrare.

« Amen » concluse il pastore. « Adesso una lettura tratta da... »

La funzione proseguì, ma Peter non ascoltava più. Pensava all'elogio funebre che stava per pronunciare.

L'arringa finale.

Sarebbe stato il momento culminante di fronte agli amici e ai colleghi di Katherine, i suoi cugini – quei pochi che aveva – oltre ai compagni di scuola dei marmocchi. All'inizio si sarebbe dimostrato forte e stoico, ovviamente, poi avrebbe cominciato a fare lunghe pause per ricacciare indietro le lacrime, tra qualche aneddoto familiare che si era inventato per l'occasione.

Alla fine sarebbe crollato, cedendo alla commozione. Era allora che le lacerazioni e le ecchimosi sul volto avrebbero realmente dato i loro frutti. Lo aspettava un'orgia di pietà. In effetti, chiudendo gli occhi, gli pareva già di sentire l'abbraccio consolatorio del pastore davanti al leggio. Dopodiché sarebbe stato libero. Perché no?

Ovviamente non aveva idea di quanto stava accadendo fuori dalla chiesa. La notizia dell'edizione straordinaria non si era ancora diffusa all'interno della cappella. Tutti i cellulari erano stati spenti. Era un funerale, perdio!

Dopo, quando avesse riacceso il Motorola 1000, avrebbe trovato tre messaggi urgenti da parte del capitano Andrew Tatem della Guardia Costiera, per non parlare dei due di Mona Elien che gli chiedeva di tornare al suo show.

Ma questo sarebbe accaduto più tardi.

Adesso era venuto il momento dell'elogio funebre. Peter non vedeva l'ora di lasciarsi tutto alle spalle. Il funerale, ma specialmente la famiglia.

Sul podio, di fronte alla chiesa gremita, attese un momento prima di cominciare a parlare. Non riuscì a trattenersi. Doveva fermarsi a odorare le rose, no? Interessante, non provava alcun rimorso... né per Katherine, né per Mark, Carrie o Ernie, che a dire il vero non era poi un tipo così male.

All'improvviso sentì dei bisbiglii alle sue spalle. Si voltò, leggermente seccato. Un uomo sulla trentina, pantaloni kaki e polo, stava sussurrando qualcosa all'orecchio del pastore, coprendosi la bocca con la mano.

Cosa diavolo stava succedendo?

Il giovane era l'organista. Non avrebbe dovuto leggere i messaggi di posta elettronica sul suo BlackBerry durante le funzioni, ma lo aveva fatto. Tanto, non lo vedeva nessuno. Lui se ne stava lassù, in alto, nascosto agli occhi dei fedeli.

Adesso, però, si trovava lì davanti a tutti, e per un valido motivo. Aveva appena guardato le ultime notizie su Yahoo! alla ricerca del risultato di una partita degli Yankees. Giocavano una partita diurna contro i Red Sox, su a Fenway, e lui non aveva resistito a dare un'occhiata veloce.

Ma poi un'altra notizia aveva attirato la sua attenzione, la storia di un gigantesco tonno rosso... e della sua bottiglia di Coca-Cola.

Il pastore si affrettò a raggiungere Peter sul podio, sporgendosi gioioso verso il microfono.

« Un miracolo! » annunciò.

79

Le parole continuarono a echeggiare nella mente di Peter lungo tutto il tragitto verso casa. *La sua famiglia è venuta a trovarsi molto più a sud rispetto al punto indicato dal segnalatore automatico di posizione. Abbiamo immediatamente lanciato nuove operazioni di ricerca. Ci sono speranze, signor Carlyle.*

Andrew Tatem non gli aveva fornito altri dettagli, né Peter li aveva chiesti quando aveva richiamato il capitano della Guardia Costiera. Era ancora sotto shock.

Pochi minuti prima il funerale si era trasformato nel suo contrario. Che scena! Cinquecento persone vestite a lutto improvvisamente senza defunti da piangere.

Non ancora, per lo meno, e forse mai. Nessuno poteva dirlo con sicurezza. Dopotutto, Katherine e i ragazzi non erano ancora stati trovati.

« Ma li troveranno » continuavano a ripetere le persone, uscendo dalla chiesa. « Li troveranno. »

Per Peter era come un concerto di chiodi che raschiavano su una lavagna. Non c'era da stupirsi che non vedesse l'ora di arrivare a casa... nell'appartamento di Katherine.

L'attimo in cui mise piede in casa, andò dritto verso il bar ben fornito dello studiolo. Bourbon liscio. Molto liscio.

Fissando la bottiglia di Evan Williams, Peter non poté fare a meno di pensare all'altra bottiglia... quella che gli aveva rovinato un giorno semplicemente perfetto. Un messaggio dentro una bottiglia di Coca trovata dentro un tonno?

La vicenda non avrebbe potuto avere risvolti più pazzeschi di quello. Il colpo di grazia? La promessa di un milione di dollari di ricompensa. Un milione di dollari, parte dei cento sui quali era stato lì lì per mettere le mani!

Peter mandò giù il bourbon tutto d'un fiato e se ne versò dell'altro. Mentre sollevava il bicchiere si bloccò. Aveva sentito un rumore nell'appartamento.

Qualcosa. Qualcuno.

Ripensò a quando era su nella baita, nel Vermont. Questo

era un rumore diverso da quello che aveva sentito nei boschi, o che aveva creduto di sentire. Non era più sicuro di nulla.

Ma di qualcosa era certo.

Nell'appartamento c'era qualcuno.

Lentamente, con molta cautela, Peter si spostò sulla soglia dello studiolo, restando in ascolto. Eccolo! Un sibilo. O un fischiettio?

Qualunque cosa fosse, proveniva dal suo studio oltre il soggiorno. Proprio lì, doveva trovarsi l'intruso! Dove teneva la pistola!

Peter si tolse le scarpe e uscì in corridoio in punta di piedi. Nell'armadio a muro dell'ingresso c'era la miglior arma disponibile. La sacca del golf col logo del Winged Foot Club con dentro il ferro del cinque con l'asta in titanio. La sua mazza fortunata. O forse sarebbe stato meglio il putter Odyssey? Più corta la mazza, più pesante la testa.

Prima di afferrare la mazza dalla testa piatta e tondeggiante, controllò la porta d'ingresso. Aveva dimenticato di chiuderla a chiave quando era rientrato?

Nossignore.

I pensieri si susseguivano veloci e tumultuosi, come il battito del suo cuore. L'edificio su Park Avenue era relativamente sicuro, anche se l'anno prima c'era stato un furto due piani sotto il suo. Forse si trattava di un altro furto. Possibile.

Un momento... la porta d'ingresso era chiusa a chiave. Quale ladro si chiudeva dentro?

Un altro pensiero, anche questo plausibile. La televisione. La stava guardando prima di andare al funerale. Forse l'aveva lasciata accesa.

A ogni buon conto Peter afferrò la mazza, pronto a colpire, e pian piano andò verso lo studio. Arrivato a qualche passo dalla porta, si concesse un respiro di sollievo.

Sì, era la televisione.

Peter svoltò l'angolo, entrò nello studio e si trovò davanti sullo schermo gigante una replica di *Seinfeld*.

Andò alla grande scrivania di mogano vicino alla finestra e posò la mazza da golf. Osservò le nocche bianche riprendere colore. Per sentirsi più tranquillo, però, prese una chiave fissata con il nastro adesivo sotto il piano della scrivania e aprì il cassetto in fondo, quello in cui teneva la pistola.

Sparita.

« Stai cercando questa? » disse una voce.

80

Devoux sorrise calmo dall'angolo della stanza, facendo dondolare dalle dita della mano tesa la Smith & Wesson .44 Magnum. « Com'è che voi cowboy di città tenete sempre una grossa pistola chiusa in un cassetto della scrivania? Qualcuno potrebbe farsi male. »

Peter non era affatto divertito. Gli bruciavano gli occhi mentre fissava Devoux, con la parola « chiusa » che pareva sospesa tra loro. La scrivania, la porta di casa, tutto era stato chiuso a chiave.

« Come hai fatto a entrare? » domandò Peter, spegnendo il televisore e interrompendo lo sdolcinato stacco musicale che segnalava il cambio di scena di *Seinfeld*.

Devoux non aveva nessuna intenzione di spiegarglielo. « Dobbiamo parlare » disse, invece.

« Già » ribatté Peter.

Devoux si accomodò nella poltrona di pelle accanto al gigantesco caminetto. Appoggiati i piedi sul divano, posò la pistola sul bracciolo e incrociò le braccia sul petto.

« Fai come se fossi a casa tua » disse Peter secco.

« Gran bella casa » rispose Devoux, guardandosi attorno e annuendo. « Immagino diventerà tua. »

« Questa mattina, quando mi sono svegliato, lo credevo. »

« Già. Pare che tu abbia una famiglia molto combattiva. »

« Ti spiacerebbe spiegarmi come mai sono ancora vivi? Avevi detto che nessuno sarebbe sopravvissuto all'esplosione a bordo. Ti sbagliavi, vero? »

« Forse. O forse no » disse Devoux.

« Come sarebbe a dire? »

« Forse non erano sulla barca quando è esplosa. Penso sia andata così. »

« E ti aspetti che io creda a queste stronzate? » osservò Peter.

« A dire il vero, non mi interessa ciò in cui credi o non credi. Proprio non capisci, vero? Il punto non è quello che è accaduto, ma quello che accadrà adesso. »

« Io so solo che tutta la flotta della Guardia Costiera sta partendo per nuove operazioni di ricerca » disse Peter. « Sarò pazzo, ma credo che questa volta potrebbero avere maggior fortuna. *Tu* cosa ne pensi? »

« Così sembra, vero? » fece Devoux, prendendo la .44 Magnum di Peter. « Ma, ovviamente, spesso le apparenze ingannano. »

Con un movimento veloce del polso, Devoux aprì il tamburo, facendo cadere tutti e sei i proiettili nel palmo dell'altra mano. Li mostrò a Peter, poi ne infilò uno e fece ruotare il tamburo. Con un altro abile movimento del polso, il cilindro tornò al suo posto.

Un attimo dopo, Devoux puntava la pistola al petto di Peter.

« Questo cosa ti sembra? » chiese.

Il cuore di Peter mancò cinque o sei battiti mentre Devoux scopriva un sorriso da pazzo. *No, non era possibile. Non stava realmente accadendo.*

E invece sì.

Devoux armò il cane col pollice, tenendo l'indice posato sul grilletto. Fu allora che il sorriso da pazzo scomparve.

Sostituito da uno sguardo freddo e impassibile che scavava direttamente nell'anima di Peter.

Clic!

Il rumore secco del cane che scattava a vuoto riempì lo studio mentre Peter restava lì, istupidito, terrorizzato, sollevato.

« Brutto figlio di puttana, avresti potuto uccidermi! »

Devoux ridacchiò. Poi si portò la canna della pistola alla tempia, tirando il grilletto altre cinque volte, in rapida successione.

Che cazzo...?

Quando Devoux aprì il tamburo, Peter vide che era vuoto. Gli era sembrato che Devoux avesse caricato la pistola. Invece, tutti e sei i proiettili erano ancora nella sua mano, come mostrò a Peter con distacco.

« Ecco il piano » disse Devoux. « In base al segnale inviato dal rilevatore automatico di posizione e al punto in cui è stato pescato il tonno, la Guardia Costiera comincerà a cercare tra le isole delle Bahama che sono ancora troppo a nord rispetto a dove potrebbe trovarsi la tua famiglia. Ovviamente, più si scende verso sud, più isolotti disabitati si trovano, quindi avrai soltanto uno, massimo due giorni.»

«Per cosa?»

«Per trovare per primo la tua famiglia. Sempre che siano ancora vivi, ovviamente» rispose Devoux. «Tu hai il brevetto di pilota, giusto?»

Peter annuì, cominciando a comprendere il piano di Devoux. Le grandi menti pensano in maniera simile. Anche quelle malate.

Sia la stampa sia l'opinione pubblica avrebbero pensato che l'affezionato marito e padre di famiglia stesse disperatamente cercando di prendere in mano la situazione. Il tempo era di vitale importanza. Non si sarebbe più affidato soltanto alla Guardia Costiera. Si sarebbe impegnato personalmente, da solo, nelle ricerche.

«C'è solo un'ultima cosa che devo sapere» disse Devoux, tenendo sollevata la pistola di Peter.

«Cosa?»

«Sei davvero disposto a usare questa?»

PARTE QUINTA

Chi cerca trova

81

Il primo raggio di sole mi colpisce al volto, svegliandomi come ogni mattina da quando siamo sbarcati su quest'isola sperduta e dimenticata da Dio e dagli uomini, in mezzo al nulla. Solo che questa volta la sensazione è diversa e si può riassumere in una parola.

Alleluia!

Non mi gira la testa, non ho conati di vomito. Non sto neppure sudando come un maiale chiuso in una sauna.

La febbre è calata, l'infezione... passata. O, per lo meno, sta per passare.

Lo ripeto. Alleluia!

Mi metto a sedere e faccio un bel respiro profondo. Non sono al mio massimo, neppure al cinquanta per cento, ma mi è più che sufficiente sapere che sono in via di guarigione e non a un passo dalla morte.

Accidenti, se non avessi una gamba rotta mi alzerei e farei un balletto.

Ripiego su un bel pianto. Non posso farci nulla, è il sollievo. E le tre ragioni principali sono sdraiate al mio fianco.

Dormono della grossa, ma non mi importa. « Sveglia, famiglia Dunne! » grido. « Svegliatevi, pigroni! »

Si muovono, sollevano lentamente la testa per guardarsi attorno e capire cosa succede. Quando mi vedono sorridere, si tirano su di scatto. Sono senza parole.

Io, invece no.

« Mark, pare proprio che dovrai aspettare ancora un po' per quella Maserati. La febbre è sparita. »

Questa volta non ha una risposta pronta, la solita battuta saccente. Invece, fa una cosa che non gli avevo più visto fare dalla morte di suo padre. Si mette a piangere.

Le lacrime sono contagiose: Carrie ed Ernie si uniscono a lui. È un crollo collettivo e non potremmo esserne più felici.

Un borbottio sordo ci riporta bruscamente alla realtà. Un tuono? No.

« Era il tuo stomaco, mamma? » chiede Ernie.

In qualunque altra situazione rideremmo tutti come matti, ma non qui, non ora. Il brontolio del mio stomaco è un aspro memento del fatto che siamo ancora bloccati su quest'isola e le nostre razioni stanno per esaurirsi. Grazie a qualche temporale, siamo riusciti a raccogliere un po' d'acqua piovana da bere ma, quanto al cibo, ci resta una manciata di noci.

« Fermi » sussurra Mark. « Nessuno si muova. »

Guardo i suoi occhi che fissano un punto dietro la mia schiena. « Cosa c'è? » domando, con un altro sussurro.

« Qualcosa di meglio delle noci. »

Lentamente ci voltiamo tutti a guardare. Sulla sabbia c'è un coniglio bianco e marrone intento a rosicchiare una foglia di palma. È carino. Dolce.

La nostra cena!

Non credo che potremmo aspettare così a lungo. Di certo sarebbe la nostra colazione se solo riuscissimo a capire come catturarlo. « Come facciamo a... » sussurro.

Non riesco neppure a terminare la frase. Mark si alza di scatto e parte a razzo sulla sabbia, lanciandosi sul coniglio. Non l'ho mai visto muoversi così rapidamente. Si fa fatica a seguirlo da tanto è veloce.

Anche il coniglio, sfortunatamente, lo è. Forse ancora più veloce. Scappa tra i cespugli lasciando Mark con una manciata di sabbia.

« Merda! » urla. « Adesso non lo prenderemo più. »

« Magari non quello, ma un altro forse sì » faccio notare io, pronta.

« La mamma ha ragione. È un *coniglio* » osserva Carrie.

Una volta tanto, Ernie è troppo giovane per capire. « E allora? Cosa vuoi dire? »

Allungo la mano per dargli un colpetto sulla testa. « Vuol dire che ce ne sono molti di più nel luogo da cui è venuto. I conigli amano le famiglie numerose, Ernie. Proprio come noi. »

82

Parlando di sensazioni nuove e strane, a casa, a New York, praticamente ogni minuto di ogni ora della mia giornata era pianificato. Ogni intervento, ogni riunione, ogni giro in reparto aveva un inizio e una fine programmati. Se ero in ritardo, semplicemente lavoravo più veloce. Se invece ero in anticipo e avevo del tempo libero...

Ma chi sto cercando di prendere in giro? Non ero mai in anticipo.

In poche parole, è davvero strano avere tutto questo tempo a disposizione. Ovviamente, l'unico motivo per cui ci sto pensando è che mi annoio da morire. Seduta qui con la gamba fuori uso, in attesa che i ragazzi tornino dalla loro caccia al coniglio, non so letteralmente che fare.

A parte pensare, che non è poi una brutta cosa.

Più che altro, mi domando cosa stia facendo Peter, come stia affrontando la nostra scomparsa, poverino. Non bene, immagino. Dev'essere disperato. Mi sento in colpa ad averlo lasciato solo per fare questa crociera: avevamo appena cominciato la nostra vita insieme. Ne avremo ancora la possibilità?

Sì.

Ci troveranno.

Tornerò da Peter, lo so. So che accadrà.

Dopotutto non siamo dall'altra parte del pianeta. Non possiamo essere molto lontani dalla civiltà. Un po' fuori dalle rotte più battute, magari, ma pur sempre su un'isola. Prima o poi un'imbarcazione o un aereo, qualcosa, dovrà pur passare di qua.

Giusto?

Dio, lo spero tanto.

Sento un altro brontolio salire dalla pancia ed echeggiare attraverso quella caverna vuota che è ormai il mio stomaco. *Su, ragazzi!* Incrocio tutte le dita delle mani e dei piedi nella speranza che abbiano più fortuna con quel coniglio... con un qualunque coniglio!

Finalmente, dopo un'ora e più, mi pare di sentirli arrivare. Sono quasi sicura...

« Mark? » chiamo, a voce alta. « Carrie? Ernie? »

Non rispondono.

Chiamo di nuovo, ma l'unica risposta che mi giunge è una leggera brezza che soffia tra le palme. Forse era questo il rumore che ho sentito. O forse sto cominciando a delirare per la fame!

Continuo a fissare i cespugli al limitare della spiaggia, sperando di veder sbucare i ragazzi quanto prima. Invece, vedo qualcos'altro.

« Oh, mio Dio! » esclamo con un sussurro. « Oh, mio Dio. »

83

È un serpente!

Chiamarlo serpente è come dire che la Grande Muraglia cinese è una staccionata.

È verde smeraldo e nero, scivola attraverso i mucchi di alghe secche fin sulla sabbia, e non finisce mai. Enorme.

E sta venendo dritto verso di me. Voglio scappare. Tutto, dentro di me, mi dice: « Scappa! »

Se solo potessi. Non riesco neppure a camminare!

Mi alzo dalla sabbia e resto sulla gamba buona. Forse il serpente non mi ha ancora scorta. Com'è la vista dei serpenti? Dov'è Ernie con le sue conoscenze scientifiche quando ho bisogno di lui?

Sto per mettermi a urlare per richiamare i ragazzi, ma poi mi blocco. Non devo attirare ulteriormente l'attenzione su di me, giusto? Forse dovrei arretrare lentamente? O dovrei restare perfettamente immobile?

No, funziona così con gli orsi! Almeno, credo. Al momento ci vuole tutta che riesca a pensare. Non ho mai visto un serpente così grande, neppure su *National Geographic*.

Provo a caricare leggermente la gamba destra, quel minimo per allontanarmi zoppicando. Accidenti! Fa un male d'inferno e il dolore schizza su fino all'anca come una palla di fuoco piena di spine.

Il serpente si ferma all'improvviso e per qualche secondo resta perfettamente immobile.

Su, avanti, amico, tornatene alla tua erba. Non c'è niente da mangiare, qui sulla spiaggia!

A parte me, ovviamente.

Temo che sia questa la sua idea. In ogni modo, il gigantesco serpente si lancia in avanti, la testa china che si solleva come se mi stesse puntando. Fortuna che non mi aveva visto.

Non ho altra scelta. Urlo per richiamare i ragazzi, grido così forte che mi fa male la gola. Continuo a urlare.

Inutile. Non sento alcuna risposta. Probabilmente sono molto lontani.

Dolore o no, comincio ad allontanarmi dal serpente zoppicando. Ma lui è più veloce.

Forse, se riuscissi ad arrivare all'acqua... mi seguirebbe? Rischierei di annegare?

Mi volto per vedere quanta spiaggia mi resta da percorrere. Una decina di metri. Forse posso farcela! Devo solo prendere il ritmo.

Comincio a saltellare freneticamente. Con un occhio guardo l'acqua, con l'altro il serpente alle mie spalle.

Avrei fatto meglio a guardare la sabbia.

Senza neppure rendermene conto cado in avanti e atterro sulla schiena, dopo aver inciampato in un pezzo di legno portato dalla corrente.

E sul legno striscia la testa ripugnante del serpente.

84

Mi morderà. So che tra qualche secondo colpirà. Sento il panico montare dentro di me, mentre cerco di rialzarmi. Non ce la faccio. È come se il mio corpo e il mio cervello non fossero più collegati tra loro.

L'unica cosa che riesco a fare è spingere con i palmi delle mani contro la sabbia per allontanarmi dal serpente. Arretro più veloce che posso.

Ma non è abbastanza.

È a pochi centimetri dai miei piedi, la testa improvvisamente levata. Penso che tra un secondo vedrò i suoi denti, *sentirò* i suoi denti.

Ma non è così. Non mi attacca. Si limita a strisciare lentamente, inesorabilmente – oh, mio Dio, no! – sulle mie gambe.

È allora che capisco cosa sta succedendo.

Questo diabolico serpente vuole fare qualcosa di più che mordermi. Vuole inghiottirmi tutta intera.

Urlo di nuovo per chiamare i ragazzi mentre il rettile sale oltre le anche, attorcigliandosi attorno alla mia vita. Ancor prima che abbia compiuto tutto il giro, comincio a sentire l'immensa pressione, come una morsa di carne che si stringe. Il serpente si avvolge intorno al mio torace mentre io svuoto i polmoni asfissiati per un ultimo urlo, che esce come un rantolo.

Mi dibatto, cercando di liberarmi. È troppo forte. Più io spingo, più quello stringe. Non riesco a respirare!

Adesso mi arriva alle spalle, le scaglie fredde e asciutte contro la mia pelle. Intravedo gli occhi mentre la testa mi passa di nuovo davanti. Sono neri come la pece, privi di vita e paiono non vedermi neppure. Dio, com'è brutto!

Il pensiero della morte si impadronisce di me, inondando di panico il mio corpo. Non riesco più a controllarmi: agito e dimeno quelle poche parti di me che ancora possono muoversi. Non è questo il modo di morire.

85

« Ferma! »

Mark si precipita correndo fuori dai cespugli, chinandosi a raccogliere il pezzo di legno posato davanti a me.

« Resta immobile » urla.

Afferrando il pezzo di legno come una mazza lo solleva sopra la testa. Bam! Un altro colpo, ancora più forte. Bam!

Punta a una piccola porzione del serpente sopra la mia rotula sinistra. Se manca il bersaglio, mi ritroverò con un'altra gamba rotta, ma al momento la cosa non mi interessa granché.

Mark non sbaglia. Un colpo dopo l'altro.

Con la coda dell'occhio vedo Carrie ed Ernie troppo inebetiti per fare qualcosa, a parte guardare. Il loro fratello continua a colpire, senza smettere un attimo.

Neanche il serpente molla. Il dolore che mi causa è atroce. Mi sembra di essere sul punto di scoppiare.

« Presto, Mark! » lo imploro.

Finalmente arriva il momento che lui aspettava. Il serpente contrattacca, e la testa guizza veloce verso Mark con un sibilo. Le mandibole sono spalancate, i denti completamente esposti.

« Bravo, così! » esulta Mark. « Brutto stronzo! »

In un lampo, il pezzo di legno si trasforma in una mazza da baseball. Ora la testa del serpente è lontana dal mio corpo, un bersaglio facile da colpire. Il bersaglio ideale per una battuta perfetta.

Mark la colpisce con una forza da fuoricampo. Una, due, tre volte... ogni colpo più potente di quello che l'ha preceduto.

La morsa intorno a me comincia ad allentarsi. Il serpente non lotta più, la sua testa cade verso la sabbia.

È fatta, è andato.

86

« Sa di pollo » dice Ernie, masticando e sorridendo. « Un bel pollo arrosto. »

Ciò provoca una gran risata da parte di tutti noi, seduti intorno al fuoco al crepuscolo, mentre mangiamo quel che non avremmo mai pensato potesse diventare il nostro pasto. Serpente abbrustolito su uno stecco.

« Non riesco a credere che sto mangiando questa roba » dice Carrie.

Ma la sta mangiando. La stiamo mangiando tutti. E in gran quantità. Viste le dimensioni di quella bestiaccia c'è molto da mettere sotto i denti.

« Ehi, gente, o questo o niente » dice Mark.

La caccia al coniglio non ha dato frutti, a parte spingere i miei tre figli a fare un sacco di moto nel tentativo di rincorrere – senza mai catturarli – i pochi conigli che hanno visto.

« Sapete, ci sono popoli presso i quali il serpente è considerato una prelibatezza » dice Ernie. « Sul serio. »

« Già » ribatte Carrie, « e hanno tutti un osso infilato nel naso. »

« A dire il vero, ricordo di aver letto che a Manhattan ci sono un paio di ristoranti che servono serpente a sonagli » dico, e non riesco a credere di aver sentito il bisogno di partecipare a questa conversazione grottesca.

Carrie scuote la testa. « Non i ristoranti in cui sono stata io. Adesso che mi ci fai pensare, non so cosa darei per mangiare alla Gramercy Tavern, in questo momento. »

Non posso biasimarla, visto che penso la stessa cosa. Solo che io ucciderei per una bella bistecca.

« Cosa ne direste di Flames, su alla casa di campagna? » dico. « Anzi, quando questa storia sarà conclusa, vi porto tutti fuori a cena. Dall'antipasto al dolce. »

« Anche il soufflé? » chiede Carrie.

« Puoi scommetterci! Dall'antipasto al soufflé. »

Guardo Mark ed Ernie. Non mi aspetto che facciano le capriole per la contentezza, ma neanche quelle facce imbronciate. Specialmente Ernie.

« Cosa c'è? » gli chiedo.

« Hai detto 'quando questa storia sarà conclusa'. E se non si concludesse mai? »

« Finirà, tesoro, fidati di me. »

Gli riesce difficile. Invece, si volta verso Mark. « Avevi ragione, quel messaggio nella bottiglia è stata una stupidata. Nessuno ci troverà mai, né la bottiglia, né noi. »

Sto per calarmi di nuovo nel ruolo di madre rassicurante quando Mark mi fa un piccolo cenno con la mano. Vuole occuparsene lui.

« No, non è stato stupido. Per niente. Tu stavi solo cercando di aiutarci » dice. « Sono stato io lo stupido, a prenderti in giro. »

Ernie sorride come se fosse la mattina di Natale e lui avesse ricevuto tutti i doni che aveva chiesto. Io guardo Mark e sto per sciogliermi. Cosa ne è dell'adolescente viziato che pensava solo agli spinelli? Ha persino un aspetto diverso, dopo quella battaglia col serpente. Sembra più alto, la mascella più squadrata.

Mark si volta e si accorge che lo sto osservando. « E per quanto riguarda la promessa della mamma di portarci a cena... io ordino una bistecca spessa il doppio! » dice. « E tu, piccolino, ne vuoi una anche tu? »

« Altroché! » grida Ernie.

« Bene. Perché la mamma ha ragione. Me lo sento. Ce ne andremo da quest'isola, e presto! »

87

« Non ti preoccupare » disse Peter, accarezzando la guancia morbida e liscia di Bailey. « Tornerò presto. »

« È proprio quello che temo » disse lei. « Ritroverai la tua famiglia, ti ricongiungerai con la dottoressa Katherine e in un attimo ti dimenticherai di me. »

Peter non conosceva ancora quel lato nascosto di Bailey, solitamente decisa e sicura di sé. La vulnerabilità. Doveva ammetterlo: era sexy, quasi dolce.

« Fidati di me. Qualunque cosa accada durante questo viaggio, non riuscirò a non pensare a te » disse lui.

A Bailey piacque il suono di quelle parole. Prese una fragola dal vassoio del servizio in camera e se la portò delicatamente alle labbra. La morse facendo l'occhiolino a Peter. « Io mi fido di te, Peter. Ma faccio bene? »

La notte a base di sesso e champagne era stata un'idea di Peter, un addio come si conviene prima di lasciarla e partire per le Bahama. Aveva scelto l'elegante Alex Hotel in centro per due ragioni, entrambe logistiche. Innanzitutto era vicino alla Grand Central Station, dove avrebbe potuto facilmente seminare qualunque paparazzo lo seguisse a piedi.

Secondariamente, l'albergo era vicino al Midtown Tunnel, la via più veloce per andare all'aeroporto Kennedy. Il suo volo partiva tra meno di due ore.

« Ah, questo mi ricorda che avrei bisogno di un piccolo favore da te, se puoi. »

Peter si sporse verso l'altro lato del grande letto per prendere qualcosa dalla sacca posata per terra. Era una scatola della Federal Express.

« Non ho fatto a tempo a spedirla ieri sera prima di venire qui. Ti spiacerebbe farlo tu, dopo che sarò partito per l'aeroporto? »

Bailey osservò l'etichetta. Il pacco era indirizzato a Peter, presso un albergo delle Bahama. « Certo » rispose, annuendo, seppure dopo una leggera esitazione.

Peter se l'aspettava.

« Su, avanti, chiedimi cosa c'è dentro » disse.

« No, non sono fatti miei. »

Peter si finse deluso. « E ti ritieni un aspirante avvocato? E se dentro quella scatola ci fosse qualcosa di illegale? Raramente passano i pacchi ai raggi X. Potresti essere involontaria complice di un crimine, perdere la possibilità di diventare avvocato. »

Bailey prese un'altra fragola, ma questa volta la diede da mangiare a Peter. « Vorrà dire che correrò questo rischio » rispose.

Peter si aspettava anche questo. Lei si fidava di lui.

Morse la fragola, ricambiando la strizzatina d'occhio di Bailey. Poi guardò il Rolex di platino.

Era venuto il momento di prendere quell'aereo e di risolvere una piccola questione familiare.

88

Non era come quando i Beatles erano atterrati al JFK negli anni Sessanta, ma a giudicare dai giornalisti presenti ci si andava molto vicino. Nel primo pomeriggio il volo Delta 307 atterrò al Lynden Pindling International Airport sull'isola di New Providence nelle Bahama. A beneficio degli altri passeggeri, ma in realtà per accrescere l'attenzione, Peter fece in modo di essere l'ultimo a scendere.

Con una sacca floscia della Tumi gettata a tracolla, si avvicinò alla folla di reporter assiepati sulla pista dietro una corda tesa per impedire loro l'accesso.

Gesù, tutta questa gente solo per me?

Ecco il motivo per cui Peter aveva optato per un volo di linea. Voleva pubblicità. Voleva trasparenza. La stampa avrebbe certamente messo in discussione la sua scelta di agire in contrapposizione alla Guardia Costiera per condurre una sua personale ricerca. Peter voleva essere certo che non mettessero in discussione le sue motivazioni.

Così, con la sua perfetta compostezza da tribunale, si affrettò a chiarirle. « Il pensiero di non aver fatto tutto il possibile per aiutare la mia famiglia sarebbe insopportabile. Tanto più che ho il brevetto di pilota. »

I giornalisti se la bevvero. Era sempre così quando gliela servivi su un piatto d'argento. E poi faceva un caldo boia. Da togliere il respiro. Prima mandavano i loro servizi e si toglievano da sotto quel sole, meglio era.

Peter ringraziò i giornalisti e li lasciò letteralmente a mangiar polvere. In un attimo passò i controlli doganali e uscì dall'ingresso principale in cerca di un taxi.

Un tabellone a cristalli liquidi sopra il marciapiede indicava la temperatura. Trentotto gradi e tre. Accanto, una pubblicità della Coppertone ammoniva « Abbronzatevi, non bruciatevi! » con la foto di un uomo cicciottello in costume da bagno che sfoggiava un'aria infelice e un colorito da aragosta.

« Fa abbastanza caldo per lei? » chiese una voce d'uomo alle sue spalle.

Uno del posto? Un altro giornalista?

Né l'uno, né l'altro.

Voltandosi, Peter si trovò faccia a faccia con Andrew Tatem, il capitano della Guardia Costiera. Lo riconobbe perché lo aveva visto in televisione in occasione della conferenza stampa a Miami. Adesso era lì alle Bahama. Come mai?

« Signor Carlyle, io... »

« Il capitano Andrew Tatem, giusto? » disse Peter. « Piacere di conoscerla. Come sta? »

« Bene. Bene. Pare sorpreso di vedermi. »

Peter si strinse nelle spalle. Non era il caso di negarlo. « Lo sono. Non aveva detto che intendeva restare a Miami anche se le ricerche si spostavano in questa zona? »

« Sì. L'idea era quella. »

« Cosa l'ha spinta a cambiarla? »

« Facile, signor Carlyle. *Lei.* »

89

« Posso darle un passaggio fino al suo albergo? » chiese Tatem. « Mi farebbe piacere. »

« La ringrazio, ma prenderò un taxi » rispose pronto Peter.

« Davvero. Non è un disturbo. Anzi, ci darà l'occasione di parlare un po'. Venga con me. »

Peter lo guardò. Tatem aveva qualcosa in mente e non avrebbe mollato.

« D'accordo » disse Peter, arrendendosi. « La ringrazio. È molto gentile da parte sua. Alloggio allo Sheraton Cable Beach Resort. »

In pochi secondi si ritrovò seduto a bordo di una berlina nera, chiaramente un'auto governativa.

« Signor Carlyle, lei non dovrebbe trovarsi quaggiù » disse Tatem, come furono usciti dall'aeroporto. Era uno che andava per le spicce.

Anche alla guida. Nonostante i suoi modi misurati, a quel tipo piaceva correre, al volante.

Peter guardò l'infilata di palme sfrecciare fuori dal finestrino. *Ma non ci sono limiti di velocità alle Bahama? Questo stronzo sta cercando di spaventarmi?*

Tatem proseguì, guardando ora Peter ora la strada. « Voglio dire, a me non importa che lei sia alle Bahama, signor Carlyle. Quello che sto dicendo è che non dovrebbe cercare di condurre una ricerca da solo. »

Peter si sfregò il mento come se stesse realmente riflettendo sulle parole di Tatem. Ma non era così. Era rimasto sorpreso dalla sua presenza in aeroporto, ma non dal suo « consiglio ». Normale che non gradisse il suo intervento. Non gliene sarebbe venuto alcunché di buono.

« Teme che io possa intralciarvi? » chiese Peter.

« A essere sinceri, sì. »

« L'oceano è grande. »

« Io credo che lei abbia capito quel che intendo dire. »

« Sì, lei teme che ciò possa far salire la frenesia dei media. Capisco. »

Tatem annuì. « Gestire un'operazione di ricerca in mare è già abbastanza difficile senza doversi occupare anche della stampa. »

« E allora non se ne occupi » ribatté Peter.

« Con il dovuto rispetto, lei sa meglio di chiunque altro che non è possibile. »

« *Con il dovuto rispetto*, io credo che in realtà lei tema che io trovi per primo la mia famiglia. »

Tatem gli lanciò un'occhiata dura. « Le assicuro che non è così. Io son fatto di un'altra pasta. »

« Bene, allora non vedo dove stia il problema. Io voglio solo che vengano ritrovati, capitano, tutto qui. »

« Anch'io. È il nostro lavoro. »

« Ah, capisco » osservò Peter. « Vuole che io lasci fare ai professionisti? »

« Non mi sarei espresso in questi termini, ma... sì. »

« Parla degli stessi professionisti che avevano sospeso le ricerche? »

Tatem perse la pazienza e mostrò tutta la sua irritazione. « Lei sa bene quanto me che le coordinate della barca... »

Peter lo interruppe. Era davvero troppo. « Mi ascolti bene. Io farò quello per cui sono venuto qui » disse, aspro. « Se lei non lo capisce, o non le piace, pazienza. »

Nella macchina scese il silenzio e Peter se lo godette fino all'ultimo secondo. Pensò che questo ponesse fine alla discussione. Cos'altro avrebbe potuto dire o fare Tatem, a parte mollarlo in albergo?

« Come le ho detto, sto allo Sheraton Cable Beach. Lei sa dove si trova? »

« Sì » rispose Tatem secco.

Si trovavano a una decina di chilometri dall'aeroporto, su un tratto di strada tutto curve che correva lungo la costa.

« Manca molto? » chiese Peter.

« Un chilometro, un chilometro e mezzo » rispose Tatem.

Nell'auto tornò il silenzio. Quando, a lato della strada, comparve l'insegna beige e marrone dello Sheraton, Peter si lasciò sfuggire un sospiro di sollievo. Subito dietro c'era l'ingresso della proprietà. Un rigoglioso giardino tropicale, una spettacolare spiaggia di sabbia bianca, alberi di casuarina mossi dal vento.

Tatem, però, non rallentò.

Anzi, accelerò ulteriormente.

Oltrepassando l'albergo come una freccia.

90

Per la quinta volta Peter chiese – anzi, pretese – di sapere dove Tatem lo stesse portando.

Per la quinta volta, Tatem lo ignorò, comportandosi come se lui non fosse neppure in macchina.

E continuò così finché non varcarono l'alto cancello di ferro battuto dell'ambasciata degli Stati Uniti nel cuore di Nassau.

« Mi segua » disse Tatem, dopo aver parcheggiato davanti all'ingresso. Non era una richiesta, ma un ordine.

Peter seguì Tatem all'interno dell'ambasciata per un corridoio lungo e stretto. Se esisteva un impianto di condizionamento, era guasto. Il posto era caldissimo, praticamente una sauna senza le pietre roventi e il mastello d'acqua. I ventilatori a soffitto facevano in modo che l'aria soffocante venisse equamente distribuita.

Tatem si bloccò davanti all'ultima porta in fondo al corridoio. « Entri » disse, facendosi da parte.

Peter fissò la porta con un rivolo di sudore che gli scendeva dalle basette. Questo Tatem era molto più tosto di quanto gli fosse parso al telefono. « Lei non viene con me? » chiese.

« No. È fuori dalla mia giurisdizione, come si usa dire. Aspetterò qua fuori. »

Tatem si voltò e si allontanò, lasciandolo solo, in preda alla curiosità. Cosa diavolo stava succedendo?

Attraverso un'altra porta sul corridoio gli giunse una musica attutita, *Could You Be Loved* di Bob Marley. La canzone che meglio di tutte avrebbe potuto immortalare quel momento, però, sarebbe stata *We've Got To Get Out of This Place*, degli Animals.

Un cartello con su scritto USCITA, a indicare una tromba delle scale lì vicino, esercitava su di lui un fascino irresistibile. Fu allora che la porta si spalancò davanti al suo naso.

« Salve, Peter. »

Se la ritrovò a un palmo dal naso, l'ennesima sorpresa della giornata. Questa era proprio incredibile, e non avrebbe potuto essere più sgradevole o minacciosa.

L'ultima volta che Peter aveva visto l'agente Ellen Pierce, lei sedeva in un'aula di tribunale a Manhattan e gli lanciava pugnalate con gli intensi e bellissimi occhi castani. Aveva dedicato due anni della sua vita a fare indagini per inchiodare un boss di Brooklyn che gestiva un giro di droga da cento milioni di dollari.

A Carlyle erano bastate due settimane per farlo uscire.

Quando la giuria aveva pronunciato il verdetto di non colpevolezza, lei aveva urlato « Vaffanculo! » in aula. Lui lo aveva trovato divertente.

Ma cosa ci faceva lì la signora Pierce? Perché doveva parlargli proprio adesso?

E di cosa, poi?

A dire il vero, un'idea ce l'aveva.

« Non me lo dica » fece Peter, sollevando entrambe le mani coi palmi in avanti. « Anche lei vuole convincermi a desistere dal condurre ricerche sulla mia famiglia. »

Pierce sorrise. Indossava una polo bianca infilata dentro un paio di pantaloni morbidi di lino.

La divisa caraibica della DEA, forse?

« Oh, no » disse lei. « La trovo un'idea fantastica. » Gli fece cenno di sedersi al piccolo tavolo da riunioni dietro di lei. « Ma, prima che lei lo faccia, c'è qualcosa che credo debba sapere. Sono qui per aiutarla, Peter. »

91

Jake Dunne un trafficante di droga? Il caro zio Jake una mela marcia? Possibile?

Un'idea assurda. Non riusciva neppure a concepirla. Ma, evidentemente, non era uno scherzo. La DEA era famosa per molte cose, ma il senso dell'umorismo non era tra queste.

« È più di un anno che lo teniamo d'occhio » disse l'agente Pierce, appoggiando le braccia snelle sul ripiano del tavolo. « È stato visto più volte in compagnia di un noto trafficante e i suoi viaggi risultano a dir poco sospetti. Purtroppo, al di là di questo, non siamo riusciti a dimostrare nulla. Ci siamo arrivati vicino, ma niente di più. Nulla che possa reggere in un'aula di tribunale. »

« Anche se i vostri sospetti sul conto di Jake fossero fondati, cosa c'entra questo con la scomparsa della mia famiglia? » chiese Peter. « Sono stati investiti da una tempesta. »

« È vero » ammise Pierce. « Quello che non sappiamo per certo è se la tempesta sia la reale causa dell'affondamento della barca. Esiste un'altra possibilità, e cioè che Jake abbia approfittato di questa crociera per fare una consegna. »

« Una consegna dove? » chiese Peter. A questo punto l'agente Pierce aveva tutta la sua attenzione. Di bene in meglio.

« È questo il punto. Il più delle volte vengono effettuate in mare aperto. Due imbarcazioni e nient'altro attorno per miglia e miglia. Se questo era il programma di Jake Dunne, e c'è stata una lite, una discussione per questioni di soldi magari, il mio timore è che sua moglie e i suoi figliastri possano essere rimasti coinvolti. Ma siamo ancora nel campo delle ipotesi. »

« Il biglietto in quella bottiglia però dice che sono vivi » osservò Peter. « Per lo meno, io spero che siano ancora vivi. »

« Lo spero anch'io, signor Carlyle. Anzi, io ci conto » disse lei. « E avendo visto di persona, in aula, quanto lei sa essere determinato, scommetto che li troverà prima lei » proseguì, infilandosi una mano in tasca. « Ragion per cui voglio darle questo. »

Pierce posò sul tavolo un cellulare nero e lucente. Peter, che era maniaco dei cellulari ultimo modello, non ne aveva mai visto uno così. Lo prese e lo osservò con curiosità, come se fosse caduto dal cielo.

« Già. Ho avuto la stessa reazione la prima volta che l'ho visto » osservò Pierce. « Adesso le mostro come funziona. A dire il vero è facilissimo. Non è necessario essere un esperto. »

Lo prese dalle mani di Peter e lo aprì come se fosse un portacipria. Su un lato c'era la tastiera, sull'altro quello che pareva un pannello solare.

« È un telefono satellitare, vero? » chiese Peter.

Ellen annuì. « Il migliore che si possa trovare sul mercato. Impermeabile, antiurto, con una batteria a nanotubi di carbonio che dura più di cento ore a ricarica. Può chiamare da qualunque punto del pianeta in qualunque momento. Segnale perfetto, totalmente criptato. Nessuno può intercettare le comunicazioni. »

« Fantastico. Ma perché dovrei usarlo? »

« Perché, ovunque lei sia, deve contattarmi nell'attimo stesso in cui trova Jake e la sua famiglia. Io devo esserne informata prima dei giornalisti, persino prima della Guardia Costiera, se possibile. »

« Questo l'ho capito, agente. Ma perché? »

« Se certe persone volevano Jake Dunne morto, è legittimo supporre che non si fermeranno. Ecco perché dobbiamo arrivare a lui per primi – per la sua sicurezza e, cosa più importante, per la sicurezza della sua famiglia. Nella migliore delle ipotesi i suoi cari sono dispersi assieme a un trafficante di droga. »

Peter sbatté le palpebre. « È strano » disse. « Mi riferisco al fatto che lei mi stia aiutando. Io non le sono neppure simpatico. »

« Già. È vero. Detto questo, lei ha il suo compito da svolgere, e io ho il mio » ribatté Pierce con un sorriso. « E adesso mi faccia un favore... vada a cercare la sua famiglia. »

92

Una notte, quando ancora facevo internato alla Cleveland Clinic, avrei dovuto concedermi un riposino di un'ora in mezzo a un turno di ventiquattro. Era la mia unica occasione per riposare un po', e io ero esausta.

Ma non riuscivo a prendere sonno: mi sentivo troppo stanca. Così accesi un vecchio Sony Trinitron nella saletta dei medici e cominciai a guardare un documentario su Ansel Adams. O era Franklin B. Way? Non ricordo. Ciò che rammento è la frase usata dagli autori per descrivere quest'ora del giorno in cui la luce del sole è perfetta per scattare fotografie. « L'ora magica. »

Seduta sulla spiaggia, osservo l'oceano mentre il sole bacia l'orizzonte e sono certa che si riferissero proprio a questo.

È stupendo.

Ironia della sorte. A casa non osservavo quasi mai i tramonti. Che diamine, ero quasi sempre al chiuso! Gran parte delle mie giornate scorreva in una stanza sterile, priva di finestre, lo sguardo fisso ora su monitor cardiaci, ora sul cuore vero che pulsava sul tavolo operatorio di fronte a me.

Ma non ho rimpianti. Non ho mai perso di vista l'utilità del mio lavoro. Come ho detto, però, è ironico. C'è voluto tutto questo perché io riuscissi ad apprezzare realmente un semplice tramonto.

« Ehi, mamma » dice Ernie, correndo verso di me. Si mette in mostra, di profilo. È evidente che sta trattenendo il fiato. « Secondo te quanti chili ho perso? » chiede.

In effetti, il mio ometto grassottello è molto dimagrito dall'inizio di questa crociera. Probabilmente ha perso tre o quattro chili, e si vede. Tre o quattro chili che a casa non sarebbe mai riuscito a perdere.

Osservo il suo volto che sprizza orgoglio, poi il mio sguardo scende sullo stomaco e sono pronta a profondermi in complimenti sulla sua magrezza, quando gli occhi rischiano di schizzarmi dalle orbite.

C'è una barca che spunta da dietro l'ombelico di Ernie!

« Cosa c'è che non va, mamma? » chiede, abbassando inorridito lo sguardo sul suo ventre.

« Non c'è niente che non va » rispondo, trasalendo. « Va tutto bene! »

Anzi, benissimo!

93

Non riesco a parlare abbastanza in fretta. « Ernie, dove sono tuo fratello e tua sorella? »

« Stanno raccogliendo bacche » dice. « Perché? »

« Ecco, perché! » dico, indicando l'orizzonte. « Guarda cosa c'è là. »

Ernie si volta e la vede... una grande barca a vela, abbastanza vicina da distinguere la forma delle vele, non un puntino all'orizzonte come le altre imbarcazioni che abbiamo scorto, troppo lontane per notarci.

Con questa abbiamo una reale possibilità!

« Corri! Va' a chiamare Mark e Carrie » dico. « Dobbiamo accendere i fuochi! Corri, Ernie! »

Ernie fila via e io mi tiro su. Se potessi, mi metterei a saltare o a fare capriole per attirare l'attenzione. *Ti prego, fa' che su quella barca ci sia qualcuno con un binocolo!* Guardate da questa parte. Io vi vedo, quindi voi potete vedere me.

« Oh, merda! » urla Mark qualche secondo dopo, sbucando dai cespugli, con Carrie alle calcagna. Superano Ernie che resta indietro.

« Visto? Visto? Ve l'avevo detto! » esclama Ernie.

« Sì, adesso facciamo in modo che loro vedano noi! » dice Mark, dirigendosi verso il fuoco da campo.

Afferra il nostro fiammifero pronto all'uso, un legnetto avvolto in un pezzetto di coperta, e lo impregna di alcol preso dal kit del pronto soccorso. Quando lo avvicina al fuoco e corre verso i tre mucchi di foglie e rami, sembra che stia portando la torcia olimpica.

« Per quel che serve » dice, accendendo i falò.

Bruciano all'istante, e il loro bagliore arancione gareggia con quello in cielo.

Quando il sole scompare, non possiamo fare altro che aspettare sulla spiaggia, guardando ora i fuochi ora la barca come se volessimo costringerla ad avvicinarsi.

« Su, avanti! » implora Carrie. « Non possono non vederci! »

Questo è il nostro momento... deve esserlo. Ce lo siamo meritati. Aspettiamo che ci vedano, con i falò che divampano in un triangolo perfetto. Mi trovo a una quindicina di metri da essi, ma ne avverto il calore. Continuo a pensare che da un momento all'altro vedrò un segnale dalla barca. La luce di una torcia, un razzo sparato in cielo. Qualcosa.

Qualunque cosa.

Guardo i ragazzi e vedo esattamente quel che sto provando io: speranza. Ma quando i cinque minuti diventano quaranta, senza che dalla barca sia giunto alcun segnale, la speranza scema. Lentamente. Dolorosamente. I nostri falò cominciano a spegnersi. Sulla spiaggia calano le tenebre, in ogni senso.

Avrei voglia di piangere. Ma non lo faccio. Non posso, per il bene dei ragazzi, e anche per il mio. Ma è così crudele!

« Passerà presto un'altra barca, vedrete » dico, cercando di risollevare gli animi.

I ragazzi capiscono cosa sto cercando di fare. Ma, anziché farmelo notare come al solito, mi danno corda.

Come se, all'improvviso, ci fossimo resi conto che, nonostante le nostre speranze siano state appena infrante, averne è sempre meglio del contrario.

Com'è che più la vita ci mette alla prova, più diventiamo forti?

94

Seduto a un tavolo appartato del Billy Rosa's, la bettola più bettola della periferia di Nassau, Devoux lanciò un'ennesima occhiata al suo Glashütte Pano Navigator. Era venuto alle Bahama per uno scopo specifico. Per precauzione. Se Carlyle avesse avuto bisogno di appoggio, lui sarebbe stato lì, pronto a intervenire. Ma sperava che non fosse necessario.

Sapeva bene che non potevano permettersi la minima incertezza. Tutto doveva andare secondo i piani, preciso preciso. Come un orologio.

Carlyle, però, aveva già mezz'ora di ritardo. Dovevano esaminare un'ultima volta il suo piano di volo e definire i dettagli degli omicidi. Cosa diavolo lo aveva trattenuto?

« Non si tratta di cosa, ma di chi » spiegò Peter, quando finalmente arrivò, qualche minuto dopo.

Peter gli riferì la conversazione con l'agente Ellen Pierce. La conclusione era sorprendentemente semplice, oltre che provvidenziale. Jake Dunne si prendeva la colpa di tutto.

« Che colpo di fortuna, eh? » disse Peter prima di esibirsi in una delle sue odiose risatine. Si sporse in avanti e abbassò la voce. « Per un attimo quasi quasi ci ho creduto. »

Devoux si massaggiò il mento, dubbioso. « Cosa ti ha insospettito? »

Peter si infilò una mano in tasca. « Questo » rispose. « Me lo ha dato perché potessi chiamarla appena avessi trovato Katherine e i marmocchi. »

Devoux annuì lentamente, fissando il telefono satellitare. Aveva capito al volo. « Dentro c'è un sistema di tracciamento. »

« Esattamente. »

« Non è che sei solo paranoico, Peter? »

« No. Quella ha dei sospetti, ne sono sicuro. Non so come, ma sa qualcosa. »

Devoux, a sua volta, tirò fuori un oggetto dalla tasca. Un coltellino svizzero, dal classico colore rosso.

« Passami il telefono » disse.

« Cosa vuoi fare? » chiese Peter.

« Tu dammi il telefono. »

Peter glielo porse. « Sta' attento, okay? Non deve pensare che l'ho manomesso. »

Devoux scartò le forbicine pieghevoli e il cacciavite a croce, optando per la lama. La infilò nella fessura tra i due gusci e con gesto rapido aprì il telefono come un'ostrica.

« Fidati » disse. « Se hai visto giusto a proposito della tua amichetta della DEA, la manomissione di un telefono sarà l'ultimo dei nostri problemi. »

95

La zona intorno al Billy Rosa's non era esattamente l'ideale per un'attività di sorveglianza. A pensarci bene, rifletté Ellen, non era l'ideale per *nessuna* attività. A sinistra del bar c'era lo scheletro carbonizzato di un capannone distrutto dal fuoco, a destra un parco rottami pieno di carcasse arrugginite di auto e camion. Il resto del paesaggio, altrimenti arido e sabbioso, era punteggiato da alberi di efedra avvizziti e ciuffi d'erba scolorita.

Nel complesso non era certo una bella immagine pubblicitaria per le Bahama.

Ellen, comunque, se la fece andar bene.

Primo, parcheggiò l'auto a noleggio – una Honda Accord blu – in mezzo ai rottami d'auto, aprendo il cofano in modo che non desse nell'occhio. Secondo, si nascose dietro uno degli alberi a una settantina di metri dall'ingresso del bar.

Terzo, aspettò.

Nonostante il sole stesse tramontando, la calura era ancora terribile. Sudava da ogni poro, e aveva gli abiti fradici. Persino la tracolla di pelle del potente binocolo intorno al collo era zuppa.

Di tutti i locali in cui si può bere qualcosa sull'isola, proprio questo dovevi scegliere, Peter Carlyle?

Ellen continuò ad aspettare, lanciando di quando in quando un'occhiata all'apparecchio che stringeva nella mano, e che raccoglieva il segnale emesso dal telefono consegnato a Carlyle. Il display del ricevitore, grande quanto una carta di credito, era illuminato e riportava una cartina topografica della zona, con un puntino rosso che indicava la posizione di Carlyle proprio dentro il bar.

Sorrise, soddisfatta. Aveva trasformato quello schifoso avvocato in un LoJack umano. Ottima cosa. Non avrebbe dovuto seguirlo ventiquattro ore su ventiquattro.

Ma solo quando serviva.

Come adesso.

Osservando l'ingresso del bar, Ellen passò in rassegna la decina di auto parcheggiate davanti. Alcune erano poco meglio dei macinini abbandonati nel parco rottami lì vicino, le altre o utilitarie o jeep.

Poi c'era quella in fondo alla fila. L'unica cosa che le venne in mente fu quel frammento di *Sesame Street.*

Cosa c'è di strano...?

Era una Mercedes CL 600 coupé nera. Ellen non era una fanatica di auto ma negli anni passati a pedinare trafficanti di droga qualcosa aveva imparato. Quando si trattava di Ferrari, Porsche e Mercedes, ne sapeva quanto un giornalista di *Car & Driver.*

Con oltre cinquecento cavalli e un costo che si aggirava sui centocinquantamila dollari, la CL 600 era un'auto che saltava agli occhi, ovunque fosse parcheggiata. Ma lì, davanti al Billy Rosa's, era come se fosse dipinta di viola a pallini gialli.

Più la guardava, più il suo istinto le diceva che c'era un nesso tra la CL 600 e Peter Carlyle.

Due minuti dopo ne ebbe la conferma.

Carlyle uscì dal bar.

Non era solo.

Ellen si affrettò a guardare con il binocolo. Insieme a lui c'era un uomo di pari altezza e corporatura, ma forse un po' più giovane. Indossava pantaloni di lino bianco, camicia di seta blu e occhiali da sole a specchio. Era inquietante almeno quanto Carlyle.

Dopo essere rimasti a chiacchierare per un paio di minuti, i due si allontanarono in direzioni opposte. Nessuna stretta di mano. Soltanto un lieve cenno del capo.

Carlyle andò a una Toyota Corolla bianca. L'uomo misterioso salì al volante della lussuosa Mercedes.

Ellen abbassò il binocolo, in attesa che le auto si allontanassero. *Cosa stai facendo, Peter? Chi è il tuo nuovo amico? Qualcuno che dovrei conoscere?*

C'era solo un modo per scoprirlo.

96

Presto!

Ellen corse alla Honda Accord e chiuse il cofano. Salì, diede una zampata all'accensione e affondò il piede sull'acceleratore. Il piccolo motore a quattro cilindri urlò immediatamente la sua disapprovazione.

Era una lotta impari. Sarebbe mai riuscita a raggiungere la Mercedes e a seguirla?

Di certo ci avrebbe provato.

L'Uomo Misterioso era la svolta di cui aveva bisogno, ne era quasi certa. Quel tizio era sospetto. Quanto a Carlyle, lo avrebbe ripreso, più tardi, senza problemi grazie al sistema di tracciamento.

No, il problema era davanti a lei e si stava allontanando a tutta velocità sulla strada sterrata. La Mercedes era già un puntino all'orizzonte. Presto non sarebbe più stata neppure in grado di vederla.

O forse sì.

Ellen sbatté le palpebre perplessa. Il puntino stava diventando più grande. L'Uomo Misterioso non aveva il piede pesante, anzi, se la stava prendendo comoda.

Probabilmente era per via delle pessime condizioni della strada.

Mentre Carlyle si era allontanato nella stessa direzione da cui era arrivata lei, l'Uomo Misterioso andava dalla parte opposta, verso un'appropriata destinazione misteriosa. Era una strada sterrata, piena di buche e di curve. Non si vedeva un solo edificio, né un cartello o un'insegna. Se il Billy Rosa's era isolato, quel posto probabilmente non era nemmeno sulla cartina.

All'improvviso, Ellen fu costretta a fare una cosa del tutto inaspettata. Frenare. Si stava avvicinando troppo e fu costretta a rallentare per non destare sospetti.

Dove siamo diretti, Uomo Misterioso?

Lui non le aveva ancora dato nessun indizio.

Due chilometri diventarono quattro, poi otto. Ellen teneva

gli occhi puntati sulla Mercedes, ma la sua mente prese a vagare. All'improvviso udì una voce del passato, quella di suo nonno, chiara come se lui fosse lì, seduto accanto a lei. Stava declamando uno dei suoi proverbi preferiti, con la sua voce roca e aspra.

Chi lascia la via vecchia per la nuova sa quel che lascia e non sa quel che trova.

A quel tempo – era ancora una ragazza – Ellen non aveva mai capito cosa volesse dire. Probabilmente era per questo che se l'era dimenticato.

Fino a quel momento.

Abbassò lo sguardo sul tachimetro. L'Uomo Misterioso procedeva a non più di cinquanta chilometri l'ora. Ovunque fosse diretto, non aveva fretta.

Poi, in un lampo, tutto cambiò. La Mercedes partì come un missile, impegnando tutti i suoi cinquecento cavalli contemporaneamente. Prima che Ellen potesse accelerare, era già sparita dietro una cortina di polvere.

Merda!

Il piede di Ellen trovò l'acceleratore, ma probabilmente era una causa persa. Non c'era storia, giusto? Adesso non vedeva più l'auto nera. Non vedeva più nulla.

Compreso il proiettile che puntava dritto verso la sua testa.

97

Tre centimetri.

Forse cinque.

Ecco quanto le era passata vicino la morte su quella strada sterrata in un angolo sperduto delle Bahama.

Il proiettile ruppe il parabrezza, passando a un pelo dall'orecchio destro di Ellen in mezzo a schegge di vetro. Non aveva idea di cosa stesse succedendo, finché...

A terra!

L'Uomo Misterioso era in mezzo alla strada e la guardava da dietro la volata di una Beretta nove millimetri.

Quando fece di nuovo fuoco, Ellen si gettò contro il sedile, pestando col piede sul freno. Batté la fronte contro il cassettino del vano portaoggetti mentre l'auto si fermava in derapata.

Per un attimo rimase lì, con la testa che pulsava e il cervello confuso, in attesa di un altro sparo. Ma non accadde subito. Invece, sentì qualcosa di peggiore. Rumore di passi.

Venivano verso di lei.

La pistola! Dov'è la pistola?

Allungò la mano verso la gamba destra. Sentì la fondina fissata allo stinco, la superficie increspata e consumata del cuoio, ma niente pistola.

Non la teneva mai agganciata. Doveva essere caduta!

I passi si fermarono. Ellen si girò in preda al panico, alzando lo sguardo verso il finestrino del guidatore. L'Uomo Misterioso lì! Era lì!

Bloccava col corpo il sole morente, una eclissi minacciosa come poche. Sollevò la mano con la pistola senza il minimo rimorso negli occhi. Evidentemente quel tizio aveva già ucciso altre volte.

E stava per farlo di nuovo.

No!

Ellen spinse la leva del cambio in posizione di retromarcia, passando il piede dal pedale del freno a quello dell'acceleratore. Un secondo sparo mandò in frantumi il finestrino del guidatore.

Sono morta? Gravemente ferita?

No! Aveva mancato il bersaglio!

Accelerando in retromarcia, e tenendo la testa abbassata sotto il cruscotto, con una mano afferrò il volante cercando di tenere l'auto più diritta che poteva. Con l'altra mano continuò a cercare la pistola sotto il sedile.

Eccola!

La impugnò e la accostò al fianco. La superficie fredda e satinata non era mai stata così gradevole al tatto.

Poi, girando vorticosamente il volante fece partire l'auto in una serie di testacoda che sembrava non dovesse finire mai, sollevando un gran polverone. Pan per focaccia.

Un po' per uno, figlio di puttana.

98

La strada sterrata non era più una strada... diciamo, piuttosto, un tornado stile Kansas. Con la polvere che si levava tutto intorno, Ellen schizzò fuori dall'ennesimo testacoda facendo un centinaio di metri in retromarcia.

Mise il cambio in park per cinque secondi al massimo, il tempo necessario per tirare su i piedi e finire di demolire a calci quanto restava del parabrezza. Mentre i frammenti di vetro cadevano tintinnando sul cofano, tolse la sicura alla pistola.

Poi partì in avanti a tutto gas.

La piccola Honda Accord blu tossicchiò e sputacchiò, arrivando a cinquanta, sessanta, settanta chilometri all'ora. Quando, finalmente, emerse dalla nube di polvere, era a più di centoventi!

Sei ancora lì, Uomo Misterioso? Mi stai aspettando? Guarda, c'è una sorpresina per te. Oggi sarai tu a beccarti un proiettile, non io!

L'attimo in cui lo vide, Ellen cominciò a sparare. Era ancora in mezzo alla strada, nel punto esatto in cui lo aveva lasciato. Adesso però, c'era una grossa differenza. Non aveva la pistola.

Quel pazzo se ne stava lì senza rispondere al fuoco. Come mai? Voleva morire?

Bene! Lei non aveva alcun problema ad accontentarlo.

Ellen era un'ottima tiratrice ma sparare da un veicolo in corsa su una strada dissestata non era esattamente come fare pratica al poligono. Al terzo tentativo, però, il suo cervello fece tutte le considerazioni necessarie. Era decisa a farla finita.

Ma proprio in quel momento vide l'Uomo Misterioso estrarre la Beretta da dietro la gamba.

99

Devoux portò la mano in avanti, bloccando il polso un attimo prima di esplodere un solo colpo.

Centro!

Il pneumatico anteriore destro esplose fragorosamente in un turbinio di frammenti di gomma che continuavano a girare veloci mentre quella macchinetta del cazzo cominciava a sbandare fuori controllo.

Il resto fu pura dinamica. Devoux capì che lei stava cercando di frenare, ma non aveva importanza. *È troppo tardi, dolcezza. È finita. Anche se tu non te ne sei ancora accorta.*

I due pneumatici di sinistra si sollevarono da terra. Poi, tutti e quattro. L'auto schizzò in aria, ribaltandosi una, due volte fino ad atterrare con uno schianto, capovolta, il tetto ridotto a un ammasso di lamiere contorte.

Il motore emise un sibilo, mentre da sotto il cofano cominciarono a uscire fiamme accompagnate da fumo denso e nero. Quando la polvere si diradò, Devoux osservò la scena, la pistola ancora in pugno, in attesa di qualche segnale di vita.

Vide la mano di lei, sporca di sangue, uscire dal lato del passeggero. Raspava la terra: stava cercando di tirarsi fuori.

Che tipino battagliero, eh?

Ancora per poco, però. Devoux si mosse, prima lentamente, poi correndo. Era venuto il momento di finirla, agente della DEA o meno.

Era necessario. Lei era una questione irrisolta, un rischio che non poteva permettersi. Finché fosse stata viva avrebbe continuato a scavare nella vita di Peter Carlyle e avrebbe potuto scoprire qualcosa.

Fu allora che Devoux si bloccò.

Un'altra auto stava sopraggiungendo veloce lungo la strada. Presto avrebbe avuto compagnia, un testimone, forse più di uno.

Ma c'era ancora tempo. Tornò a puntare lo sguardo sull'agente Ellen Pierce, pronto ad avvicinarsi e a ucciderla.

Merda.

Dall'auto capovolta vide spuntare anche l'altra mano, quella che stringeva la pistola. Con gesti lenti e goffi lei stava cercando di prendere la mira.

Era venuto il momento di andare. Devoux batté in ritirata verso la Mercedes e partì a razzo, sbandando. Guardò nello specchietto retrovisore e vide l'agente Ellen Pierce, pesta e sanguinante, rialzarsi sulle gambe malferme e puntare lo sguardo nella sua direzione.

Ti ucciderò un'altra volta, tesoro.

100

Il capitano Andrew Tatem arrivò di corsa al pronto soccorso del Princess Margaret Hospital di Nassau e venne immediatamente accompagnato in una sala visite. Un vantaggio accessorio che derivava dall'indossare una divisa, peraltro da ufficiale. La maggior parte delle persone si bloccava all'istante per aiutarti. Una vera fortuna.

Il messaggio comunicatogli dal quartier generale BASRA, la Bahama Air Sea Rescue Association, diceva solo che Ellen Pierce era in ospedale. Tatem non sapeva perché. Non sapeva neppure se la persona ferita fosse lei o qualcun altro.

Il piccolo mistero venne risolto l'attimo in cui la vide sdraiata sul letto. Era proprio lei, ed evidentemente aveva bisogno di cure. Tagli, abrasioni, bende da capo a piedi.

« Cristo, cos'è successo? » chiese.

« Un incidente stradale » rispose lei. Il suo senso dell'umorismo era rimasto illeso. « A essere precisi, mi è scoppiata una gomma. »

Ellen passò poi a riferirgli del confronto armato con l'Uomo Misterioso uscito dal Billy Rosa's. Non aveva dubbi che si trovasse lì per incontrarsi con Carlyle. Del perché non era certa, ma qualche idea ce l'aveva, nessuna delle quali prometteva bene.

Pure Tatem si era fatto un'opinione.

« Non possiamo permettere che si alzi in volo domani mattina » disse lui. « Dobbiamo impedirgli di decollare. »

« Mi creda, da quando sono sdraiata qui sto pensando a come fare. Legalmente, intendo dire. »

Tatem alzò gli occhi al soffitto. « Per poco lei non ci lasciava la pelle, oggi. Penso che il suo ufficio capirebbe, se architettassimo qualcosa per trattenere Carlyle sull'isola, almeno per guadagnare tempo. Non è d'accordo? »

Ellen gli rivolse un'occhiata imbarazzata.

« Cosa c'è? Mi sfugge qualcosa? »

Lei si guardò attorno per accertarsi che fossero soli. L'infermiera in corridoio sembrava sufficientemente lontana. E poi, il suo voto con contava.

« Vede, tecnicamente io non sono qui » disse Ellen.

« Non la seguo. »

« Diciamo che il mio capo, a New York, non condivide esattamente la mia opinione sul conto di Peter Carlyle. Io... ecco, è come se fossi in vacanza, qui. »

Tatem sollevò nuovamente gli occhi al soffitto, assimilando le sue parole. « Mi faccia capire bene. Lei mi ha contattato a livello personale? Sta agendo da sola, senza l'autorizzazione dei suoi superiori? »

« Bingo. »

« Io odio il Bingo. Cristo, ecco perché mi ha mandato all'aeroporto a prendere Peter Carlyle. Non poteva farsi vedere insieme a lui. »

« Mi dispiace » disse lei. « Mi farò perdonare. Non so ancora come, ma lo farò. »

« Sono sicuro che troverà un modo » ribatté lui con un sorriso. A parte tutto, l'agente Ellen Pierce aveva dimostrato coraggio e spirito d'iniziativa. Erano qualità che lui apprezzava. Una rompiscatole, certo, ma del genere che piaceva a lui. E non guastava che fosse anche molto carina, persino ora, tutta ammaccata in un letto di ospedale.

« Il problema è questo » continuò Ellen. « Se Carlyle vuole nuocere alla sua famiglia, l'unico modo per impedirgli di decollare sarebbe quello di sbatterlo dentro. E, per farlo, abbiamo bisogno di prove. »

« Che, ovviamente, non abbiamo. Giusto? »

« Non ancora » disse lei, riflettendo. « Un momento... quel giubbotto salvagente trovato dai suoi uomini, quello mezzo bruciacchiato... quanto tempo ci vuole per farlo analizzare alla ricerca di esplosivi? »

« Dipende. Ha intenzione di coinvolgere qualcuno? L'FBI, magari? »

Ellen scosse la testa.

« Già, come pensavo » osservò Tatem. « La Guardia Costiera non è esattamente un corpo investigativo, ma io conosco un tipo come si deve che lavora in un laboratorio di Miami. Diciamo diciotto... ventiquattro ore. »

« Non male, direi. »

« E nel frattempo cosa facciamo? » chiese lui.

« Semplice. Preghiamo che i suoi uomini trovino la famiglia Dunne prima che lo faccia quel bastardo di Carlyle. »

101

La mattina seguente, Peter attese nella sua camera d'albergo finché alle nove e quindici squillò il telefono e lui udì quelle parole magiche. « C'è un pacco per lei » disse il portiere. Adesso aveva tutto quello che gli serviva.

Procurarsi un aereo privato non era stato un problema, anzi, aveva avuto solo l'imbarazzo della scelta. Sotto le sembianze di buoni samaritani, una decina di aziende che noleggiavano aerei gli avevano offerto – gratuitamente! – l'uso di uno dei loro velivoli.

Ovviamente, il vero motivo di tanto altruismo era l'enorme quantità di pubblicità gratuita che avrebbero ricevuto grazie a quella vicenda ad altissima visibilità mediatica.

Sì, erano tutti degli opportunisti. Niente di nuovo sotto il sole. L'avidità è sempre stata alla base della natura umana.

Alle 9.45 Peter era sulla pista del Lynden Pindling International Airport impegnato nell'indispensabile ispezione prevolo dell'aereo avuto in prestito, uno SkyLiner TX5. Era un velivolo anfibio, in grado di decollare o atterrare sia sulla terra sia sull'acqua.

Lentamente fece il giro dell'aeroplano. Probabilmente la Guardia Costiera aveva iniziato le ricerche all'alba, ma lui non era preoccupato per il loro vantaggio. *Buona fortuna, gente. Ne avrete bisogno.*

Mentre i loro complessi programmi di calcolo erano impegnati a far quadrare un finto segnale EPIRB, un giubbotto salvagente recuperato in mare aperto e le abitudini migratorie di un tonno rosso gigante, la sua area di ricerca sarebbe stata determinata da qualcosa di cui la Guardia Costiera non disponeva: le vere coordinate del punto in cui la *Family Dunne* era affondata.

Peter salì a bordo e allacciò la cintura di sicurezza. Persino nell'isolamento della cabina di pilotaggio provò il bisogno di guardarsi a destra e a sinistra – come un ragazzino che sta per copiare il compito di matematica – prima di rivedere un'ultima volta il piano di volo e quello degli omicidi. Poi fu la volta dei controlli prevolo. Gli strumenti e gli indicatori erano a posto. Tutto rispondeva a dovere. Nessuna anomalia. Almeno, così pareva.

Peter non era totalmente concentrato sul quadro degli strumenti e ne era consapevole. Ma non poteva farci nulla. La sua mente era altrove. Impossibile non pensare a Katherine e ai marmocchi, e più precisamente a quanto aveva in serbo per loro. La sua personale serie di controlli postvolo.

1. Ucciderli tutti... tutti i sopravvissuti all'esplosione.
2. Seppellirli.
3. Fingere di continuare le ricerche nella zona per qualche altro giorno.
4. Arrendersi, in lacrime, davanti a centinaia di telecamere provenienti da tutto il globo.

La voce del controllore di volo gracchiò nelle cuffie. « SkyLiner TX5, è autorizzato al decollo sulla pista A-3. Ci auguriamo tutti che trovi la sua famiglia. »

Peter ringraziò il controllore di volo, sorridendo dietro gli occhiali scuri.

Sta' attento a quello che ti auguri, amico.

102

La giornata era il sogno di ogni pilota. Una visibilità quasi perfetta, non una nuvola in cielo. Dal suo punto di osservazione a tremila piedi Peter riusciva a vedere tutto.

Tutto, tranne Katherine e il suo odioso branco di marmocchi. Più lo zio, naturalmente.

Aveva controllato cinque o sei isole lungo l'estremità più meridionale delle Bahama che risultavano disabitate. E, in effetti, lo erano.

Gliene restavano da controllare due, ed entrambe promettevano bene.

Mezz'ora dopo ne rimaneva solo una.

Peter non era uomo incline a dubitare delle proprie capacità. Puntò l'aereo verso est e diede manetta. Era dell'operato di Devoux che cominciava a dubitare.

Con le sue cartine e i suoi grafici aveva spacciato la ricerca per un'impresa facilissima, come tirare un rigore a porta vuota. Alla CIA non erano nuovi a questo genere di ottimismo.

Peter aveva ancora un vantaggio sulla Guardia Costiera. Le loro ricerche non si sarebbero spinte così a sud prima di uno o due giorni. Ma a cosa sarebbe servito quel vantaggio se lui restava a mani vuote?

Diede ancora più gas e l'aereo rispose senza problemi. Gli piaceva molto quello SkyLiner: anche spinto al massimo era comunque maneggevole. Molto maneggevole. Con i motori che ronzavano sommessamente, premette ancor di più la leva del gas. Perché non arrivare un po' prima?

L'aereo rispose tossendo rumorosamente.

Peter trasalì, sorpreso, guardò dal finestrino e vide l'elica sinistra rallentare. E poi fermarsi.

Immediatamente le ali presero a ondeggiare e l'aereo sbandò violentemente a sinistra. Peter si gettò con tutto il peso sulla cloche, cercando di raddrizzarla.

Guardò nuovamente fuori dal finestrino, da entrambi i finestrini, controllando gli alettoni sul margine posteriore delle ali.

Sembravano intatti, ma lui non riusciva più a controllare il rollio del velivolo.

Sentì il cuore schizzargli in gola quando il piccolo aereo prese a scendere in vite. Cercò di riaccendere il motore, una, due volte, ma senza fortuna. Il muso si inclinava sempre più verso il basso e in pochi secondi non ci sarebbe stato più nulla da fare.

A parte precipitare in mare.

Cos'era, un intervento divino? Forse, dopotutto, esisteva una giustizia cosmica? Naa!

Peter scosse la testa e strinse la mascella. Con un ultimo sforzo tirò indietro la cloche cercando di riprendere il controllo dell'aereo. Se fosse riuscito a riportarlo in assetto normale avrebbe potuto tentare nuovamente di accendere il motore. Bravo, così! Raddrizzati! Ce la puoi fare.

Il motore sinistro cominciò a dare segni di vita, tossendo, e si sentì l'elica muoversi a scatti.

Poi ripartì.

Dolce musica per le sue orecchie, il motore si riaccese sputando una nuvola di fumo e interrompendo la caduta. Solo quando l'aereo tornò in volo orizzontale a qualche centinaio di metri sopra l'acqua Peter si ricordò di respirare.

« Incredibile! » urlò.

Ma non era tutto. Peter guardò oltre il muso dell'aereo, togliendosi velocemente gli occhiali. A ore dodici, dritto davanti a lui! Cos'erano, quelli? Animali?

No, erano persone.

E non bagnanti, né turisti che si godevano una giornata di sole su una remota spiaggia.

Gli occhiali tornarono al loro posto. Peter rallentò e l'aereo si abbassò progressivamente. Voleva avvicinarsi quel tanto da essere certo che quanto stava vedendo fosse reale.

Che fossero proprio loro.

103

Non sono io la prima a vederlo, è Mark. Lancia un urlo così forte che mi sembra di essere tornata al pronto soccorso.

Quando mi volto e lo vedo sulla riva, il braccio allungato a indicare il cielo, capisco che è un urlo di gioia.

Un attimo, e ci mettiamo tutti a gridare.

Carrie ed Ernie, sdraiati all'ombra sulla parte più alta della spiaggia, saltano su come due pupazzetti a molla. Con uno scatto corrono verso il fratello, praticamente ostacolandosi l'uno con l'altra.

Nessuno parla di accendere i falò. Non è necessario.

L'aereo vola bassissimo. E sta venendo dritto verso di noi. È impossibile che non ci veda.

Tant'è, per essere sicura, Carrie corre al nostro SOS scritto coi sassi. Rido nel vedere i suoi gesti esagerati con le mani. Sembra una di quelle stupide vallette dei quiz televisivi. Accidenti, sta succedendo per davvero! Stiamo per essere salvati.

Ieri abbiamo sperato in una barca. Ma oggi l'aereo è proprio qui!

È a qualche centinaio di metri da noi e si sta abbassando come per salutare, per segnalare che ci ha visti.

È allora che Mark lancia un altro urlo. «Guardate! Ha i galleggianti!»

Ha ragione. Ero così felice di vedere l'aereo che non mi ha neppure sfiorato il pensiero di dove potesse atterrare.

Nessun problema.

Ha a disposizione una pista grande quanto l'oceano.

L'aereo passa sopra le nostre teste con un sibilo assordante, inclinandosi in una ripida virata. Intravedo di sfuggita il pilota, o per lo meno, la sagoma del pilota. Sembra un uomo, o forse è solo una mia impressione. Non potrei dirlo con certezza. Chiunque sia, sta per ricevere il più grosso abbraccio della sua vita.

«Sta virando per atterrare!» urla Mark. «Sta arrivando! Sta arrivando!»

Osserviamo il pilota tornare indietro in fondo alla spiaggia. Le ali si rimettono in piano a neanche cento metri dalla superficie. Non ho mai visto un ammaraggio.

Sarà una prima volta memorabile.

L'aereo si avvicina, le eliche due cerchi perfetti contro il cielo. Tra un momento comincerà ad abbassarsi e i galleggianti si poseranno dolcemente sull'acqua.

Ma quel momento tanto atteso non arriva.

Davanti ai nostri occhi – vicino, vicinissimo – l'aereo prosegue oltre, e il rombo dei suoi motori copre le nostre urla. « Nooooo! »

Allibiti, restiamo a guardarlo mentre si allontana. Non vira, non torna indietro. Invece, scompare all'orizzonte.

È sparito.

Com'è possibile? Chi è quel pazzo che ci ha appena sorvolati?

104

Cristo, se era buio...

Non che a Peter dispiacesse. Era esattamente quello che stava aspettando, il favore delle tenebre. Più buio era, tanto meglio.

Avanzando tra la vegetazione fitta e intricata, teneva la torcia verso il basso, puntandola avanti il minimo necessario per vedere dove metteva i piedi, non di più. Se l'avesse rivolta verso l'alto sarebbe stato visibile quanto un faro.

Dopotutto, era un ospite non invitato – un visitatore del tutto inatteso – e la riuscita del suo piano era tutta basata sul fattore sorpresa.

Adesso doveva soltanto trovare la sua adorabile famigliola e finirla, una volta per tutte.

Lo SkyLiner TX5 era ancorato sull'altro lato dell'isola. Aveva spento i motori ed era atterrato planando nel silenzio più totale a qualche miglio dalla riva. *E voi, ragazzi a casa, mi raccomando: non provateci.*

Tanto per cominciare, avete un solo tentativo.

C'erano volute ore perché la corrente portasse l'aereo sufficientemente vicino all'isola, ma di tempo ne aveva. Se ci avesse pensato, avrebbe messo anche qualche rivista nel pacco spedito con la Federal Express.

A parte quello, però, aveva portato tutto il necessario. Un badile col manico pieghevole, la torcia, della corda a doppia treccia. Ovviamente, la cosa più importante era la .44 Magnum. Sì, era pronto a usarla. Ucciderli non sarebbe stato un problema per lui.

Peter avanzava. L'aria della notte era calda e immobile, costellata dal cinguettio acuto di qualche uccello. A parte questo, l'unico altro suono era il battito del suo cuore. L'adrenalina gli scorreva a fiotti nel sangue. Forse ucciderli sarebbe stato un piccolissimo problema.

Alla fine, attraverso un varco nella vegetazione, lo vide. Lontano, ma c'era. Un piccolo punto luminoso arancione.

Il loro fuoco da campo.

La riva si trovava a pochi metri di distanza. Quando l'ebbe raggiunta, si tolse le Docksiders e si bagnò i piedi, accertandosi di essere bene in equilibrio.

Ogni suo passo era attutito dalla sabbia cedevole. Si muoveva silenzioso come un topo. Anzi, come un serpente.

Man mano che si avvicinava, i suoi occhi cominciarono a distinguere delle sagome vicino al fuoco. Erano corpi. Tutti sdraiati. Dormivano profondamente. Pareva che nessuno si muovesse. Li sentiva persino russare.

Una grande famiglia felice.

Non riusciva a distinguere chi era chi.

Aveva importanza?

Per qualche perverso motivo, sì, ce l'aveva. Il primo colpo era riservato a Katherine. Non aveva nulla contro di lei. Non c'era bisogno che vedesse morire i suoi figli.

Peter fece un altro passo, gli occhi stretti come fessure nello sforzo di vedere nell'oscurità.

Finché...

La luce del fuoco fece un guizzo leggero, illuminando il volto di Katherine per una frazione di secondo.

Eccoti lì, tesoro!

Con movimento rapido levò il braccio teso davanti a sé, la canna della pistola puntata contro la testa di Katherine, proprio in mezzo agli occhi. Non gli restava che premere il grilletto.

Per lo meno, così poteva sembrare.

Credetemi, signore e signori della giuria, io ero lì per salvare la mia famiglia, non per assassinarla.

PARTE SESTA

Fidarsi è bene...

105

Il *dream team* legale di Peter riunito a confabulare intorno al tavolo della difesa ricordava una pubblicità di abiti di Paul Stuart. Quanto a Peter, aveva rimpiazzato il vistoso completo di Brioni con un più sobrio abito di flanella grigia di Brooks Brothers. Teneva lo sguardo puntato sui giurati che rientravano in aula dopo un'ora di pausa pranzo.

Su, gente, guardatemi negli occhi. Solo un innocente riesce a guardare negli occhi i giurati, no?

« Tutti in piedi! » tuonò il cancelliere.

Il giudice Robert Barnett, un uomo vicino alla sessantina, coi capelli grigi pettinati all'indietro e divisi da una scriminatura che pareva tirata col righello, andò verso lo scanno e, prima ancora di sedersi, provvide a confermare la sua reputazione di uomo pratico e sbrigativo. Senza alcun preliminare – neppure un « sedete, prego » – ordinò all'accusa di chiamare il primo teste.

Immediatamente Nolan Heath, il procuratore incaricato del caso, si alzò, si raddrizzò la cravatta di seta operata e si aggiustò gli occhiali di metallo. Heath era un uomo calmo e riflessivo, con l'aria di un giocatore di scacchi che sta pensando alla mossa successiva.

« Vostro Onore, l'accusa chiama a testimoniare Mark Dunne. »

Mark, che ormai non toccava uno spinello da più di quattro mesi, si alzò prontamente dalla prima fila dietro il tavolo dell'accusa. Pareva un po' troppo impaziente di testimoniare. E chi poteva biasimarlo? Aveva qualcosa da dire, qualcosa di molto importante.

Mentre giurava continuò a fissare Peter Carlyle, incapace di nascondere il profondo odio che nutriva per lui.

« Mark, vorrebbe descrivere i fatti avvenuti nella notte del 25 giugno di quest'anno? » chiese Heath.

Mark annuì e trasse un respiro profondo. Una raccomandazione che Heath gli aveva ripetuto più volte: quando sei sul banco degli imputati, respira, pensa e poi rispondi.

Mark cominciò a rispondere lentamente. « Mia sorella Carrie e io sorvegliavamo a turno il nostro accampamento sull'isola mentre gli altri dormivano. Qualche giorno prima un grosso serpente aveva attaccato nostra madre e volevamo essere sicuri che nessun animale ci sorprendesse durante la notte. Carrie e io stavamo molto attenti.

« Comunque, quella notte sentii qualcosa. Era buio, ma capii che non si trattava del vento. Né di un animale. Loro sono più silenziosi. Infatti, vidi qualcuno avvicinarsi. Non capivo chi fosse, ma sapevo che era una persona. »

Heath annuì. « Sarà stato elettrizzato, giusto? Avrà pensato che la salvezza era vicina. »

« Sì, all'inizio è quello che ho pensato » rispose Mark. « Poi mi sono chiesto come mai la persona non chiamava, non si faceva sentire. Insomma, non aveva senso. È stato allora che ho visto la pistola. »

« E cosa ha fatto? » chiese Heath, come se sentisse quella storia per la prima volta.

« Ho protetto la mia famiglia meglio che ho potuto. Come l'ho visto puntare la pistola contro mia madre l'ho colpito con un grosso ramo. Fortunatamente lui è svenuto. »

« E quando dice *lui*, a chi si riferisce, Mark? »

Mark puntò il dito come aveva fatto quando aveva visto l'aereo di Peter volare verso l'isola. « All'uomo seduto lì. Peter Carlyle. Quel figlio di puttana! »

Dall'aula si levò un mormorio che il giudice Barnett si affrettò a sedare con un colpo di martelletto. « Giovanotto, non tollero questo genere di linguaggio nella mia aula. Sono stato chiaro? »

Mark annuì rispettoso, poi tornò a voltarsi verso Heath. Dall'espressione del procuratore nessuno avrebbe detto che era estremamente orgoglioso del suo giovane teste. Mark aveva pronunciato il « figlio di puttana » esattamente come gli era stato raccomandato.

« Non ho altre domande, Vostro Onore. »

106

Il giudice Barnett fece un cenno con la mano verso il tavolo della difesa. « Il teste è vostro » dichiarò.

« Grazie, Vostro Onore » disse mellifluo Gordon Knowles, presunto capitano della squadra di avvocati di Peter. Si alzò e rivolse un educato cenno del capo alla giuria.

Poi, come per compiacere il giudice, uomo notoriamente impaziente, si voltò verso Mark e andò dritto al punto.

« Ha appena dichiarato che quella sera, sull'isola, era di guardia. Quindi, in un certo senso si aspettava dei problemi, giusto? »

Heath schizzò in piedi. « Obiezione, Vostro Onore! Suggerisce la risposta al teste. »

« Accolta » borbottò il giudice Barnett lanciando un'occhiata di disapprovazione a Knowles. « Avvocato, sa bene che non si fa. »

Già, lo sapeva benissimo.

Ma avrebbe fatto anche di peggio.

« Mi dica, Mark » proseguì, poi si bloccò di colpo. « Non le dispiace se la chiamo col suo nome di battesimo? »

« Niente affatto, *Gordon.* »

I giurati ridacchiarono.

« Mi sembra giusto » osservò Knowles, fingendo di ridere anche lui. « Dunque, Mark, quando ha visto il signor Carlyle arrivare al vostro accampamento sull'isola, ha notato come era vestito? »

« No » rispose Mark. « Come ho detto, era buio. »

« Già. Come ha detto, non sapeva neppure chi fosse la persona che si stava avvicinando finché non l'ha aggredita. »

Heath aveva già aperto la bocca per obiettare, quando Knowles riformulò la domanda. « Chiedo scusa » disse, mentendo spudoratamente. « Avrei dovuto dire 'è passato all'azione'. »

« Arriviamo alla domanda, avvocato » disse il giudice Barnett, accigliato.

« Volentieri, Vostro Onore. La mia domanda è questa. Mark, se lei avesse saputo che si trattava del signor Carlyle, lo avrebbe colpito con quel ramo? »

Mark sbatté ripetutamente le palpebre, come se cercasse di mantenere una sorta di equilibrio mentale. Aveva capito dove voleva arrivare Knowles – *Gordon* – e non si sarebbe fatto fregare. Non da quello stronzo!

« Aveva una pistola » rispose Mark, articolando le parole con lentezza.

« Non è questo che le ho chiesto » disse Knowles. « Se avesse saputo chi era, lo avrebbe colpito con quel ramo? »

Mark rimase in silenzio.

Il giudice Barnett si sporse verso il banco dei testimoni. « Risponda alla domanda, figliolo. »

« No, non lo avrei colpito » rispose Mark a voce bassa.

« Come mai? » chiese Knowles.

« Perché era il mio patrigno. »

« Una persona che non aveva alcun motivo di fare del male a lei né a nessun altro membro della sua famiglia, giusto? »

« *Ma aveva una pistola!* » ripeté Mark, con voce rotta.

« Sì. È così » disse Knowles. « Per lo stesso motivo per cui lei afferma di essergli saltato addosso. Per autodifesa. » Si voltò verso la giuria, allargando le braccia in un gesto di finta esasperazione. « Il signor Carlyle si doveva preoccupare di qualcosa ben peggiore dei serpenti, quella notte. Come ho detto nella mia dichiarazione di apertura, aveva appreso niente meno che da un agente federale che nella scomparsa della sua famiglia potevano essere coinvolti dei trafficanti di droga. E così si era premunito. Aveva una pistola, ma per autodifesa. È assolutamente comprensibile. »

Heath si alzò per obiettare, ma era troppo tardi. Alcuni giurati stavano già annuendo. Pistola non significa colpevole.

Il danno era fatto.

« Non ho altre domande » dichiarò Knowles.

107

Se il clamore per l'estradizione di Peter dalle Bahama è stato grande, ora il processo è decisamente un circo. Non so quanto riuscirò a sopportare ancora, e siamo soltanto all'inizio. Questa follia è appena cominciata.

Non si tratta solo del processo in sé. È ciò che rappresenta, quel che significa per i ragazzi e per me.

È come se stessimo rivivendo quella odissea.

Finalmente avevamo ripreso la nostra vita normale, l'incessante interesse dei media si era placato, non c'erano più nostre foto sulle prime pagine dei giornali o frasi evidenziate nelle rubriche scandalistiche. Persino la mia gamba era guarita.

Ed ecco che il processo ci scaraventa di nuovo a bordo della *Family Dunne* e siamo costretti e rievocare ogni cosa.

Non c'è da stupirsi che io sia tornata sul « divano » dello studio di Sarah. Ancora una volta, ringrazio Dio per le sue pareti insonorizzate.

« Dannazione! » urlo, dopo neppure un minuto dall'inizio della seduta. « È troppo ingiusto nei confronti dei ragazzi! »

Visto che il processo occupa quasi l'intera giornata, Sarah ha acconsentito a ricevermi molto tardi per quel che lei chiama un « piangi e mangi ». Traduzione: dopo che mi sono sfogata con lei per un'ora, andiamo a cena insieme in un ristorante di sua scelta. Offro io. E mi costerà parecchio.

Mi scuso per aver gridato e, come al solito, Sarah mi dice che non c'è nessun problema.

« Anzi » aggiunge, « ti fa bene. »

« Può darsi » rispondo. « Quello che mi farebbe davvero bene è vedere Peter chiuso in galera. Non sarà mai troppo presto. »

« Allo stesso tempo, devi essere preparata nel caso... »

Sollevo la mano, facendole segno di fermarsi lì. Non voglio neppure sentire quelle due orribili parole.

Non colpevole.

Quello che Peter ha fatto – e io sono convinta al di là di ogni ragionevole dubbio che lui lo abbia fatto – è già abbastanza duro da mandar giù. L'idea che possa farla franca mi fa venir voglia di vomitare.

Non sono l'unica a pensarla così. Tra gli altri c'è l'agente Ellen Pierce. Ha rischiato il posto, la carriera, per seguire la sua intuizione a proposito del signor Peter Carlyle.

« Cos'hai pensato quando l'agente Pierce ti ha chiamata? » chiedo a Sarah.

« Non sapevo cosa pensare. Allora ero convinta che voi foste morti, ed era già abbastanza scioccante così. L'idea che la responsabilità potesse essere di Peter... be', il minimo era portare quel registratore, come lei mi ha chiesto. Vorrei solo che fosse servito a qualcosa. »

« È ironico, vero? La persona di cui più mi fidavo stava cercando di uccidermi e le persone su cui pensavo di non poter contare – i miei figli – mi hanno salvato la vita. »

« Sì, è la parola giusta » dice Sarah. « E pensare che prima della crociera eri qui nel mio studio, disperata perché volevi salvare la tua famiglia. » Sorride. « Per poco non ci lasciavi la pelle, ma la missione è compiuta. Ne siete usciti tutti migliori. »

Restiamo in silenzio, rendendoci improvvisamente conto che non è del tutto vero.

Non ne siamo usciti tutti.

« Scusami » dice Sarah, « non mi sono scordata di Jake. Figurati. Nessuno di noi lo ha fatto. »

« Non ti preoccupare. A volte vorrei poterlo fare, non so se mi spiego. Ci penso tutti i giorni. »

« E i ragazzi? Loro l'hanno superata? »

« Mark e Carrie sì. Sono più grandi. Per Ernie ci vorrà un po' di più. Jake era un vero punto di riferimento per lui. »

Ascolto le mie ultime parole e so esattamente cosa sta pensando Sarah. Probabilmente è perché lo penso anch'io.

« È venuto il momento, vero? » le chiedo.

« Sì. Credo di sì. »

108

« Il teste è suo, signor Knowles. »

Gordon Knowles ringraziò il giudice Barnett con un secco cenno del capo, alzandosi dal tavolo della difesa. L'agente Ellen Pierce era un testimone chiave per l'accusa e lui non vedeva l'ora di controinterrogarla per fare a pezzi la sua deposizione.

« Agente Pierce » attaccò, con un tono cordiale e invitante quanto un letto di chiodi, « lei ha appena dichiarato di aver seguito il mio cliente nel Vermont, di essersi introdotta illegalmente in una proprietà privata e di averlo fotografato di nascosto in compagnia di una donna. Pensa che questo provi al di là di ogni ragionevole dubbio che il signor Carlyle stesse pianificando di uccidere la sua famiglia? »

Ellen rispose pronta e sicura. « No, non lo penso. »

« Oggi abbiamo sentito la testimonianza di un esperto in esplosivi, il quale ha affermato che il suo laboratorio ha trovato tracce di RDX, un esplosivo militare, sul giubbotto salvagente recuperato dalla barca della famiglia Dunne. Pensa che questo dimostri al di là di ogni ragionevole dubbio che il signor Carlyle stesse pianificando di uccidere la sua famiglia? »

Ellen, che indossava un sobrio tailleur pantalone nero e una semplice camicetta bianca, lanciò un'occhiata alla giuria come per esprimere tutto il suo fastidio di fronte a quella linea di interrogatorio. Si sentiva condotta come un cane al guinzaglio e la cosa non le piaceva affatto.

Era venuto il momento di mordere.

« Quello che *io* penso è che la giuria potrebbe cominciare a chiedersi se tutte queste coincidenze, come le definirebbe lei, non siano qualcosa di più di semplici coincidenze » disse.

Il giudice Barnett non attese l'obiezione di Knowles per intervenire. Si rivolse rapido verso il banco dei giurati. « La giuria non terrà conto dell'opinione non richiesta espressa dalla teste. » Quindi rivolse uno sguardo di disapprovazione a Ellen. « Signora Pierce, la prego di limitarsi a rispondere alle domande. »

« Chiedo scusa, Vostro Onore » disse lei. Ovviamente, non era affatto dispiaciuta, anzi, era soddisfatta di aver chiarito il proprio punto di vista. Qualcuno doveva pur farlo, se volevano giustizia.

« Le ripeto la domanda, agente Pierce... »

Lei lo interruppe. « No, non penso che le tracce di esplosivo provino da sole oltre ogni ragionevole dubbio che il signor Carlyle stesse cercando di assassinare la sua famiglia. »

Knowles sorrise, compiaciuto. « Agente Pierce, lei è stata sospesa dalla DEA per le sue avventate iniziative nei confronti del mio cliente, giusto? »

Istintivamente, Ellen guardò verso Ian McIntyre, seduto dietro il tavolo dell'accusa. Era rimasta sorpresa nel vedere che era venuto a darle appoggio. Le faceva quasi dimenticare l'amaro dei tre mesi di « ferie forzate » che le aveva inflitto.

« Non credo che il termine avventate... »

Ora fu Knowles a interrompere lei. « È stata o no sospesa dal servizio? »

« Sì. »

« E le era stato esplicitamente proibito dal capo della sua divisione di indagare sul signor Carlyle, giusto? »

« Sì. »

« Ciononostante lei ha fatto in modo di incontrare il signor Carlyle con un pretesto, mentendogli sul fatto che Jake Dunne era sospettato di traffico di droga, vero? Anzi, lei lo ha messo in guardia, affermando che se il signor Carlyle avesse trovato la sua famiglia, questa avrebbe potuto essere in pericolo. »

« Quello che stavo cercando di fare... »

« Sì, è proprio questa la domanda. Cosa stava cercando di fare? Era una specie di vendetta? »

Ellen si disse che doveva restare calma, senza fare il gioco di quello stronzo cedendo all'emotività. Ma doveva difendersi. « Questo è ridicolo » disse, senza esitazione. « Non si trattava di una vendetta. È totalmente assurdo e anche offensivo. »

« Davvero? Persino il capo della sua divisione ha affermato che la sua capacità di giudizio poteva essere stata offuscata da un processo di qualche anno fa, nel quale il signor Carlyle aveva difeso con successo una persona su cui lei aveva caparbiamente indagato. »

« Mi creda, l'unico giudizio offuscato fu il verdetto di quel processo » ribatté Ellen. Sapeva che non avrebbe dovuto cascarci, ma non riuscì più a trattenersi. « Certe volte la giustizia è proprio cieca » aggiunse.

Knowles scosse la testa con aria di riprovazione. « A me sembra, agente Pierce, che lei nutra un grande disprezzo per il nostro sistema giudiziario. »

« No » ribatté lei, guardandolo dritto negli occhi. « Solo per gli avvocati della difesa. »

109

Un solo giorno di scuola. Non concederò ai ragazzi di perderne di più per il processo, mi dico.

Per Carrie è un giorno di troppo. Non vuole più avere a che fare con Peter, neppure per vederlo rinchiuso in cella per il resto della sua miserabile vita, come è auspicabile.

E comunque a me va bene. Carrie è esattamente dove dovrebbe essere... a godersi il suo secondo anno alla Yale. Basta nutrizionista, basta psicologo, solo lezioni. Il suo peso è tornato alla normalità e qualcosa mi dice che ci resterà.

Mark, ovviamente, ha dovuto comunque perdere un giorno di lezione a Deerfield per testimoniare. Sono molto orgogliosa di lui e penso che se la sia cavata benissimo, considerate le circostanze. Lui, invece, è un po' abbacchiato per il modo in cui l'amico e avvocato difensore di Peter – « quello stronzo di merda » – lo ha massacrato.

A proposito di abbacchiato...

Ernie mi preoccupa.

Dopo una cena con Nolan Heath per discutere della mia testimonianza di domani, torno a casa per lasciare libera Maria. Mi dice che Ernie è nella sua stanza a fare i compiti.

Per molti versi, Ernie dovrebbe essere al settimo cielo come noi. È stata sua l'idea di mettere il messaggio in quella bottiglia. Ci ha salvati lui. E dal momento in cui abbiamo acceso quel transponder sull'aereo di Peter, ha ricevuto un benvenuto da eroe. È stato ospite di una decina di trasmissioni televisive, dal *Today Show* al *Larry King* a *Greta Van Sustern.* In ogni articolo sulla nostra disavventura apparso sui giornali, lui è quello che ha ricevuto maggiore attenzione.

Ma non se l'è mai davvero gustata, anche se nessuno l'ha mai obbligato a partecipare. Ha sorriso per le telecamere, senza sbagliare una mossa: è stato proprio bravo. Ma io sono sua madre, e lo capisco. Dopo più di quattro mesi, continua a essere giù di corda. Ovviamente, biasimo me stessa.

Busso piano sulla porta socchiusa. « Posso entrare? »

È seduto alla scrivania nell'angolo. « Certo » dice, lo sguardo fisso sul rettangolo luminoso del suo iMac. « Ciao, mamma. »

« Come va la relazione? » Cinquecento parole sulla Proclamazione dell'Emancipazione di Lincoln. Senza contare gli articoli. Ecco cosa ci guadagno ad aver ridotto le mie ore di presenza in ospedale, una cosa che mi mancava moltissimo: questi dettagli della vita dei miei figli.

« Trecentottantasette parole e non è ancora finita » risponde Ernie, continuando a battere sulla tastiera cordless. « Ce la farò. »

« Ne sono certa. »

Gironzolo in camera sua per un po', riluttante ad affrontare l'argomento. Guardo il poster di Albert Einstein, quello famosissimo in cui fa la linguaccia.

Poi mi fermo davanti a una foto incorniciata di Ernie insieme a quei due pescatori, il capitano Jack e il suo secondo. Dave? No... Dillon. Che coppia, quei due! E guarda come sorridono! D'altro canto, la foto è stata scattata subito dopo che avevo consegnato loro la ricompensa promessa. Chi non sorriderebbe?

Io, di certo, sorridevo. Il milione di dollari meglio speso della mia vita.

« Hai paura? » chiede Ernie all'improvviso, infrangendo il silenzio.

« Ti riferisci alla testimonianza di domani? Sì, sono un po' nervosa. Ci sarai a farmi coraggio, vero? »

Annuisce. L'unico giorno che ha scelto per assistere al processo, è quello in cui devo testimoniare io. Non so spiegare quanto questo mi faccia piacere.

« Ernie, c'è una cosa di cui vorrei parlarti. »

Forse è il tono della voce, o la consapevolezza che non parleremo del tempo o di altre banalità. Distoglie lo sguardo dal computer e mi fissa. « Cosa c'è, mamma? »

Mi siedo sul suo letto e faccio un gran respiro prima di cominciare. Sono anni che mi preparo mentalmente a questa conversazione, cercando di convincermi che posso farcela senza cedere all'emozione.

Già.

« Perché piangi, mamma? »

Gli dico la verità. « È Jake. Mi manca molto. »

« Anche a me. »

« Lo so, tesoro. È di questo che voglio parlarti. »

« Ho fatto qualcosa di sbagliato? »

« Tu? No. Assolutamente no. » *Io, invece sì. Ma è il miglior errore della mia vita, e lo rifarei.*

Osservo Ernie, i suoi occhi e il suo volto, ed è come se riuscissi a vederlo più chiaramente di prima, come se sapessi chi è realmente.

« Mamma? C'è qualcosa che vuoi dirmi? »

« Sì, tesoro. »

E lo faccio.

Rivelo a Ernie chi è suo padre.

110

Dopo una notte passata a raccontare a Ernie la verità e nient'altro che la verità, la mattina seguente, in aula, giuro di fare lo stesso.

Fin qui, tutto bene.

Mentre concludo la mia deposizione per Nolan Heath, il mio unico motivo di disagio è questa sedia dura. Andrebbero in rovina a metterci un cuscino? Parlando seriamente, penso di essermela cavata piuttosto bene. La giuria sembra credermi, se non proprio parteggiare per la mia famiglia. La signora anziana seduta in fondo alla prima fila ha un'aria come se volesse prepararci dei biscotti per consolarci.

Detto questo, non so quanto possa valere ciò che ho da dire. Il massimo che posso dimostrare è che mi sono fatta abbindolare da uno dei migliori. Ero convinta di sposare un uomo fantastico. Come potevo sapere che l'affascinante Peter Carlyle era soltanto uno schifoso bugiardo e assassino?

Ma il punto era proprio quello, temo. Io non *dovevo* sapere chi era Peter. Certe volte non riesco ancora a crederci. Mio marito ha cercato di assassinare tutta la mia famiglia.

« Il teste è suo » annuncia il giudice Barnett e subito provo una fitta di apprensione.

Mi basta vedere Gordon Knowles alzarsi dalla sua sedia per capire che « fin qui, tutto bene » in un processo per omicidio non ti porta molto lontano. La prova più difficile deve ancora arrivare.

« Dottoressa Dunne, questa crociera con i suoi figli è stata un'idea sua, vero? » chiede.

« Sì. »

« Il signor Carlyle non ha partecipato all'organizzazione del viaggio, giusto? »

« No. Ma ne è stato al corrente fin da subito. Da mesi prima. »

Knowles sorride. « Ah, capisco. Poiché ne era al corrente da molto tempo prima, lei sta insinuando che ha avuto tutto il tempo per progettare l'omicidio della sua famiglia. »

« Io ho detto solo... »

« Certo, un sacco di persone sapevano che lei avrebbe fatto questo viaggio... ad esempio le persone con cui lei lavora, al Lexington Hospital. »

« Sono sicura che nessuno di loro mi vuole morta. »

« E lei, dottoressa Dunne? »

La domanda mi coglie di sorpresa. « Non sono sicura di aver capito la domanda. Potrebbe riformularla, per favore. »

« Lei è in cura da uno psichiatra da un po' di tempo, vero? » chiede Knowles.

« Sì, vado da una terapista. Un sacco di gente lo fa. »

« Lei assume antidepressivi? »

In un attimo sento ribollire il sangue... che fino a questo momento si era limitato a borbottare sommessamente. La parola « incredulità » non basta a descrivere il mio stato d'animo. « Sta insinuando che io abbia avuto una parte in quanto è accaduto? » chiedo con voce tremula.

« Vostro Onore, potrebbe spiegare alla teste che al momento sono io quello cui è permesso fare le domande? » dice Knowles, tutto compiaciuto.

« Penso che lei lo abbia appena fatto per me, avvocato. Vada avanti » afferma il giudice Barnett, lanciandogli un'occhiata severa.

« Con piacere » ribatte Knowles. « In effetti, ho appena cominciato a scaldarmi... »

111

Knowles si volta verso di me e mi viene vicino, così vicino che riesco a sentire la sua costosa colonia. Eau de Arrogance, cos'altro? Quest'uomo non mi è mai piaciuto, a cominciare da quando l'ho conosciuto al ricevimento di nozze. Difficile da credere, ora. Il miglior amico di Peter che mi sta controinterrogando durante un processo per omicidio?

« Sa quali sono state le ultime parole registrate dalla Guardia Costiera quando Jake l'ha chiamata con la radio durante la tempesta? » mi chiede.

« No. »

« Io sì. Le ho qui » dice, tornando all'affollato tavolo della difesa. Prende un bloc-notes giallo e si sistema gli occhiali. « Un attimo prima che la radio smettesse di trasmettere, Jake Dunne ha urlato 'No, Katherine! No!' »

Knowles incrocia le braccia e mi guarda. « Cos'è che non doveva fare, dottoressa Dunne? »

Lo guardo con espressione assente. Sto cercando di ricordare... sono successe tante cose durante la tempesta...

Alla fine, mi viene in mente. L'armadietto.

« Credo si riferisse al fatto che stavo aprendo... »

« Crede? » fa lui, interrompendomi. « Cosa significa? Se lo ricorda o no? »

« Obiezione, Vostro Onore » dice Heath alzandosi dal tavolo della difesa. « Sta intimidendo la teste. La dottoressa Dunne non ha avuto modo di rispondere alla domanda. »

« Ritiro la domanda » dice Knowles.

Naturale, che la ritira. Che figlio di puttana! Ormai il danno è fatto. Non c'è da stupirsi che a Peter piaccia tanto questo odioso bastardo.

« Dottoressa Dunne, quanti soldi ha ereditato quando è morto il suo primo marito? »

« Non conosco la cifra esatta. »

« È corretto affermare che si trattava di oltre cento milioni di dollari? »

« Sì. »

« Lei è stata l'ultima persona a vedere il suo primo marito vivo sulla barca, giusto? »

« A dire il vero no... »

« Obiezione! » urla Heath. « È inaudito! La domanda è irrilevante! »

Knowles si volta verso il giudice. « Vostro Onore, la morte di Stuart Dunne è stata giudicata accidentale. Io sto solo cercando di far notare che gli incidenti avvengono sulle barche come in ogni altro luogo. »

« Obiezione accolta » dichiara il giudice.

Knowles torna a girarsi verso di me. « In realtà, come lei ha già accennato in una precedente deposizione, dottoressa Dunne, la sua barca aveva avuto dei problemi tecnici – degli incidenti, se vogliamo chiamarli così – già prima della tempesta, giusto? »

« Sì. Avevamo avuto una falla nella presa a mare del circuito di raffreddamento. »

« Per quelli tra di noi che non sono soliti andar per mare, è un pezzo di tubo che pesca acqua di mare per raffreddare il motore, giusto? »

« A dire il vero non lo sapevo neppure io, finché Jake non me l'ha spiegato. »

« E il suo ex cognato è riuscito a riparare il guasto. Lei lo ha detto nella sua deposizione: vuole ripetere come ha descritto lui l'operazione compiuta? »

Prima ancora che lui termini la domanda capisco quanto può risultare dannosa la mia risposta.

« Ha tagliato un pezzo del tubo dell'alimentazione » dico.

« Scusi, potrebbe parlare un po' più forte, dottoressa Dunne? Ha detto che ha tagliato il tubo dell'alimentazione del carburante? »

« Sì. »

« Quindi, ha tagliato un pezzo del tubo che porta combustibile infiammabile al motore, e poi lo ha rimesso assieme? Corretto? »

« Non saprei. Non ero con lui quando l'ha fatto. »

« Ah. Dunque, sarebbe come dire che non sa se ha fatto un buon lavoro, giusto? »

Quest'uomo è un campo minato. Anzi, no. Peggio. È il capitano Knowles della brigata « Ragionevole Dubbio » delle SS.

Comincio ad avvertire una sensazione di nausea.

« Ultima domanda, dottoressa Dunne, e le ricordo che è ancora sotto giuramento » aggiunge. « È mai stata al servizio della CIA? »

Mi sembra di sentire il rumore che fanno i presenti spostando velocemente lo sguardo da Knowles a me. E questa da dove sbuca? È un fulmine a ciel sereno.

Come del resto la risposta, suppongo.

La verità e nient'altro che la verità, vero?

Mi sporgo in avanti verso il microfono. Dio solo sa che non voglio doverlo ripetere.

« Sì, ho lavorato per la CIA. »

112

Quella sera Peter si incontrò nuovamente con Bailey all'Alex Hotel. Era diventato il loro luogo d'incontro segreto, per lo meno finché il processo non fosse terminato. La prima notte, quella precedente la partenza di Peter per le Bahama, era stata rallegrata da due bottiglie di Cristal, ma da quando era tornato in manette non vi erano più stati fiumi di champagne.

Presto scorrerà ancora, pensò Peter, presto.

Si sentiva ottimista per via dello splendido lavoro fatto da Knowles nel controinterrogatorio di Katherine. Un vero capolavoro. *Io stesso non avrei potuto fare di meglio. Be', forse l'avrei fatta un po' più a pezzi.*

« Sei sicuro di voler testimoniare, domani? » chiese Bailey, rannicchiata contro di lui sotto le coperte. Dio, quella ragazza aveva seni perfetti: anche quando non riusciva a vederli, lo capiva dal tocco.

« Dimentica quello che ti insegnano all'università » rispose Peter. « Gli imputati di omicidio dovrebbero *sempre* testimoniare. Inoltre, io non ho proprio nulla da nascondere. Motivo di più per testimoniare. »

Bailey rimase un istante in silenzio. Per Peter già quel silenzio era molto eloquente. C'era qualcosa che turbava la ragazza.

« Cosa c'è, Bailey? » le chiese. « E non rispondere 'niente', per favore. »

« No, qualcosa c'è » disse lei. « C'è una cosa che devo assolutamente sapere, Peter. »

Peter se lo aspettava dal momento in cui era stato rilasciato su cauzione. Pensava, anzi, che Bailey glielo avrebbe chiesto subito. Ma, d'altro canto, lui era stato molto abile a guadagnarsi la sua fiducia. Avrebbe dovuto sentirsi lusingato che ci fosse voluto così tanto, mesi e mesi in realtà, per spingerla a fargli quella domanda.

Decise di batterla sul tempo. « No, non ho cercato di uccidere Katherine e i ragazzi. »

Bailey gli prese il volto tra le mani, dandogli un bacio lieve sulle labbra. « Dovevo sentirtelo dire. Mi dispiace, Peter. Riuscirai a perdonarmi? »

« Non ti preoccupare. È l'avvocato in te che parla. Lo rispetto. »

« Ma mi *perdoni*? » chiese.

« Cosa più importante, tu ti fidi di me? »

« Sì, mi fido. »

Lui rispose ai suoi baci, attirandola a sé.

« Adesso, andando contro ogni istinto primordiale del mio corpo, devo dormire un po' » le disse. « Domani sarà una giornata campale. Credimi. »

113

Osservo Nolan Heath andare lentamente verso il banco dei testimoni camminando come Gary Cooper in *Mezzogiorno di fuoco.*

E lo è, vero?

Io lo so, lui lo sa, tutta l'aula lo sa, compresa la giuria. Ormai è lui contro Peter. Un procuratore molto determinato contro un imputato molto, molto furbo. Chiunque vinca quest'ultimo duello probabilmente vincerà il processo.

« Signor Carlyle, chiariamo subito una cosa. La dottoressa Dunne in persona le ha raccontato di aver lavorato per la CIA, una volta, non è così? »

« Sì » risponde Peter, annuendo tranquillo.

Heath estrae una pistola immaginaria e punta il dito verso l'aula. È un gesto buffo, che suscita qualche risatina tra il pubblico. Esattamente quello che lui voleva.

« La dottoressa Dunne le ha detto di essere stata un agente segreto, che girava il mondo per assassinare dittatori e rovesciare governi sgraditi? Una versione femminile di James Bond? »

« No. »

« Già. Infatti, le ha raccontato di aver contribuito a organizzare un progetto di ricerca sugli effetti di alcune neurotossine sul cuore umano, non è così? »

« Sì. »

« Non è proprio roba da cappa e spada, eh? »

Peter non risponde.

« Parlando invece di attività segrete, signor Carlyle, mi incuriosisce il suo comportamento alle Bahama. L'agente Pierce ha dichiarato di averla vista uscire da un bar isolato di Nassau insieme a un uomo che, qualche minuto dopo, ha cercato di uccidere l'agente. Nega questa affermazione? »

« Non so se l'agente Pierce mi abbia visto, ma ero là. »

« Cosa è andato a fare in quel bar? »

« A bere qualcosa » risponde Peter, stringendosi nelle spalle.

« Sa che ci sono almeno diciassette bar a Nassau più vicini al suo albergo? »

« Cercavo di evitare i giornalisti. Non mi davano tregua, caso mai lei se lo fosse dimenticato. E vale anche per adesso, caso mai lei non li avesse visti, entrando e uscendo dal tribunale. »

« Chi era l'uomo col quale stava bevendo? »

« Non lo so. Io ho bevuto da solo. »

« Un momento, non la seguo » dice Heath, voltandosi verso la giuria. « Siete usciti assieme, giusto? »

« Se intende dire che abbiamo lasciato il bar nello stesso momento, sì » risponde Peter. « Non avevo mai visto quell'uomo prima di allora, ma lui ha detto di avermi riconosciuto. Abbiamo scambiato qualche parola, uscendo. Non so neppure come si chiamasse. Io mi sono allontanato in una direzione, lui nell'altra. »

« Sì, e quando l'agente Pierce ha seguito questo sconosciuto presumibilmente inoffensivo, lui ha aperto il fuoco contro di lei. Per quale motivo pensa l'abbia fatto? »

« Non lo so. Come ho detto, non lo conoscevo. »

« Già, così ha detto. Non lo sa. » Heath incrocia le braccia e scuote la testa, incredulo. « Devo dire, signor Carlyle, che per essere un uomo così intelligente, ci sono un sacco di cose che non sa. »

« Io so che sono innocente » ribatte pronto Peter.

« Sì », risponde Heath senza battere ciglio, « finché non verrà dimostrata la sua colpevolezza. »

114

Con questo, Heath ingrana la quarta. Le sue domande sono un fuoco di fila, il tono si fa più aggressivo se non addirittura rabbioso. Spara a zero e io pendo letteralmente dalle sue labbra.

« Signor Carlyle, come ha fatto un esplosivo militare così potente da ridurre in briciole una barca da sessantadue piedi a finire sulla *Family Dunne*? »

« Non ne ho idea. »

« E mi dica, come mai il rilevatore automatico di posizione della barca ha lanciato un segnale sbagliato che ha mandato fuori rotta per centinaia di miglia gli uomini della Guardia Costiera? »

« Immagino funzionasse male. »

« Ah, davvero? E quando, esattamente, lo ha immaginato? Perché, quando lei ha cominciato le sue personali ricerche, è partito dalle isole più vicine al punto in cui la barca è realmente affondata. Come me lo spiega? »

Vedo Peter sorridere come se avesse tutto sotto controllo. Mi fa paura pensare che un tempo ho amato così tanto quel sorriso. Mi faceva sentire sicura, protetta.

Ha!

« Ciò che a lei sembra sospetto in realtà è semplice buon senso » risponde Peter. « Perché avrei dovuto compiere ricerche nella zona che era già stata battuta dalla Guardia Costiera? »

« Mi faccia capire. La decisione di cercare la sua famiglia dove non avrebbe dovuto trovarsi è stata dettata da... una semplice intuizione da parte sua? »

« Più che altro dalla speranza, direi. Ma sono anche partito dal presupposto che se si fossero trovati in un luogo ovvio, sarebbero stati individuati. »

« Be', è stato fortunato, no? » osserva Heath, sarcastico, poi si guarda attorno. « O forse, non si tratta solo di fortuna. »

Sento sbraitare alla mia sinistra. È Gordon Knowles. « Vostro Onore, sta intimidendo il teste... »

Il giudice Barnett annuisce. « Passi alla domanda successiva, signor Heath. »

« Chiedo scusa, Vostro Onore. È solo che c'è un'altra cosa che non capisco, signor Carlyle. Sia la dottoressa Dunne sia suo figlio Mark hanno dichiarato di averla vista a bordo dell'aereo col quale ha sorvolato l'isola in pieno giorno. Si sbracciavano come pazzi, pensavano che sarebbero stati salvati. Perché non si è fermato? »

« Proprio per quel motivo » risponde Peter, stringendosi nelle spalle perfettamente rilassato. « Li ho visti che cercavano di farmi dei segnali, e, alla luce di quanto mi aveva detto l'agente Pierce a proposito dei trafficanti di droga, temevo che la mia famiglia stesse in realtà cercando di mettermi in guardia. È per questo che ho atteso il buio della notte per tornare... sì, con una pistola. Per quanto ne sapevo io, la mia famiglia poteva essere tenuta in ostaggio da delinquenti. »

Nolan alza le mani al cielo incredulo. « Tenuta in ostaggio? Si aspetta davvero che questa corte le creda? »

Peter non batte ciglio. « Sì. Proprio come mi aspetto che un agente federale come Ellen Pierce mi dica la verità. »

Scuoto la testa. Ma è assurdo! Come può starsene lì seduto tranquillo e mentire spudoratamente? Quello che è ancora più assurdo è che la giuria sembra prenderlo sul serio. Oh, Cristo! Sbaglio, o la vecchia signora in fondo alla prima fila ha appena annuito?

No! No! No! Nolan ha ragione: nessuno poteva ragionevolmente pensare che fossimo tenuti in ostaggio. Questo i giurati lo capiranno, vero? Qualunque cosa l'agente Pierce abbia raccontato a Peter, ci sono troppe prove – troppe coincidenze – contro di lui. Non possono non rendersene conto.

Diamine, persino Peter deve aver capito di essere alle corde.

A guardarlo, però, non lo si direbbe. È quasi come se lui sapesse qualcosa che gli altri non sanno. Cos'ha in mente? Comincio ad avere un brutto presentimento.

E poi, in un attimo, accade una cosa orrenda.

115

Heath spara la domanda successiva puntando dritto al movente. « Signor Carlyle, lei sa quanto avrebbe ereditato se la dottoressa Dunne e i suoi tre figli fossero morti durante quella crociera? »

Peter risponde immediatamente al fuoco. « Suppongo sia la stessa cifra che avrei ereditato se fosse caduto l'aereo sul quale viaggiavano tutti quest'inverno, diretti ad Aspen per passare due settimane al St Regis. »

« E cos'è accaduto? La bomba non è esplosa durante il volo? » chiede Heath. « O in albergo? »

Gordon Knowles schizza dalla sedia per fare obiezione ma viene battuto sul tempo.

Da Peter.

« Ascoltami bene, figlio di puttana! » urla Peter, e la sua tranquilla esteriorità si infrange come un vaso di coccio. « Tu non sai cos'ho provato. Sono stato uno stupido, ho tradito la donna che amavo. Poi scopro che è scomparsa, insieme ai ragazzi. Ti rendi conto di quanto mi sono sentito in colpa? Ero disperato! Io dovevo trovarli, a ogni costo, lo capisci o no? »

Peter è tutto rosso in volto mentre si sporge in avanti, oltre il banco. Le vene del collo e della fronte pulsano all'unisono mentre lui urla ancora più forte. « Io non sono un mostro! Ho commesso degli errori, ma non sono un mostro! Di certo non sono un assassino. Come potete... »

All'improvviso si blocca. Leva una mano e se la porta all'altro braccio.

Poi al cuore.

Si alza, barcollando, e scende dal banco dei testimoni. Il suo corpo si accascia a terra con un tonfo agghiacciante davanti alla giuria.

L'anziana giurata in fondo alla prima fila lancia un urlo. Tutti i presenti si alzano per vedere cosa è successo.

Peter giace supino, il volto contorto dal dolore. Ha gli occhi sbarrati per la paura.

« Aiutatemi... » farfuglia.

Il primo ad accorrere è il cancelliere, seguito da Gordon Knowles.

« Ha un attacco di cuore! » urla Knowles.

Tutti si riversano verso le prime file. Qualcuno urla: « Aria! Ha bisogno di respirare! »

« Ha bisogno di un dottore! » grida Knowles.

È in quel momento che mi rendo conto che non mi sono mossa dal tavolo della difesa. Sono paralizzata. Una statua. È come se mi fossi scordata di essere un cardiologo.

Ma gli altri intorno a me non se ne sono dimenticati.

Guardo verso la giuria in tempo per vedere le teste che si voltano da Peter steso a terra verso di me, ancora seduta.

Peter ha un'aria inerme. Inoffensiva.

Io, invece, gelida. Senza cuore.

Come se fossi io il mostro in quest'aula.

Persino Nolan Heath alla fine mi richiama al mio dovere. « Katherine, può fare qualcosa? »

No, non posso. Conosco bene il giuramento di Ippocrate, eppure non mi muovo. Non posso fare altro che guardare. È come se fossi paralizzata dal collo in giù.

Finché, nella selva di gambe attorno a Peter, si apre un varco, per un attimo, il tempo necessario perché i nostri sguardi si incontrino. Accade tutto così in fretta che non sono sicura che qualcun altro lo veda... tranne la persona cui è diretto.

Io.

Peter fa l'occhiolino.

116

Per niente al mondo Ellen Pierce si sarebbe persa il gran giorno di Peter Carlyle in aula, la sua disfatta, se tutto fosse andato come doveva. Si aspettava uno spettacolo, ma di certo non una scena come quella. Un momento mentiva spudoratamente sul banco dei testimoni, il momento dopo era a terra.

Un attacco di cuore?

Di sicuro lo sembrava, specialmente quando arrivarono i paramedici per misurare i parametri vitali. Nel giro di pochi minuti avevano caricato Carlyle su una barella e lo stavano portando fuori dall'aula.

« In quale ospedale lo portano? » chiese a una guardia in corridoio. In quella baraonda riusciva a malapena a udire la propria voce. I fotografi sgomitavano per scattare qualche foto. Qualcuno vuole finire in prima pagina?

« Probabilmente al St Mary's » rispose la guardia. « È il più vicino. »

Aveva visto giusto.

Non erano passati neanche otto minuti che Ellen scendeva da un taxi ed entrava nell'affollato pronto soccorso dell'ospedale.

Nessuno le chiese se avesse bisogno di qualcosa. Era quello il bello di New York. C'erano troppe persone per notarne una in particolare.

Ellen si guardò attorno, senza tralasciare nulla. Una sacca del ghiaccio qua, una benda là. L'unica vista impressionante era un muratore con il sangue che gli colava dalle dita. Aveva la mano fasciata, ma dal suo punto di osservazione Ellen riuscì a vedere quale fosse il problema. Si era trovato dalla parte sbagliata di una sparachiodi.

Per scrupolo fece un altro giro con lo sguardo. Nessuna traccia di Peter Carlyle. Forse lo avevano portato in un altro ospedale?

No.

Una folata d'aria entrò dalle porte scorrevoli che si aprivano, colpendola alla schiena. Si voltò e vide i paramedici che portavano dentro Carlyle. Solo un tassista newyorkese era in grado di battere sul tempo un'ambulanza, con sirene spiegate e tutto il resto.

Ellen si fece velocemente da parte mentre due infermiere andavano verso i paramedici. La barella non rallentò neppure, anzi, quando la presero in consegna le infermiere, cominciarono a correre. Non c'era tempo da perdere! Occorreva salvare la vita di quello stronzo.

Ellen li seguì lungo un corridoio e vide Peter che veniva praticamente rapinato di vestiti e Rolex dagli addetti che lo preparavano per l'elettrocardiogramma. Quindi scomparvero tutti in una stanza per il monitoraggio dei pazienti e chiusero la tenda sul pannello di vetro.

E adesso?

Il pensiero di seguire subito Carlyle la riportò a Nassau e al Billy Rosa's. Non avrebbe mai dimenticato quanto si fosse trovata vicina alla morte nel momento in cui quel bastardo aveva aperto il fuoco contro di lei su quella strada sterrata. Dopo tutto quel tempo le pareva ancora di sentire il sapore della polvere in bocca.

A prescindere dal verdetto della giuria, avrebbe scoperto perché Carlyle si era incontrato con quell'uomo. Quella era la chiave di tutto, ne era certa. Un'altra delle sue intuizioni.

Ma prima le cose più importanti. Carlyle. Le sue condizioni di salute.

Pensò di aspettare un po' prima di mostrare il distintivo al primo medico che passava e cavargli tutte le informazioni necessarie. Carlyle aveva davvero avuto un attacco di cuore? Era qualcos'altro? O niente del tutto? Un falso allarme?

A quel punto si aspettava qualunque cosa da lui. Ma, per quanto fosse impaziente di scoprirlo, sapeva che era una mossa rischiosa. Dopotutto era appena rientrata dal periodo di sospensione. Non avrebbe dovuto avvicinare un medico al pronto soccorso.

Senza contare che le era appena venuta un'idea migliore.

117

Nessun rammarico, continuo a ripetermi.

Con Peter trattenuto in osservazione all'ospedale per la notte, nel tardo pomeriggio Nolan Heath mi illustra le varie opzioni nel suo studio. Ovviamente, sta a lui decidere e capisco che è propenso ad andare avanti col processo. Ma vuole comunque la mia opinione: è importante per lui. Come mi disse la prima volta che ci incontrammo: « Questo è il mio lavoro, ma la vita è la sua. Non lo dimentichi mai ».

E così mi spiega che potrebbe chiedere – e probabilmente ottenere – che il processo venga dichiarato nullo.

« Ma dobbiamo stare attenti, Katherine. In un nuovo procedimento le probabilità di condanna scendono considerevolmente. »

« E se lei non chiede l'annullamento? »

« Sono sicuro che la difesa si fermerà qui. Dopo la discussione finale, tutto passa nelle mani della giuria. A quel punto è irrilevante se il suo ex marito abbia finto o meno un attacco di cuore, la giuria non lo verrà a sapere. Loro sanno solo quello che hanno visto. Potrebbe influenzarli? Sicuramente sì. Potrebbe spingerli a ignorare le prove? Spero proprio di no. »

Poi spara il pezzo da novanta. Vuole essere certo che io capisca pienamente tutte le implicazioni della *mia* decisione.

I soldi.

« Il rischio di questo procedimento va ben oltre l'assoluzione del suo ex marito. Lui le farà causa per diffamazione, affermando che la sua carriera di avvocato ha subito un danno irreparabile. E, probabilmente, la vincerà. L'unica questione è quanti soldi potrebbe portarle via. »

Heath mi guarda da dietro la scrivania ordinata. Lavora esattamente come si veste: con precisione. Capisco che si aspetta delle domande da me, dei tentennamenti.

'Fanculo.

'Fanculo Peter.

« Io sono viva. Per quanto ci abbia provato, questa è una cosa che Peter non è riuscito a portarmi via » dico. « Quanto a un altro processo, tutti i soldi del mondo non basterebbero a convincermi a rivivere un'esperienza del genere. In altre parole, qualunque cifra mi capitasse di dover pagare a Peter, sarà sempre comunque un affare. I soldi non mi interessano. »

« Ne è sicura, Katherine? » chiede Heath. « Certe volte, nella foga, le persone prendono decisioni improvvise di cui in seguito si pentono. »

Non ho la minima esitazione. « Sì. Sono sicura. Nessun rammarico. »

118

La giuria deliberò per tre lunghi giorni e l'attesa per la nostra famiglia fu quasi insopportabile. Venerdì pomeriggio, alle cinque meno un quarto, il portavoce dei giurati informò il giudice Barnett che avevano raggiunto un verdetto unanime. A quanto pare la giustizia aveva fatto programmi per il fine settimana.

« Cosa ne pensi, mamma? » mi chiede Ernie mentre andiamo al tribunale. Gli avevo detto che avrebbe potuto essere presente alla lettura del verdetto soltanto se fosse stato dopo la scuola.

E infatti...

« Penso che non so cosa pensare, ecco cosa penso » gli dico, sul taxi che ci sta portando a tutta velocità in tribunale.

Sinceramente non so cosa aspettarmi. Non ho alcun presentimento sul verdetto né so immaginare se rispecchierà la giustizia come la vedo io.

Neppure Nolan Heath sa cosa pensare. « Mi fanno ridere quegli esperti in tivù che fanno previsioni su un verdetto in base al tempo in cui la giuria è stata chiusa in camera di consiglio » mi ha detto, al telefono. « La verità è che non sanno nulla, e neppure io. »

Ernie e io prendiamo posto nelle prime file. Sono meravigliata dall'elettricità che si avverte nell'aria.

L'aula si calma solo quando il giudice Barnett fa il suo ingresso. Prende posto sullo scanno, afferra il suo amato martelletto e riduce l'aula al silenzio.

Con un cenno quasi impercettibile del capo ordina al cancelliere di far entrare i giurati.

Mentre si avviano lentamente ai posti loro assegnati, faccio una cosa che non ho fatto per tutto il processo: lancio un'occhiata a Peter senza farmi vedere. Durante la discussione finale si è tenuto convenientemente alla larga dal tribunale, lasciando intendere che si stava riprendendo dall'apparente attacco di cuore.

Sorpresa, sorpresa... adesso si è improvvisamente riavuto, ma solo dopo che i giurati hanno espresso la loro decisione.

Questo processo mi sembra tuttora irreale. Cos'è successo? Cosa ci faccio io, qui?

Come posso essere stata così stupida da innamorarmi del bello, affascinante e malvagio Peter Carlyle? Insomma, è un assassino!

Uno di questi giorni smetterò di rimproverarmelo, ne sono sicura. Niente che non si possa risolvere con qualche decina di sedute nello studio di Sarah, giusto?

« La giuria ha raggiunto un verdetto? » chiede il giudice. Vogliamo parlare di domande retoriche?

Il portavoce dei giurati si alza lentamente. Questo dovrebbe dirmi qualcosa? « Sì, Vostro Onore. »

Il cancelliere consegna il verdetto al giudice Barnett. Quell'uomo dev'essere un grande giocatore di poker perché il suo volto non lascia trasparire nulla mentre lo legge.

Quindi fa un cenno col capo in direzione del portavoce dei giurati, uno stronzo patentato, da quanto ho saputo. Mi sembra nervoso. Anche se non quanto me. Né quanto Peter, spero.

Afferro la mano di Ernie e la stringo forte. Ecco, ci siamo...

« Nel caso dello stato di New York contro Peter James Carlyle... »

119

L'aula esplode in un boato e Nolan Heath allunga una mano verso di me. Nel frattempo io abbraccio Ernie... ma non per il motivo che speravo.

Gordon Knowles si abbandona a gesti di esultanza con il resto del collegio della difesa, poi si volta verso Peter e lo abbraccia. Il solo guardarli mi fa venire da vomitare.

« Mi dispiace, mamma » dice Ernie. « Non è giusto. Ha cercato di ucciderci. »

Ma io non lo sento quasi. Voglio solo tenerlo stretto stretto.

Dunque è tutto qui? È così che finisce? Peter ha ucciso Jake, ha cercato di uccidere noi e resterà impunito.

Non riesco a pensare ad altro.

Ernie si libera dal mio abbraccio.

Esce nel corridoio centrale e va dritto verso Peter. Gli dà un colpetto sulla schiena. Cosa sta facendo? Quando Peter si volta, il piccolo Ernie piega la gamba destra e gli molla un violento calcio all'inguine. Bravo!

È bastato questo. Non sono più inebetita. Adesso sento tutto. Ma, più di ogni altra cosa... mi sento bene, o per lo meno meglio. Quasi quasi mi vien voglia di mettermi a ridere.

Forse è il vedere Peter piegato in due, la sua smorfia di dolore. O forse è l'aria soddisfatta di Ernie quando si volta verso di me.

So solo che, in confronto a quello che abbiamo passato, oggi è una goccia nell'oceano.

Non è tutto qui.

Non è così che finisce.

Possibile che io non abbia imparato nulla?

La crociera è stata intrapresa da una famiglia che aveva bisogno di riconciliarsi. La mia famiglia. Ed è quello che è accaduto, anche se in un modo che non avrei mai immaginato.

Niente potrà mai cambiare questo fatto. I Dunne se la caveranno. Siamo una famiglia e non siamo mai stati più forti, più risoluti, più uniti di così.

120

Ci vollero due ore prima che il dolore provocato dal calcio di Ernie si placasse. Un piccolo prezzo da pagare, pensò Peter. Specialmente con la prospettiva di un grosso risarcimento.

Che arrivò.

E pure più in fretta di quanto pensasse.

In meno di una settimana, Peter passò dallo status di uomo libero e ricco a quello di uomo libero e ricchissimo. Una volta avviata la causa civile, si attendeva un accordo extragiudiziale. Quello che non si aspettava era che Katherine cedesse con tanta facilità... e per una cifra così alta. E le era andata bene che lui non le avesse portato via tutto. Con sedici milioni di dollari se ne poteva comprare, di champagne...

Era venuto il momento di festeggiare.

« Su, usciamo a fare baldoria » disse Peter, mettendosi a sedere sul letto di Bailey. I giorni – e le notti – all'Axel Hotel erano finiti. « Ti porterò in qualunque ristorante tu voglia. Non vedo l'ora di uscire insieme a te. »

Bailey fece schioccare l'elastico dei suoi boxer, l'unico indumento che indossava. « Ho già ordinato cinese, sciocchino. Ho voglia di maiale *moo shu.* »

Peter le lanciò un'occhiata perplessa. « Sei ancora ossessionata dall'idea che ci possano vedere insieme? Te l'ho detto che non è più un problema. Io sono innocente. Libero come l'aria. Grazie al cielo, giustizia è stata fatta. »

« Lo so, lo so. Dammi ancora un po' di tempo, okay? Non sono pronta a vedere la mia foto sulla sesta pagina del *Post.* »

« Io sì » ribatté Peter. « Allora tutti sapranno quanto sei bella... e quanto io sono fortunato. » Si sporse verso di lei per accarezzarle la guancia. « Ehi, perché non ci prendiamo una vacanza? Potremmo partire domani. Che ne dici dei Caraibi? »

« Dimentichi una cosa » disse Bailey. « Le mie lezioni. »

« Saltale. »

« Per te è facile dirlo, Mister sedici milioni di dollari. »

« A cosa servono tutti quei soldi se non ho qualcuno per cui spenderli? Rifletticі. »

« Ottima osservazione. Magari quel viaggetto non è poi una brutta idea. »

Bailey premette il corpo nudo contro Peter. Stava per baciarlo quando suonò il citofono. « Il maiale *moo shu*! » esclamò, con un sorriso capriccioso, saltando in piedi come una molla.

Si avvolse in una morbida vestaglia bianca posata sulla poltrona di pelle vicino alla finestra. Guardandola, Peter non poté fare a meno di ripensare alla prima volta in cui si era seduto su quella poltrona, quando si conoscevano da poco. Come avrebbe potuto dimenticare quel balletto che aveva improvvisato per lui? E quello che era successo dopo...

« Vuoi mangiare a letto? » chiese Bailey.

« Certo. E non solo mangiare. »

Lei uscì dalla stanza con un gran sorriso, scomparendo in soggiorno.

Quando tornò, qualche istante dopo, era a mani vuote.

Con una pistola puntata alla tempia.

121

« Scusate l'intrusione » disse Devoux, grondando sarcasmo. « Spero di non aver interrotto niente. »

Spinse la bellissima Bailey verso il bordo del letto, premendole il cilindro del silenziatore contro la tempia destra. Più lui premeva, più lei si ritraeva terrorizzata, pronta a ubbidire a ogni suo comando.

« Cosa stai facendo, perdio? » chiese Peter.

« Tu e io abbiamo dei conti in sospeso, avvocato » disse Devoux.

« Peter, cosa sta succedendo? Chi è quest'uomo? » chiese Bailey con voce tremula.

« Non gliel'hai detto? » disse Devoux con una risatina.

Peter avrebbe voluto fare il finto tonto. *Nega! Nega! Nega!* Ma adesso non era più possibile. Devoux non scherzava.

« Tesoro, ti spiegherò tutto » disse Peter, cercando di calmare Bailey per quanto possibile.

« Puoi ben dirlo » rincarò Devoux. « Tanto per cominciare potresti dirmi dove sono i miei soldi. »

« I tuoi soldi? » Peter si voltò di scatto, incredulo.

« Il saldo, avvocato. A quest'ora dovresti averlo già mandato, non credi? Dov'è? »

« Cosa sei, pazzo? Puoi ritenerti fortunato a tenerti l'anticipo. In caso tu non abbia letto i giornali, le cose non sono andate esattamente come previsto. »

Devoux diede una spinta a Bailey, facendola cadere sul letto. Adesso la pistola era puntata in mezzo agli occhi di Peter. « Sì, e nel caso tu sia cieco, questa non è una trattativa. Sono qui per prendere i miei soldi. »

Peter alzò le mani. « Va bene. Va bene. Avrai i tuoi soldi. » Fece un cenno col capo in direzione del laptop di Bailey, un MacBook nero posato sulla scrivania nell'angolo. « Posso inviarteli adesso. »

« Ottima risposta » disse Devoux con un ghigno soddisfatto.

« C'è solo un piccolo sviluppo imprevisto. Ne manderai un po' più della cifra stabilita. »

Peter sbatté le palpebre. Non sopportava di sentirsi in trappola, con le spalle al muro. « Quanto? » chiese.

« Dunque, vediamo... qual era quella cifra che ho letto sui giornali? Sedici milioni? »

« Adesso so per certo che tu sei pazzo » disse Peter. « Preferirei morire piuttosto che darti tutti i soldi. »

Devoux sorrise ancora di più. « Non faccio fatica a crederlo, avvocato. È sempre stato un rischio, no? » Armò il cane. « Per questo è sempre meglio avere un piano di riserva. »

Lentamente, puntò la pistola verso Bailey.

« Oh, Dio, no, ti prego! » implorò lei, arretrando verso la testiera del letto.

« Un attimo e sono da te, bella signora » disse Devoux, quindi si rivolse a Peter. « Allora, avvocato? Hai cambiato idea? Oppure preferisci che la tua bella amichetta muoia? »

Peter guardò Bailey, vide il terrore puro nei suoi occhi. *Perché l'aveva incontrata? Perché avrebbe dovuto provare qualcosa per lei?*

Era sconvolta. Tremava incontrollabilmente. E tutto per colpa sua.

'Fanculo!

La festa era finita. Non aveva scelta.

O sì?

Si alzò dal letto e andò verso il computer di Bailey. « I soldi vengono, i soldi vanno » osservò.

Si collegò con la sua banca nelle Cayman, digitò il codice e la password del suo conto, preparandosi a trasferire sedici milioni di dollari. Ogni zero che inseriva era come un calcio nello stomaco.

Si voltò verso Devoux. « Okay, dove vanno? »

Devoux afferrò Bailey dal letto, trascinandola in mezzo alla stanza. « Tu resta qui con lei » ordinò a Peter. « Potete anche giocare al dottore, se volete. »

Tenendoli sotto tiro, Devoux andò alla scrivania e cominciò

a battere sulla tastiera, un occhio sullo schermo, l'altro su Peter e Bailey.

Senza farsi notare Peter lanciò un'occhiata discreta al Rolex di platino. Mentalmente contava i secondi.

Cinque, quattro, tre, due...

All'improvviso il computer emise un forte segnale sonoro che fece violentemente trasalire Devoux. Peter aveva inserito la sveglia sull'orologio del computer.

Ora!

Peter si lanciò sulla pistola, facendola cadere a terra. Con tutto il suo peso placcò Devoux, inchiodandolo al muro, e colpendolo con due pugni in rapida successione.

Devoux crollò.

Ma non perse i sensi.

I due uomini avevano corporature simili, ma un addestramento diverso. Con un rapido colpo alle gambe di Peter, Devoux tornò in vantaggio e cominciò a tempestarlo di pugni al volto. Al confronto, la scazzottata davanti al Plaza era stata una zuffa tra ragazzi. Al diavolo la pistola. Lo avrebbe ammazzato coi vecchi metodi.

« Fermi! »

L'urlo improvviso di Bailey riempì la stanza, costringendoli a bloccarsi.

122

Peter fece un sospiro così profondo che si sentì girare la testa. O era l'effetto dei pugni di Devoux?

Che importanza aveva?

L'unica cosa che realmente importava, in quel momento, era che Bailey aveva la pistola. Presto, pensa a qualcosa, si disse. Non è che potessero chiamare la polizia. Doveva escogitare un piano, e in fretta.

Devoux, invece, un piano ce l'aveva già. « Cos'hai intenzione di fare, tesoro? Spararmi? » chiese, muovendo un passo verso Bailey.

« Sì, è esattamente quello che farà » disse Peter.

« No, non lo farà. » Devoux fece un altro passo. Si trovava a due metri da lei. Troppo pochi.

« Bailey, se si avvicina ancora, sparagli. *Premi il grilletto.* »

« Non lo farà » ripeté Devoux. « Lei non è un'assassina come te. Vero, Bailey? »

« Non fare un altro passo. Mi hai sentito? » urlò Peter.

Ma è esattamente ciò che Devoux fece.

« Spara! » urlò Peter. « Sparagli, a questo bastardo! »

Bailey premette con forza il grilletto, cercando di tenere la mano più ferma che poteva.

Pffft! fece il proiettile uscendo dal silenziatore. Era così silenzioso che Peter quasi non lo udì.

Ma lo sentì.

Cosa...?

Peter abbassò lo sguardo sul piccolo foro nella sua pancia, sul sangue rosso brillante che già colava sui boxer a righine azzurre. Barcollò all'indietro, le gambe come di gomma, sforzandosi di restare in piedi.

Stava cercando di capire cos'era accaduto. Era successo davvero?

« Bailey? » disse, boccheggiando.

Lei scosse il capo e poi cominciò... a sorridere? « Sai, Peter, per essere così bello scopi da schifo. »

Devoux fece scivolare la mano sotto la vestaglia corta di raso, stringendola in vita. «Non dire stronzate» disse, afferrandola per il sedere e attirandola a sé. «Lo so che ti è piaciuto fartela con lui. Non infierire in questo modo, è già abbastanza messo male.»

Peter vide incredulo i due che si baciavano. E non era un bacio sulla guancia. Diciamo piuttosto un'esplorazione delle tonsille con la lingua.

Oh, buon Dio! Devoux e Bailey?

Poi Peter crollò a terra, una mano stretta allo stomaco, che cominciava a fargli un gran male. Il sangue sgorgava attraverso le dita. Riusciva a malapena a respirare, gli si stava annebbiando la vista.

Devoux si staccò da Bailey e si voltò a guardare Peter, facendogli l'occhiolino.

«Cosa non si fa per i soldi, eh, avvocato?»

«Ma... ma io ti ho tenuto fuori dalla galera. Avevamo un accordo.»

«Stupido avvocato. Tu non lo hai fatto per me. Era un lavoro come un altro, proprio come questo lo è per me. Tu rappresenti un rischio, Peter. E poi, meriti di morire... avresti ucciso tutti quei ragazzi. E tua moglie, che ti adorava.»

Con quelle parole tornò al computer, completando il trasferimento dei sedici milioni di dollari. «Sai, non ho mai fatto un lavoro che mi abbia dato tanta soddisfazione come questo. È la conclusione perfetta.»

Peter non poteva fare altro che guardare, e pensare alla morte. La vita stava sgocciolando via e lui si sentiva sempre più debole a ogni secondo che passava. Presto il suo corpo sarebbe andato in shock.

La sua mente c'era già. Com'era potuto accadere?

Che Devoux lo avesse fregato... quello poteva ancora capirlo. Ma una ragazza come Bailey? Una studentessa di legge? Perché *era* una studentessa di legge, vero?

«Chi... chi sei?» le chiese, e adesso ogni parola era uno sforzo insormontabile.

Devoux spense il computer. Si alzò e andò verso Bailey, prendendole la pistola dalla mano.

« Lei è il mio piano di riserva» disse. « Tutti i bravi illusionisti hanno un'assistente, no? »

Questa volta non gli fece l'occhiolino, neppure un mezzo sorriso. Si avvicinò a Peter e sollevò la pistola.

« Va' al diavolo! » disse Peter con una smorfia.

« Dopo di te » rispose Devoux.

Esplose altri due colpi. *Pffft! Pffft!* Il primo colpì Peter in mezzo alla fronte, il secondo gli trapassò il cuore. Precisione perfetta.

Devoux si inginocchiò e afferrò il polso di Peter, non perché pensava che l'avvocato potesse sopravvivere a tre proiettili, ma perché voleva sentirlo morire.

« Che bell'orologio » disse, vedendo il Rolex. Lo fece scivolare via dal polso di Peter e se lo infilò in tasca. Le cose sono di chi le trova, giusto?

« Su, bello, abbiamo un aereo da prendere » disse Bailey.

Devoux si alzò e le mandò un bacio. « Temo che tu abbia ragione solo in parte, tesoro. »

Pffft! Pffft!

Non restavano altre questioni in sospeso.

123

Neanche trentasei ore dopo, Devoux passeggiava lungo gli Champs-Élysées. Intorno a lui soltanto luce e dolcezza. Non avrebbe potuto essere meglio di così. Il sole del tardo pomeriggio cominciava ad abbassarsi, avvolgendo l'Arco di Trionfo in una sontuosa luce arancione. Dio, quanto amava Parigi!

Inspirò a fondo, chiudendo gli occhi. L'aria frizzante di ottobre portava il profumo di pane fresco e formaggio dai vicini caffè all'aperto. Inebriante e familiare come una vecchia amica.

« L'America è il mio paese, ma Parigi è la mia città » diceva giustamente Gertrude Stein.

Devoux capiva benissimo cosa intendeva quella vecchia baldracca.

Grazie ai soldi guadagnati con Peter Carlyle, poteva permettersi una lunga vacanza in Europa, a dir poco, ed era esattamente quello che aveva intenzione di fare. Inoltre, troppi omicidi non facevano bene allo spirito.

All'improvviso la voce di una passante lo costrinse a fermarsi.

« *Est-ce que vous avez l'heure, s'il vous plaît?* »

Sì, a dire il vero, sapeva esattamente che ora era. Lui lo sapeva *sempre.*

Scostando la manica dell'impermeabile di Prada, degnò appena di uno sguardo la donna che lo aveva fermato. I suoi occhi erano puntati sul Rolex di platino acquisito da poco.

Devo dartene atto, Carlyle: avevi buon gusto. Sapevi come spendere i tuoi soldi.

Devoux alzò lo sguardo per informare la sconosciuta, nel suo miglior francese, che erano le cinque e venti.

Fu allora che la sua bocca si paralizzò.

Quella non era una sconosciuta.

« Non muovere un solo muscolo! » disse l'agente Ellen Pierce, arretrando di due passi con la Glock .40 spianata. « Giuro su Dio che ti sparo, qui, adesso! »

Devoux sorrise. « Avrei dovuto ucciderti quando ne ho avuto l'occasione » disse.

« Già, la vita è piena di rimpianti, eh? » ribatté Ellen. « E anche di piccole sorprese. Metti le mani dietro la testa e inginocchiati. *Adesso.* »

I passanti trasalivano inorriditi nel vedere la pistola in mano a Ellen e si ritraevano, nascondendosi dietro gli alberi e le auto.

Devoux, nel frattempo, non si muoveva.

« Ho detto: metti le mani dietro la testa e inginocchiati! » ordinò Ellen.

Devoux fece un passo verso di lei.

Ellen gli puntò la Glock contro il petto. « Ultimo avvertimento! » gridò. « Fai ancora un passo e sei morto! »

Devoux non si limitò a fare ancora un passo. Con una risata suicida si lanciò contro Ellen, le braccia tese verso la pistola.

BLAM!

Ellen gli piazzò un colpo in pieno petto. Gli astanti urlarono di paura. Parecchi scapparono via.

Devoux barcollò all'indietro e le sue gambe cedettero. Ma non si piegarono.

Avrebbe dovuto trovarsi steso sulla schiena, morto stecchito. Invece, quel figlio di puttana era ancora in piedi! Peggio! Stava nuovamente venendo verso di lei! E adesso impugnava un coltello a serramanico!

BLAM! BLAM!

Questa volta, l'Uomo Misterioso cadde a terra e vi restò.

Ellen si inginocchiò sul marciapiedi e scostò la manica sinistra dell'impermeabile. Incredibile cosa si riusciva a ottenere mostrando un distintivo a un'infermiera d'ospedale.

Nel caso specifico, l'orologio di Peter Carlyle per qualche ora, giusto il tempo di inserirvi una ricetrasmittente.

« Se non ci riesci alla prima » si diceva sempre Ellen, « riprova. »

Sentì l'urlo delle sirene in lontananza. Le ore seguenti sarebbero trascorse tra domande oltremodo irritanti e rapporti della Gendarmerie francese. In seguito, probabilmente, Ian l'avrebbe di nuovo sospesa dal servizio. Qualunque fosse il prezzo da pagare, Ellen sapeva che ne era valsa la pena.

A conti fatti, aveva catturato un « cattivo ». Anzi, uno molto cattivo. Il giorno in cui lui aveva cercato di ucciderla alle Bahama, Ellen aveva giurato a se stessa che lo avrebbe ritrovato.

« Non provare mai più a uccidermi, bastardo » disse, rivolta al morto sul marciapiede.

EPILOGO

Ogni promessa è debito

124

Naturalmente la prima cosa che pensarono tutti fu che io avessi sparato a Peter e alla sua presunta amichetta. Non so se considerarlo un insulto o una lusinga.

Ma la polizia non ci mise molto a escludermi dalla lista dei sospettati. A parte il fatto che al momento della loro morte io stavo tenendo una conferenza sulle malattie cardiache al 92nd Street Y – il centro polivalente ebraico –, i detective arrivati sulla scena del crimine capirono subito che non si trattava di un delitto passionale. Era troppo pulito, troppo ordinato. I colpi troppo precisi. Chiunque fosse stato, aveva già ucciso in precedenza, dissero. Probabilmente molte altre volte.

C'erano voluti due giorni prima che i corpi di Peter e della ragazza venissero scoperti. Forse ci sarebbe voluto ancora di più, se un vicino non si fosse lamentato con il custode per una sveglia che continuava a suonare ininterrottamente nell'appartamento.

Quando appresi la notizia mi sentii più o meno come mi ero sentita dopo la lettura del verdetto in aula. Inebetita. Non del tutto sorpresa. Avevo smesso da un pezzo di provare qualunque sentimento per Peter Carlyle. Per me lui era già morto. Adesso lo è anche per gli altri.

Forse, l'unica a cui penso ancora è la ragazza. La polizia mi ha detto che hanno trovato una patente del Nevada in un cassetto della camera da letto. Si chiamava Lucy Holt ed era stata arrestata due volte per prostituzione a Las Vegas. Non era una di quelle che stanno sulle strade, però. A quanto pare era una squillo d'alto bordo, di quelle che guadagnano un sacco di soldi. Cosa ci faceva a New York, in un appartamento così modesto? E cosa rappresentava per Peter?

Nessuno lo sa, neppure il proprietario dell'appartamento che glielo aveva affittato in nero. Lui sa solo che veniva pagato in contanti. Senza dubbio da Peter.

Ho persino chiamato l'agente Pierce nel suo ufficio alla DEA, sperando che almeno lei avesse qualche idea. Ma non l'ho trovata. La sua assistente mi ha detto che si era presa qualche giorno di vacanza, a Parigi, mi pare di aver capito. Buon per lei. Dopo il verdetto mi era parsa decisamente furibonda.

A ogni modo, le indagini della polizia proseguono, ma per quanto mi riguarda questa avventura è finita.

E questo significa una cosa, una soltanto: la promessa che ho fatto ad alcuni ragazzi, i *miei* ragazzi.

125

« Io prendo una bistecca, al sangue » dice Mark al cameriere della Flames Steakhouse, il nostro ristorante preferito vicino alla casa di campagna a Chappaqua.

« Anch'io » dice Ernie.

« E i soufflé? » chiede Carrie, dopo aver ordinato un filet mignon. « Ricordo perfettamente che ci hai promesso i soufflé, mamma. »

« Sicuro. » Ogni promessa è debito.

Io ordino parmigiana di pollo, il mio piatto preferito qui. Faccio correre lo sguardo intorno al tavolo, felice di vedere la mia famiglia riunita. Prima della scorsa estate, Mark e Carrie non sarebbero venuti qui per un week-end neanche a pagarli. Questa volta, invece, l'idea è stata loro e io so che non è soltanto per le bistecche.

Il cameriere si allontana e Mark leva la sua Diet Coke. « Allo zio Jake » dice.

Tutti noi alziamo il bicchiere.

« Allo zio Jake » ripeto con Carrie.

« Allo zio Jake » dice Ernie.

Mentre facciamo tintinnare i bicchieri, Ernie intercetta il mio sguardo e mi fa l'occhiolino. Ha chiesto che il nostro segreto resti tale. Il *nostro* segreto. Per me va bene così. Non è necessario che Carrie e Mark lo vengano a sapere, per adesso. Un giorno, forse, quando sarà più grande – magari dopo la mia morte – lo racconterà anche a loro.

« Allora, ho una domanda da farvi » dico, quando ci mettiamo comodi sulle poltroncine.

I ragazzi mi guardano.

« Cosa facciamo l'estate prossima? Qualcuno ha un'idea? Che ne dite di una bella crociera? »

INDICE

JAMES PATTERSON

È uno dei migliori autori di thriller e ha saputo conquistare ovunque un vastissimo pubblico, tanto da entrare nel Guinness dei primati per i suoi successi. È il creatore di personaggi famosissimi della narrativa di suspense come Alex Cross, il profiler cacciatore di serial killer, le «donne del Club Omicidi» e i ragazzi della serie di *Maximum Ride*. Dopo oltre trent'anni di carriera è l'autore di thriller più venduto al mondo, con 170 milioni di copie (quasi 2 milioni in Italia dove i suoi romanzi sono stati pubblicati da Longanesi, Nord, Corbaccio e, in edizione economica, dalla TEA); negli Stati Uniti ogni 15 libri venduti uno è suo. Il suo sito internet è www.jamespatterson.com

Finito di stampare nel mese di ottobre 2012
presso Grafica Veneta S.p.A. di Trebaseleghe (PD)
Printed in Italy

BEST THRILLER

Periodico mensile, anno XIII, n. 163
Registrazione n. 124 del 7.03.2001 presso il Tribunale di Milano
Direttore responsabile: Stefano Mauri
Distribuzione per l'Italia: m-dis
via Cazzaniga, 1 - 20132 Milano

BEST THRILLER

ULTIMI VOLUMI PUBBLICATI

Camilla Läckberg, *La principessa di ghiaccio*
Kathy Reichs, *Le ossa del ragno*
James Patterson, *Il caso Bluelady*
Tom Knox, *Il segreto della Genesi*
Tess Gerritsen, *Madame X*
Amy MacKinnon, *La ragazza dei fiori morti*
Jeffery Deaver, *La strada delle croci*
Steve Berry, *L'ombra del leone*
Jean-Christophe Grangé, *Il giuramento*
Douglas Preston & Lincoln Child, *Il sotterraneo dei vivi*
Henning Mankell, *La leonessa bianca*
James Patterson, *Qualcuno morirà*
James Rollins, *Amazzonia*
Leif G W Persson, *Uccidete il drago*
Clive Cussler, *Walhalla*
Elizabeth George, *La donna che vestiva di rosso*
Liza Marklund, *Il Lupo Rosso*
Kathy Reichs, *Le ossa del diavolo*
Jeffery Deaver, *Il filo che brucia*
Tess Gerritsen, *Il silenzio del ghiaccio*
Lee Child, *I dodici segni*
Qiu Xiaolong, *Visto per Shanghai*
James Patterson, *Come una tempesta*

BESTSELLER

ULTIMI VOLUMI PUBBLICATI

Nicholas Evans, *Solo se avrai coraggio*
Vikas Swarup, *Le dodici domande*
Marc Levy, *Il primo giorno*
Lauren Kate, *Fallen*
Fannie Flagg, *Miss Alabama e la casa dei sogni*
Greg Mortenson, David Oliver Relin, *Tre tazze di tè*
Charlotte Link, *Nemico senza volto*
Elif Shafak, *La bastarda di Istanbul*
Federico Moccia, *Scusa ma ti chiamo amore*
Bill Bryson, *Breve storia di (quasi) tutto*
Jodi Picoult, *La custode di mia sorella*
Matilde Asensi, *Tutto sotto il cielo*
Bernard Cornwell, *L'arciere di Azincourt*
Catherine Dunne, *Donna alla finestra*
Lauren Kate, *Torment*
Joanne Harris, *Le scarpe rosse*
Marc Levy, *La prima stella della notte*
Stephenie Meyer, *L'ospite*
Wilbur Smith, *Il trionfo del sole*
Edoardo Nesi, *L'età dell'oro*
Charlotte Link, *L'ultima traccia*
Lorna Graham, *La ragazza del Greenwich Village*
Mitch Albom, *Un giorno ancora*

BEST THRILLER

ULTIMI VOLUMI PUBBLICATI

Camilla Läckberg, *La principessa di ghiaccio*
Kathy Reichs, *Le ossa del ragno*
James Patterson, *Il caso Bluelady*
Tom Knox, *Il segreto della Genesi*
Tess Gerritsen, *Madame X*
Amy MacKinnon, *La ragazza dei fiori morti*
Jeffery Deaver, *La strada delle croci*
Steve Berry, *L'ombra del leone*
Jean-Christophe Grangé, *Il giuramento*
Douglas Preston & Lincoln Child, *Il sotterraneo dei vivi*
Henning Mankell, *La leonessa bianca*
James Patterson, *Qualcuno morirà*
James Rollins, *Amazzonia*
Leif G W Persson, *Uccidete il drago*
Clive Cussler, *Walhalla*
Elizabeth George, *La donna che vestiva di rosso*
Liza Marklund, *Il Lupo Rosso*
Kathy Reichs, *Le ossa del diavolo*
Jeffery Deaver, *Il filo che brucia*
Tess Gerritsen, *Il silenzio del ghiaccio*
Lee Child, *I dodici segni*
Qiu Xiaolong, *Visto per Shanghai*
James Patterson, *Come una tempesta*

BESTSELLER

ULTIMI VOLUMI PUBBLICATI

Nicholas Evans, *Solo se avrai coraggio*
Vikas Swarup, *Le dodici domande*
Marc Levy, *Il primo giorno*
Lauren Kate, *Fallen*
Fannie Flagg, *Miss Alabama e la casa dei sogni*
Greg Mortenson, David Oliver Relin, *Tre tazze di tè*
Charlotte Link, *Nemico senza volto*
Elif Shafak, *La bastarda di Istanbul*
Federico Moccia, *Scusa ma ti chiamo amore*
Bill Bryson, *Breve storia di (quasi) tutto*
Jodi Picoult, *La custode di mia sorella*
Matilde Asensi, *Tutto sotto il cielo*
Bernard Cornwell, *L'arciere di Azincourt*
Catherine Dunne, *Donna alla finestra*
Lauren Kate, *Torment*
Joanne Harris, *Le scarpe rosse*
Marc Levy, *La prima stella della notte*
Stephenie Meyer, *L'ospite*
Wilbur Smith, *Il trionfo del sole*
Edoardo Nesi, *L'età dell'oro*
Charlotte Link, *L'ultima traccia*
Lorna Graham, *La ragazza del Greenwich Village*
Mitch Albom, *Un giorno ancora*